T0054718

RELATOS PARA AMANTES DE LOS LIBROS

ALMA CLÁSICOS ILUSTRADOS

RELATOS PARA AMANTES DE LOS LIBROS

Ilustrado por
Natalia Zaratiegui

Selección, prólogo e introducciones de
Antonio Iturbe

Títulos originales: *Life of Ma Parker, Financing Finnegan, Тссс!, The Finest Story in the World, The Middle Years, The Angel at the Grave, Бобок, Tresor tret d'una novel·la, Bestseller, Le Dernier livre, El llibreter assassí de Barcelona, Bibliomanie, Un ex-libris mal placé, Die Universalbibliothek, History of the Necronomicon, The Descendant.*

www.editorialalma.com

@almaeditorial
@Almaeditorial

Diseño de la colección: lookatcia.com
Diseño de cubierta: lookatcia.com
Maquetación y revisión: LocTeam, S.L.

ISBN: 978-84-18008-97-9
Depósito legal: B124-2021

Impreso en España
Printed in Spain

El papel de este libro proviene de bosques gestionados de manera sostenible.

ÍNDICE

PRÓLOGO

Este volumen contiene una selección de relatos de grandes autores de la literatura cuyo nexo común es el universo del libro. Escritores en busca de una perfección que se escurre entre los dedos, libreros dispuestos a matar por ejemplares únicos, lectores quisquillosos, aspirantes a genios de la literatura con un pedestal debajo del brazo o letraheridos de toda condición se asoman a estas asombrosas historias para mostrarnos el mundo de la lectura desde todos los ángulos posibles.

He de reconocer que yo mismo, durante bastantes años, miré con recelo las novelas protagonizadas por escritores porque me parecían un acto de pereza mental: tomar lo que se tiene más a mano en lugar de esforzarse por construir un personaje con materiales más elaborados. Al paso del tiempo he ido cambiando de parecer, al menos hasta cierto punto. Me sigue molestando encontrármelo como personaje cuando los entresijos de su actividad resultan irrelevantes y se usa «escritor» como una mera etiqueta vagamente glamurosa, aunque para el devenir de la historia pudiera ser arquitecto, fisioterapeuta o agente de seguros. Sin embargo, cuando el escritor utiliza el espejo para mirar hacia adentro, como sucede en esta reunión de relatos, lo que nos muestra puede resultar muy revelador sobre el funcionamiento de los complejos mecanismos de la creación. También sobre los de la impostura. Porque la actividad del escritor se mueve en una precaria cuerda floja entre la introspección y la vanidad, entre el arte más elevado y el *modus vivendi* más terrenal y zopenco.

Virginia Woolf hablaba de la escritura como de ese intento obstinado, obsesivo, casi siempre inútil, de lanzar un cubo al fondo de un pozo con la esperanza de subirlo lleno de agua cristalina. Casi siempre sube vacío o lleno de pedruscos, pero hay en el intento algo hermoso. Un intento lleno de luces y sombras, de éxitos y fracasos, al que asistimos en algunos de estos relatos con historias donde no falta la ironía o incluso el sarcasmo como ingrediente del guiso.

Esa ironía con unas gotas de angostura (a veces, chorros) está muy presente en este volumen porque los engranajes de la literatura están engrasados con el aceite del desencanto. De esa inevitable frustración del artista nos habla de una manera precisa Rudyard Kipling. Al verdadero escritor se lo reconoce, precisamente, por su grado de insatisfacción. En *El cuento más hermoso del mundo* nos muestra al joven aspirante a escritor que llega una tarde a casa del autor veterano con su cargamento de ignorancia y pretensiones dispuesto a escribir inmediatamente el mejor cuento de la historia. Se sienta y la pluma empieza a moverse febrilmente hasta que, al cabo de un rato, su mano se ralentiza, duda, retrocede, tacha, se detiene... y el joven aspirante levanta la cabeza hacia el veterano escritor:

«—Ahora parece una tontería —dijo con tristeza—. Y, sin embargo, cuando se me ocurrió me parecía buenísimo. ¿Por qué será?

No podía desanimarlo diciéndole la verdad.»

Kipling, como quienes se dedican a ese menester de lanzar cubos a un pozo infinito, sabe cuál es la verdad. De esas derrotas frente al sueño de la obra perfecta también sabía mucho Henry James. En el excelente cuento que hemos incluido en este volumen, *Los años intermedios,* nos muestra al escritor de éxito, respetado y leído, que en cuanto recibe el volumen recién salido de la imprenta se lanza a tachar y corregir y se siente abrumado por la sensación de haber vuelto a fracasar en el intento de conseguir la obra perfecta. Pero, eso sí, no pierde la esperanza de lograrlo en el siguiente libro. Otra escritora de primer nivel que nunca llegó a alcanzar la satisfacción fue Edith Wharton. En *El ángel de la tumba* nos cuenta muchas cosas sobre lo gaseoso del trabajo del escritor en la figura de un regio autor que al morir cae en el olvido y los esfuerzos de su nieta por sacar a flote su legado. Wharton era una optimista chasqueada, alguien que hubiese querido que las cosas fuesen mejor de lo que acaban siendo.

Muchos de los cuentos de esta antología son una mina de observaciones y apuntes para quienes quieran adentrarse en las piruetas de la literatura. En *Y va de cuento,* Miguel de Unamuno se muestra partidario de no cerrar tanto las historias y apunta que «una buena novela no debe tener desenlace, como no lo tiene, de ordinario, la vida». Cuando Scott Fitzgerald se pone a contarnos en diez líneas cómo armar una novela de éxito en *La tarde de un escritor,* parece —para su capacidad— sencillísimo. Pero el propio autor se apresura a hacernos ver que, más allá de los espejismos del éxito comercial, ese es un camino que lleva al más estrepitoso de los fracasos como creador. El eterno debate entre arte literario y comercialidad lo expone de manera muy ingeniosa O. Henry en el cuento *Best seller,* lo que demuestra que la polémica entre literatura trascendente y literatura de entretenimiento se arrastra desde hace muchas décadas.

Que la del escritor no es una vida fácil lo muestran muchas de las historias reunidas en estas páginas. Rubén Darío, en un cuento corto pero lleno de ecos, nos señala la fragilidad del escritor frente al poderoso de la manera más sucinta y estremecedora:

«Y el poeta:

—Señor, no he comido.

Y el rey:

—Habla y comerás.»

Los escritores acaban descubriendo que convertir el sublime arte de la literatura en un puchero en la mesa no es tan sencillo. Pero si eres mujer aún es más difícil. Mostramos un cuento-ensayo-carta ficcionada de Rosalía de Castro titulado *Carta a Eduarda.* Sin aspavientos, señala el calvario de ser una mujer escritora: «¡Qué continuo tormento!; por la calle te señalan constantemente, y no para bien, y en todas partes murmuran de ti». Que las mujeres han de luchar más lo muestra de manera imaginativa Emilia Pardo Bazán en una parábola de sabor clásico, *La palinodia,* donde algunos poetas de supuesta sensibilidad se empeñan en acusar a las mujeres de todos los males de la historia.

Y Pardo Bazán nos muestra también en la figura de ese poeta mezquino que los escritores (o escritoras) no son santos en una hornacina. Pueden llegar a ser tremendamente crueles. En el maravilloso relato *Vida de Ma Parker*, Katherine Mansfield habla de la ruindad del escritor, incluso cuando se comporta de manera impecable según los cánones sociales. También es egoísta en grado sumo el escritor que nos presenta el doctor Chéjov en *Chist*, indignado porque no hay en la casa el silencio necesario para crear su gran obra. Cabría preguntarse, después de leer a Chéjov y a Mansfield, si el creador ha de ser egoísta por naturaleza para que nada altere su estado de ánimo e interrumpa la construcción de esa gran obra imprescindible para iluminar el mundo. La propia Mansfield se fustigaba a menudo por lo que ella consideraba exceso de vanidad del escritor. En su conmovedor diario escribió: «Me pregunto por qué debe ser tan difícil ser humilde. No creo ser una buena escritora; me doy cuenta de mis fallas mejor que cualquier otra persona. Sé exactamente dónde fallo. Y, sin embargo, cuando he terminado una historia y he empezado otra, me sorprendo a mí misma *componiendo* mis plumas. Es desalentador». Que los escritores son a menudo seres torturados es algo fácil de comprobar cotejando sus biografías. Si la de Mansfield es un carrusel de altibajos, la de Edgar Allan Poe fue un laberinto subterráneo gracias a la cual han visto la luz algunos de los relatos más inquietantes de la historia de la literatura, como *Berenice*, que reunimos en este volumen. Y tampoco podríamos considerar una vida liviana la de Dostoyevski, afectado de epilepsia y con una adicción al juego que lo inundó de deudas de por vida. Por eso vemos en su brillante relato *Bobok* cómo un escritor se pasea por el cementerio como por el patio de su casa.

Otro riesgo del escritor es confundir las emociones de la realidad con las de la literatura. Ahí nos ilustra otro maestro, Leopoldo Alas «Clarín», con *Un documento*, en las carnes de un escritor embelesado por la belleza novelesca de una condesa. Igualmente, un peligro de los muy letraheridos es caer en la veneración de los libros como objeto hasta el extremo de ser indiferentes a la propia naturaleza del escritor, como sucede en el relato de Alphonse Daudet, *El último libro.*

Puede incluso llegar a convertirse en algo enfermizo, como sucede en la asombrosa leyenda de *El librero asesino de Barcelona,* explicada a su manera por un joven Gustave Flaubert en el relato *Bibliomanía,* y cuya génesis nos relata de manera detallada el escritor y bibliófilo Ramón Miquel y Planas en un texto que también incluimos en este volumen. Las angustias de quienes se obsesionan con los libros nos las cuenta, pero de manera mucho más desenfadada, Octave Uzanne en *Un exlibris mal colocado.*

Como angustioso e hipnótico es todo lo que rodea al misterioso libro titulado *Historia del Necronomicón,* cuyas páginas provocan la locura en quien las lee, o incluso la muerte, como veremos en el relato *El descendiente,* un libro de saberes prohibidos escrito en el siglo XV por un árabe llamado Abdul Alhazred. Tras Alhazred está la mano de H. P. Lovecraft, quien contó que la idea de ese volumen enigmático se le apareció en un sueño. Alhazred es un seudónimo que se suele atribuir al gusto del autor por los juegos de palabras, en este caso con la frase en inglés «all has read» («Todo ha leído»).

Los escritores, a través de la máscara transparente de la ficción, exponen en las páginas que siguen su fortaleza y su flaqueza, su tormento y su éxtasis. Les invitamos a que lancen el cubo al fondo del pozo en esta selección de cuentos que nos muestran la harina y el rodillo con que se amasa la literatura.

ANTONIO ITURBE

Vida de Ma Parker

KATHERINE MANSFIELD (1888-1923)

Mansfield tuvo una vida de torbellino, con relaciones sentimentales con uno y otro sexo, matrimonios de quince días e incluso de una sola noche y, a la vez, una sensibilidad exquisita para captar la fragilidad humana.

Vida de Ma Parker se publicó en el volumen *The Garden Party and Other Stories* en la editorial Alfred A. Knopf de Nueva York en 1922. El retrato que hace aquí del escritor resulta demoledor por lo veraz. La protagonista es una mujer mayor que hace tareas de limpieza en casa de un escritor al que Mansfield llama en el texto original «literary gentleman», un caballero literato. No es baladí esta manera de denominarlo, tan respetuosa que resulta, visto lo visto, un sarcasmo. Ese caballero literato es el contra-espejo de Ma Parker, que ha llevado una vida dura, que ha tenido que sacar ella sola a siete hijos y enterrar a otros seis, y de cuya boca ni siquiera sale un lamento. Ese *literary gentleman* apenas interviene en media docena de *flashes* durante el relato, pero Mansfield consigue que nos parezca que lo conozcamos de toda la vida, que palpemos su egoísmo, su hipócrita apariencia de magnanimidad, su falta de empatía con el dolor ajeno.

VIDA DE MA PARKER

KATHERINE MANSFIELD

Aquella mañana, tras abrirle la puerta del apartamento que limpiaba cada martes, el instruido caballero le preguntó a Ma Parker por su nieto. Ma Parker se quedó plantada sobre el felpudo de aquel vestíbulo pequeño y oscuro, y estiró el brazo para ayudarle a cerrar la puerta antes de contestar:

—Lo enterramos ayer, señor —dijo en voz baja.

—¡Oh, válgame Dios! Lamento oír eso —dijo el instruido caballero con voz de espanto.

Estaba a medio desayunar. Vestía una bata muy raída y tenía un periódico arrugado en la mano. Pero se sintió incómodo. Difícilmente podía regresar a la calidez de la sala de estar sin decir... sin decir algo más. Entonces, como esa gente le daba tanto valor a los funerales, añadió amablemente:

—Espero que el funeral saliera bien.

—¿Me perdone, señor? —dijo Ma Parker con voz ronca.

¡Pobre vieja! Parecía estar destrozada.

—Espero que el funeral fuera un... un... éxito —dijo.

Ma Parker no le contestó. Inclinó la cabeza y se dirigió renqueante hacia la cocina, abrazando la vieja bolsa para el pescado que contenía sus utensilios de limpieza y un mandil y un par de zapatillas de fieltro. El instruido caballero arqueó las cejas y regresó a su desayuno.

—Será la conmoción, supongo —dijo en voz alta mientras se ponía la mermelada.

Ma Parker sacó los dos alfileres de su toca y la colgó detrás de la puerta. Se desabrochó la chaqueta desgastada y la colgó también. A continuación se ató el mandil y se sentó para quitarse las botas. Quitarse las botas o ponérselas era toda una agonía, hacía años que lo era. De hecho, estaba tan acostumbrada al dolor que su rostro se contrajo y se crispó en anticipación de la punzada antes incluso de que acabara de desatarse los cordones. Cuando hubo terminado, se echó hacia atrás con un suspiro y se frotó suavemente las rodillas.

—¡Abu! ¡Abu! —Su nietito estaba en pie sobre su regazo con los botines puestos. Acababa de regresar de jugar en la calle.

—Mira cómo le has puesto la falda a tu abu... ¡niño malo!

Pero él le rodeó el cuello con los brazos y acarició su mejilla contra la de ella.

—¡Abu, dame un *pinique*! —intentó engatusarla.

—Lárgate de aquí. La abu no tiene peniques.

—Sí que *tienez.*

—No tengo, no.

—Sí que *tienez.* ¡*Dazme* uno!

Ella ya estaba buscando a tientas su viejo y machacado monedero de cuero negro.

—Bueno, ¿y tú qué le darás a tu abu?

El niño lanzó una pequeña carcajada tímida y la apretó más fuerte hasta que sintió el temblor de su pestaña contra la mejilla.

—No tengo *ná*... —murmuró.

La anciana se puso en pie de golpe, tomó la tetera de hierro del horno de gas y la llevó hasta el fregadero. El repiqueteo del agua en la tetera mitigó su dolor, o eso le pareció. También llenó el cubo y la palangana.

Haría falta un libro entero para describir el estado de aquella cocina. Durante la semana, el instruido caballero se «arreglaba» solo. Eso quería decir que de vez en cuando vaciaba las hojas del té en un frasco de mermelada que había apartado para ese propósito, y cuando se quedaba sin tenedores limpiaba uno o dos con el trapo de cocina. Por lo demás, tal y como les explicaba a sus amigos, su «sistema» era bastante sencillo, y no lograba comprender por qué la gente se agobiaba tanto con lo de las labores domésticas.

—Simplemente ensucias todo lo que tienes, te consigues a una vieja bruja que venga a limpiar una vez a la semana y todo solucionado.

El resultado se asemejaba a un cubo de basura inmenso. Incluso el suelo estaba cubierto de migas de tostada, sobres, colillas. Pero Ma Parker no le guardaba ningún rencor. Se compadecía de aquel joven caballero que no tenía a nadie que cuidara de él. A través del sucio ventanuco se veía una inmensa extensión de cielo de aspecto tristón, y cuando había nubes estas eran viejas y estaban gastadas, se deshilachaban en sus bordes y tenían agujeros en su interior o manchas oscuras como de té. Mientras el agua hervía, Ma Parker se puso a barrer el suelo. «Sí —pensó dando escobazos—, entre una cosa y la otra, ya es suficiente. He tenido una vida dura.»

Incluso sus vecinos lo comentaban cuando hablaban sobre ella. Muchas veces, al regresar a casa renqueante con su bolsa para el pescado, Ma Parker los oía, esperando en una esquina, o apoyados sobre las verjas de las casas del barrio, diciéndose los unos a los otros: «Ha tenido una vida dura, esa Ma Parker». Y era algo tan cierto que ella no se sentía en lo más mínimo orgullosa. Era como si le fueras a decir que vivía en la parte trasera del sótano del número 27. ¡Una vida dura!

A los dieciséis dejó Stratford y se vino a Londres como criada de cocina. Sí, nació en Stratford-upon-Avon. ¿Shakespeare, señor? No, la gente siempre le preguntaba por él, pero ella nunca había oído ese nombre hasta que lo vio en las marquesinas de los teatros.

Nada quedaba de Stratford salvo aquel «sentada junto al hogar en el ocaso podías ver las estrellas a través de la chimenea», y «Madre siempre tenía otra porción de tocino colgando del techo». Y había algo —un arbusto, eso

era— junto a la puerta de entrada que olía tan bien... Pero lo del arbusto era bastante vago. Solo se había acordado de él una o dos veces, en el hospital, cuando se la llevaron porque se había puesto mala.

Era espantoso —el primer lugar en el que estuvo—. Nunca la dejaban salir al exterior. Nunca subía al piso de arriba salvo para las oraciones de la mañana y de la tarde. Era un señor sótano. Y la cocinera era una mujer cruel, que solía robarle las cartas que le llegaban de casa antes de que pudiera leerlas, y las tiraba al fogón porque la llevaban a fantasear. ¡Y las cucarachas! ¿Te lo puedes creer? Hasta llegar a Londres no había visto nunca una cucaracha negra. En ese momento, Ma siempre soltaba una risita: ¡como para no haber visto una cucaracha negra! ¡Bueno! Era como decir que no te habías visto los pies.

Cuando aquella familia fue desahuciada, ella entró de «servicio» en la casa de un médico, y después de dos años allí, corriendo de la mañana a la noche, se casó con su marido, que era panadero.

—¡Un panadero, señora Parker! —decía el instruido caballero, pues ocasionalmente dejaba sus volúmenes a un lado y prestaba atención, al menos, a este producto llamado «Vida»—. ¡Debe de ser bastante agradable estar casada con un panadero!

La señora Parker no parecía tan segura.

—Un negocio tan decente —decía el caballero.

La señora Parker no parecía muy convencida.

—¿Y no disfrutaba usted entregando las hogazas de pan fresco a los clientes?

—Bueno, señor —decía la señora Parker—, tampoco es que me estuviera muchísimo tiempo arriba, en la tienda. Tuvimos a trece pequeñines y enterramos a siete de ellos. ¡Se podría decir que cuando no estaba en el hospital estaba en el dispensario!

—¡Desde luego que podría decirlo así, señora Parker! —comentaba el caballero con un estremecimiento, y tomaba la pluma de nuevo.

Sí, se le habían ido siete, y, cuando los otros seis aún eran pequeños, se llevaron a su marido, enfermo de tisis. Fue por la harina que tenía en los pulmones, le dijeron los médicos en aquel momento. Su marido se incorporó en la cama con la camisa por encima de la cabeza, y el médico dibujó un círculo con el dedo sobre su espalda.

—Bien, si lo abriéramos por aquí, señora Parker —dijo el médico—, vería que tiene los pulmones a reventar de polvo blanco. ¡Respire, mi buen hombre! —Y la señora Parker nunca supo con certeza si había visto o se había imaginado la gran vaharada de polvo blanco que salió de los labios de su pobre y difunto marido.

Pero el esfuerzo que había tenido que hacer para criar a esos seis niños pequeños mientras se lo guardaba todo para sí... ¡Terrible, había sido terrible! Entonces, justo cuando comenzaron a tener edad de ir a la escuela, la hermana de su marido se fue a vivir con ellos para ayudar en la casa, y no llevaba allí ni dos meses cuando se cayó por un tramo de escaleras y se hizo daño en la columna. Y durante los cinco años siguientes Ma Parker tuvo a otra cría —¡y menuda era cuando lloraba!— a la que cuidar. Entonces, la joven Maudie se fue por el mal camino y se llevó a su hermana Alice consigo; los dos chicos *inmigrimaron* y el joven Jim se fue a la India con el ejército, y Ethel, la más pequeña, se casó con un camarerito inútil que se murió por unas úlceras el mismo año en que nació el pequeño Lennie. Y ahora el pequeño Lennie, mi nieto...

Lavó y secó las montañas de tazas sucias, de platos sucios. Limpió los cuchillos, negros como la tinta, con un trozo de patata, y los remató con un pedazo de corcho. Restregó la mesa, y el aparador y el fregadero, en el que había colas de sardina flotando.

Nunca fue un niño fuerte, desde el primer día. Fue uno de esos bebés hermosos a los que todo el mundo toma por una niña. Tenía unos rizos de color rubio plateado, los ojos azules y una pequita como un diamante a un lado de la nariz. ¡Los problemas que Ethel y ella tuvieron para sacar adelante a ese niño! ¡La de cosas que encontraban en los periódicos e intentaban con él! Cada domingo por la mañana, Ethel leía en voz alta mientras Ma Parker hacía la limpieza.

—«Querido señor, solo unas líneas para informarle que a mi pequeña Myrtil la daban ya por muerta... Después de cuatro frasquillos... ganó tres kilos y medio en nueve semanas, y *continúa ganando peso.*»

Y entonces bajaban del aparador la huevera con la tinta y escribían la carta, y al día siguiente Ma compraba un giro postal de camino al trabajo. Pero no servía de nada. Nada hacía que el pequeño Lennie ganara peso. Ni siquiera cuando lo llevaban al cementerio tomaba algo de color; el agradable traqueteo del autobús jamás servía para que mejorara su apetito.

Pero fue el ojito derecho de su abu desde el primer día.

—¿De quién es este niño? —dijo la vieja Ma Parker, que se incorporó frente al fogón y se dirigió hacia la ventana sucia.

Y una vocecita tan cálida, tan cercana que prácticamente la dejó sin aire —pues parecía estar en su pecho, debajo de su corazón—, se carcajeó y dijo:

—¡Soy el niño de mi abu!

En ese momento se oyeron unos pasos y apareció el instruido caballero, que se había vestido para salir a la calle.

—Oh, señora Parker, me voy.

—Muy bien, señor.

—Y encontrará su media corona en la bandeja de la escribanía.

—Gracias, señor.

—Ah, por cierto, señora Parker —se apresuró a añadir el instruido caballero—, usted no habrá tirado algo de cacao la última vez que estuvo aquí, ¿verdad?

—No, señor.

—Es *muy* extraño. Habría jurado que dejé una cucharada de cacao en la lata. —Se interrumpió, y a continuación añadió en voz baja y firme—: Me avisará siempre que vaya a tirar algo, ¿verdad, señora Parker? —Y se alejó muy satisfecho de sí mismo; convencido, de hecho, de haberle demostrado a la señora Parker que, bajo su aparente despreocupación, estaba tan atento como cualquier mujer.

Se oyó un portazo. Ella llevó los cepillos y los trapos a la habitación. Pero, al comenzar a hacer la cama, estirando las sábanas, entallándolas, alisándolas a palmadas, el recuerdo del pequeño Lennie se volvió insoportable. ¿Por qué tuvo que sufrir tanto? Eso era lo que no lograba comprender. ¿Por qué un angelito como era ese niño había tenido que pedir que le dejaran respirar y luchar de esa manera por su aliento? No tenía sentido hacer que un crío sufriera así.

De la cajita que era el pecho de Lennie brotó un sonido como si algo hirviera allí dentro. Una gran masa de algo bullía en su pecho y no podía deshacerse de ella. Cuando tosía, el sudor brotaba en su cabeza; los ojos se le salían dc las órbitas, agitaba las manos y aquella masa borbotaba como una patata dentro de una cacerola. Pero lo más espantoso de todo era quc, cuando no tosía, se quedaba sentado contra la almohada y no hablaba ni contestaba, era como si no las oyera, y se limitaba a mostrar una expresión irritada.

—Esto no es culpa de tu pobre abu, amorcito mío —dijo Ma Parker mientras le apartaba el cabello húmedo de sus orejitas de color escarlata. Pero Lennie movió la cabeza y se alejó. Parecía terriblemente irritado con ella... y serio. Inclinó la cabeza y la miró de soslayo, como si no pudiera creer que su abu hubiera sido capaz de hacerle eso.

Pero en el último momento... Ma Parker colocó la colcha sobre la cama. No, simplemente no podía pensar en ello. Era demasiado... le habían pasado demasiadas cosas en la vida como para que pudiera soportarlo más. Lo había sobrellevado hasta ese momento, se lo había guardado todo para sí misma y ni una sola vez se la había visto llorar. Ni una sola alma viviente lo había hecho. Ni siquiera sus propios hijos la habían visto derrumbarse. Había mantenido siempre una expresión de orgullo. Pero ahora... sin Lennie, ¿qué le quedaba? No le quedaba nada. Era todo lo que le había dado la vida, y ahora se lo habían quitado también. «¿Por qué me habrá pasado todo esto a mí? —se preguntó—. ¿Qué he hecho yo? —dijo la vieja Ma Parker—. ¿Qué he hecho yo?»

Mientras decía esas palabras, de repente dejó caer el cepillo. Se encontró con que estaba en la cocina. Su tristeza era tan terrible que se puso la toca con los alfileres, la chaqueta y abandonó el apartamento como si estuviera dentro de un sueño. No sabía lo que se hacía. Era como una persona que estuviera tan aturdida por el horror de lo que le ha sucedido que simplemente se alejara... hacia cualquier parte, como si con ello pudiera también escapar.

En la calle hacía frío. El viento estaba helado. La gente iba de un lado al otro con prisas, rápidamente. Los hombres caminaban como si fueran tijeras, las mujeres pisaban como los gatos. Y nadie lo sabía… a nadie le importaba. Por mucho que se viniera abajo, si al final, después de todos esos años, se echaba a llorar lo más probable es que acabara en el calabozo.

Pero cuando pensó en llorar fue como si el pequeño Lennie hubiera saltado a los brazos de su abuela. Ah, eso es lo que tu abu quiere hacer, pichón. Abu quiere llorar. Si tan solo pudiera llorar ahora, llorar durante mucho rato. Por todo, comenzando por el primer lugar en el que estuvo y la cocinera cruel, y cuando se fue con el médico, y entonces los siete pequeñines, la muerte de su marido, los hijos que la abandonaron, y todos los años de tristeza que la condujeron hasta Lennie. Pero llorar como era debido por todas esas cosas le iba a llevar mucho rato. Sin embargo, había llegado la hora. Debía hacerlo. Ya no podía retrasarlo más tiempo; ya no podía esperar más. ¿Adónde podía ir?

«Ha tenido una vida dura, esa Ma Parker.» ¡Sí, una vida dura, desde luego! Comenzó a temblarle la barbilla, no había tiempo que perder. ¿Pero dónde? ¿Dónde?

No podía ir a casa, Ethel estaba allí. Le daría un susto de muerte. No podía sentarse en un banco cualquiera; la gente vendría a hacerle preguntas. No podía regresar al apartamento del caballero; no tenía derecho a llorar en casas ajenas. Si se sentaba en alguna escalera, la policía vendría a hablar con ella.

Oh, ¿no había ningún sitio en el que pudiera esconderse y ocuparse en privado de sus asuntos durante todo el tiempo que quisiera, sin molestar a nadie, y sin que nadie la molestara? ¿No había ningún lugar en el mundo donde pudiera soltar al fin su llanto?

Ma Parker se quedó allí plantada, mirando calle arriba y calle abajo. El viento helado se le metió en el delantal y lo hinchó como un globo. Y en ese momento comenzó a llover. Aquel lugar no existía.

La tarde de un escritor / Financiando a Finnegan

FRANCIS SCOTT FITZGERALD
(1896-1940)

Que Fitzgerald falleciera en Hollywood no deja de ser una metáfora de su vida. Algunos momentos de brillo y esplendor, como esa foto junto a una sofisticada Zelda, donde se les ve atildados y cosmopolitas en el transatlántico que los lleva de Nueva York a París, pero también otros muchos episodios de caída tras caída.

Estos dos relatos tienen tonos distintos y ambos nos ofrecen ángulos diferentes y complementarios del autor en su relación con la literatura. En *La tarde de un escritor* (publicado en la revista *Squire* en agosto de 1936) asistimos a su consideración de la literatura como merodeo y observación minuciosa de los pequeños detalles de la realidad. Impagable el curso completo de escritura que da en un párrafo y que, inmediatamente, desdeña. Porque la literatura no puede ser cálculo y la suya nace siempre del vértigo de su propia vida. En *Financiando a Finnegan* (un relato publicado en la revista *Squire* en 1938) encontramos al Fitzgerald quisquilloso, desconfiado y eternamente insatisfecho en su relación con los editores. Pero también una parodia de sí mismo, en ese Finnegan que no es capaz de conectar con Hollywood y tiene el bolsillo agujereado. En una carta a su agente en 1939, Fitzgerald le habla del «estado medio paralizado en el que me encuentro a veces (casi como el héroe de mi historia *Financiando a Finnegan*)».

LA TARDE DE UN ESCRITOR

FRANCIS SCOTT FITZGERALD

Al despertarse descubrió que hacía muchas semanas que no se sentía tan bien, hecho que se le hizo evidente desde la negación: no se sentía enfermo. Se apoyó por un instante en el marco de la puerta que separaba su dormitorio del lavabo, hasta asegurarse de que no estaba mareado. Ni una pizca, ni siquiera cuando se agachó para buscar una zapatilla debajo de la cama.

Era una radiante mañana de abril. No tenía ni idea de la hora porque llevaba mucho tiempo sin darle cuerda a su reloj, pero, cuando atravesó el apartamento en dirección a la cocina, vio que su hija había desayunado y salido, y que el correo había llegado ya, así que eran más de las nueve.

—Creo que hoy saldré a la calle —le dijo a la sirvienta.

—Le hará bien. Hace un día precioso. —Era de Nueva Orleans, y tenía los rasgos y el color de una mujer árabe.

—Quiero dos huevos, como ayer. Y una tostada, zumo de naranja y té.

Permaneció unos instantes en el extremo del apartamento que ocupaba su hija, leyendo el correo. Era correo fastidioso, no había nada alegre en él: principalmente facturas y publicidad junto con el diario del alumno de Oklahoma y su asombroso álbum de autógrafos. Era posible que

Sam Goldwyn realizara una película de ballet con la Spessiwitza o tal vez no la realizaría... todo debía esperar a que el señor Goldwyn regresara de Europa, momento para el cual podría tener ya media docena de ideas nuevas. La Paramount quería su autorización para utilizar un poema que había aparecido en uno de sus libros, ya que ignoraban si se trataba de una pieza original o solo la había citado. Quizá lo usaran para ponerle título a la película. En cualquier caso, esa propiedad ya no tenía ningún valor: había vendido sus derechos para una versión muda muchos años atrás y los de la versión sonora, el año anterior.

—Nunca ha habido suerte con las películas —dijo para sí—. Zapatero a tus zapatos.

Mientras desayunaba estuvo observando por la ventana a los alumnos que cambiaban de aula en el campus universitario de enfrente.

—Hace veinte años yo también iba de un aula a otra —le dijo a la criada, que respondió con su risa de debutante.

—Necesitaré un cheque —dijo—, si es que va a salir.

—Oh, no saldré aún. Tengo que trabajar dos o tres horas. Me refería a que iba a salir por la tarde.

—¿Un paseo en coche?

—No se me ocurriría conducir esa antigualla. La vendería por cincuenta dólares. Tomaré un autobús.

Después de desayunar se tumbó quince minutos. A continuación se dirigió al estudio y se puso a trabajar.

El problema era un relato para una revista que se había vuelto tan endeble en su parte central que estaba a punto de verse arrastrado por el viento. La trama era como una escalera interminable, no se había guardado ningún elemento de sorpresa y los personajes, que dos días antes habían comenzado mostrándose tan valientes, no daban ya ni para un folletín por entregas del periódico.

—Sí, la verdad es que tengo que salir —pensó—. Me gustaría conducir hasta el valle de Shenandoah, o ir hasta Norfolk en barco.

Pero ambas ideas resultaban poco prácticas: requerían de un tiempo y una energía de los que no andaba sobrado, y lo poco que le quedara debía reservarlo para trabajar. Repasó el manuscrito subrayando las frases buenas con un lápiz rojo y, después de guardarlas en una carpeta, se dedicó a romper lentamente el resto y lo tiró a la papelera. A continuación, comenzó a pasearse por la habitación mientras fumaba y, de vez en cuando, hablaba consigo mismo.

—Bueeeno, veaaamos...

—Bieeen, lo siguiente sería...

—Vamos a ver, vamos...

Al cabo de un rato se sentó mientras pensaba:

—Es solo que estoy estancado. No debería haber tocado un lápiz en un par de días.

Estuvo repasando el encabezado «Ideas para relatos» de su libreta hasta que la criada vino a decirle que su secretaria estaba al teléfono —era secretaria a tiempo parcial desde que enfermara—.

—Nada de nada —dijo—. Acabo de romper todo lo que había escrito. No valía nada. Esta tarde saldré un rato.

—Me alegro por ti. Hace un buen día.

—Será mejor que vengas mañana por la tarde... hay un montón de correo y de facturas.

Se afeitó y acto seguido, como precaución, descansó cinco minutos antes de vestirse. La idea de salir le resultaba excitante. Esperaba que los chicos del ascensor no le dijeran que se alegraban de verle en pie y acabó decidiendo que bajaría por el ascensor de atrás, donde no le conocían. Se puso su mejor traje, el de la chaqueta y los pantalones que no hacían juego. Se había comprado solo dos trajes en los últimos seis años, pero eran de la mejor calidad... solo esa chaqueta le había costado ciento diez dólares. Puesto que necesitaba un destino —no estaba bien salir por ahí sin un destino— se metió en el bolsillo un tubo de bálsamo de champú para que pudiera utilizarlo su barbero y también un pequeño vial de Luminal.

—El neurótico perfecto —dijo, mirándose en el espejo—. Subproducto de una idea, desecho de un sueño.

II

Fue a la cocina y se despidió de la sirvienta como si estuviera a punto de partir hacia Little America. Una vez durante la guerra tiró de todo un farol para requisar un vehículo y lo condujo entre Nueva York y Washington para que no le declararan desertor. Ahora estaba prudentemente plantado en la esquina de la calle, esperando a que cambiara el semáforo, mientras la juventud pasaba rápidamente junto a él mostrando una tremenda indiferencia hacia el tráfico. Bajo unos árboles, la parada del autobús estaba verde y fresca, y le hizo pensar en las últimas palabras de Stonewall Jackson: «Crucemos el río y descansemos a la sombra de esos árboles». Los líderes de la Guerra Civil parecían haberse dado cuenta de repente de lo cansados que estaban: Lee marchitándose hasta convertirse en otro hombre, Grant con esa desesperación final por escribir sus memorias...

El autobús resultó ser todo lo que esperaba: solo había otro hombre en el piso superior y las ramas verdes golpeaban contra las ventanas a lo largo de calles enteras. Probablemente iban a tener que recortar esas ramas y le pareció una pena. Había tanto que mirar... Intentó definir el color de una línea de casas y solo pudo pensar en una vieja capa de ópera de su madre que estaba llena de tonos suaves y que sin embargo no tenía un tono concreto: se limitaba a reflejar la luz. En algún lugar, las campanas de una iglesia tocaron el *Venite adoremus* y se preguntó por qué, ya que faltaban ocho meses para Navidad. No le gustaban las campanas, pero le parecieron muy emotivas cuando tocaron *Maryland, My Maryland* en el funeral del gobernador.

En el campo universitario de fútbol había un grupo de hombres trabajando con sus rodillos y se le ocurrió un título: *El cuidador del césped* o también *La hierba crece*, que trataría sobre un hombre que trabaja durante años esa hierba y que cría a su hijo para que vaya a la universidad y juegue al fútbol allí. Entonces el hijo moriría siendo joven y el hombre pasaría a trabajar en el cementerio, donde pondría césped por encima de su hijo en vez de bajo sus pies. Se trataba del tipo de relato que suele aparecer en las antologías, pero no era su estilo: era precisamente todo lo contrario, tan formalizado como cualquier relato de revista popular y más sencillo de

escribir. No obstante, a mucha gente le parecería excelente porque había excavaciones y era melancólico y fácil de entender.

El autobús pasó frente a una estación de tren de burda inspiración griega que cobraba vida gracias a los mozos de camisa azul que aguardaban en su entrada. Al entrar en el barrio comercial la calle comenzó a estrecharse y de repente aparecieron chicas con vestidos de colores brillantes, bellísimas todas ellas —pensó que nunca había visto chicas tan hermosas—. También había hombres, pero todos tenían un aspecto bastante ridículo, como él cuando se miraba al espejo, y había ancianas poco agraciadas, y de repente entre las chicas había también rostros sosos y desagradables, pero en general eran encantadoras, se encontraban entre los seis años y la treintena, y vestían todas ellas colores de verdad, provocativas y serenas sin planes ni cuitas en sus rostros, solo un estado de dulce suspensión. Durante un minuto amó terriblemente la vida, deseó no renunciar a ella en absoluto. Pensó que quizá había cometido un error al salir tan pronto a la calle.

Se bajó del autobús apoyándose con cuidado en todas las barandillas y anduvo una calle hasta llegar al hotel donde se encontraba la barbería. Pasó junto a una tienda de artículos deportivos y miró el escaparate del que todo le dejó indiferente salvo por un guante de béisbol de primera base que ya estaba bastante ennegrecido en su palma. Al lado había una sastrería y se quedó durante bastante rato observando las camisas de tonos profundos y las de cuadros y tartán. Diez años atrás, durante un verano en la Riviera, un grupo en el que se encontraba el escritor había comprado camisas obreras de color azul oscuro, y probablemente eso era lo que había desatado aquella tendencia. Las camisas a cuadros eran bonitas, llamativas como uniformes, y deseó tener veinte años y poder ir a un club de playa todo emperifollado como un atardecer de Turner o un amanecer de Guido Reni.

La barbería era grande, luminosa y fragrante. Habían pasado varios meses desde la última vez que el escritor bajara al centro con ese objetivo, y se encontró con que su barbero habitual estaba postrado en cama con artritis. De todos modos, le explicó a otro hombre cómo debía usar el bálsamo, rechazó un periódico y se sentó bastante feliz, satisfecho sensualmente al notar aquellos dedos poderosos sobre su cuero cabelludo, mientras le pasaba por la cabeza un agradable recuerdo conjunto de todas las barberías que había conocido.

Una vez escribió un relato sobre un barbero. Allá por 1929, el propietario de su barbería preferida en la ciudad en la que vivía estaba a punto de retirarse después de ganar una fortuna de 300.000 dólares gracias a los soplos de un empresario industrial. El escritor no tenía ninguna participación en el mercado de acciones; de hecho, estaba a punto de zarpar hacia Europa con todo aquello de lo que había hecho acopio para quedarse allí unos años, y ese otoño, al enterarse de que el barbero había perdido su fortuna, se sintió motivado para escribir ese relato, que camufló minuciosamente en todos los sentidos pero que giraba en torno al ascenso y posterior caída mundana de un barbero. Pese a todo, se enteró de que su historia había sido identificada en la ciudad, y que aquello provocó cierto resentimiento.

Se acabó el champú. Cuando salió al vestíbulo, una orquesta había comenzado a tocar en el bar de copas de enfrente y se quedó un rato escuchando en la puerta. Aunque había pasado mucho tiempo desde su último baile —quizá habían sido dos veladas en cinco años—, una de las críticas de su último libro había comentado que el escritor sentía afinidad por los clubes nocturnos. Y la misma crítica habló de él como una persona infatigable. Hubo algo en la manera que la palabra sonó en su cabeza que le quebró por un instante, y al sentir que se le llenaban los ojos de lágrimas de debilidad dio media vuelta. Fue como al principio, quince años atrás, cuando dijeron de él que tenía «una facilidad fatal», y se puso a trabajar cada frase como un esclavo para que no fuera así.

—Me estoy amargando de nuevo —se dijo a sí mismo—. Eso no es bueno, no es bueno... tengo que volver a casa.

El autobús tardaba en pasar, pero no le gustaban los taxis y seguía teniendo la esperanza de que le sucediera algo en aquel piso superior mientras atravesaba las verdes hojas del bulevar. Cuando llegó al fin le costó un poco subir la escalerita, pero valió la pena porque lo primero que vio fue a un par de alumnos de instituto, un chico y una chica, sentados despreocupadamente en el alto pedestal de la estatua de Lafayette, centrados irrevocablemente el uno en el otro. Su aislamiento le conmovió, y supo que iba a

extraer algo de aquello en términos profesionales, por lo menos como contraste respecto a la reclusión creciente de su existencia y a la paulatina necesidad de escarbar en un pasado en el que ya había escarbado demasiado. Necesitaba plantar nuevos árboles y era muy consciente de ello, y esperaba que el terreno aguantara una cosecha más. No disponía de la mejor tierra a causa de su temprana debilidad por exhibirse en vez de escuchar y observar.

Allí estaba el edificio de apartamentos... levantó la mirada hacia las ventanas del piso de arriba antes de entrar.

—La residencia del exitoso escritor —se dijo a sí mismo—. Me pregunto qué libros maravillosos estará garrapateando ahí arriba. Debe de ser fantástico tener un don como ese... Solo sentarse con papel y lápiz. Trabajar cuando se quiera... ir donde le apetezca.

Su hija no había vuelto aún a casa, pero la sirvienta salió de la cocina y le dijo:

—¿Se lo ha pasado bien?

—Perfectamente —dijo él—. He ido a patinar sobre ruedas y a jugar a los bolos y he estado haciendo el tonto con Man Mountain Dean y he acabado en un baño turco. ¿Algún telegrama?

—Ni uno solo.

—Tráeme un vaso de leche, ¿quieres?

Atravesó el comedor y giró para entrar en su estudio, donde el reflejo del sol tardío sobre sus dos mil libros le cegó de golpe. Estaba bastante cansado... se tumbaría diez minutos y a continuación vería si lograba empezar a trabajar en alguna idea durante las dos horas que faltaban para la cena.

FINANCIANDO A FINNEGAN

FRANCIS SCOTT FITZGERALD

En la editorial, todo el mundo se mostró de acuerdo en que era genial, y en que sin duda alguna iba a recuperarse rápidamente de aquel bajón.

Finnegan y yo tenemos el mismo agente literario que se encarga de vender nuestros escritos pero, aunque a menudo he visitado el despacho del señor Cannon justo antes o justo después de las visitas de Finnegan, nunca he llegado a coincidir con él. Asimismo compartimos editorial, y habitualmente, cuando yo llegaba, Finnegan acababa de marcharse. Por la manera en que hablaban de él, como si suspiraran pensativos —«Ah, Finnegan...», «Oh, sí, Finnegan ha estado aquí»—, deducía que la visita del distinguido escritor no había estado exenta de incidentes. Ciertos comentarios sugerían que se había llevado algo consigo al marcharse... manuscritos, suponía yo: una de esas novelas suyas tan exitosas. Se la habría llevado para hacer una última revisión, ese borrador final que según los rumores rehacía diez veces a fin de conseguir el flujo sencillo, el ingenio rápido que distinguía su trabajo. Solo con el paso del tiempo acabé descubriendo que la mayoría de las visitas de Finnegan tenían que ver con temas de dinero.

—Lamento que tenga que marcharse —me decía el señor Cannon—. Finnegan vendrá mañana. —Luego, tras una pausa reflexiva—: Probablemente tendré que pasar un rato con él.

No sé qué nota en su voz me hacía pensar en la charla con un director de banco nervioso después de que le informaran de la presencia de Dillinger en la vecindad. Su mirada se perdió en la lejanía mientras hablaba como para sí mismo:

—Por supuesto, es posible que traiga un manuscrito. Está trabajando en una novela, ¿sabes? Y también una obra de teatro —hablaba como si se refiriera a unos sucesos interesantes pero remotos del *cinquecento,* si bien su expresión se volvió más esperanzada cuando añadió—: quizá se trate de un relato corto.

—Es muy versátil, ¿verdad? —pregunté.

—Oh, sí —despertó el señor Cannon—, puede hacer de todo... de todo, siempre y cuando se lo proponga. Nunca ha habido un talento parecido.

—No he visto muchas obras suyas últimamente.

—Oh, pero está trabajando duro. Algunas revistas se están guardando sus relatos.

—¿Se los están guardando? ¿Para qué?

—Oh, en espera de un momento más adecuado... cuando esté al alza. Les gusta saber que tienen algo de Finnegan.

En efecto, el suyo era un nombre escrito con lingotes de oro. Su carrera había comenzado con brillantez y, si no había mantenido ese primer nivel de exaltación, al menos se reiniciaba con brillantez cada pocos años. Era la promesa perenne de las letras norteamericanas —lo que podía llegar a conseguir con las palabras era asombroso, las hacía brillar y centellear—; escribía frases, párrafos, capítulos que eran obras de arte hiladas y entrelazadas. Solo al conocer a un pobre diablo, un guionista que había intentado extraer una historia lógica de uno de sus libros, me di cuenta de que Finnegan tenía sus enemigos.

—Al leerlo es todo muy bonito —me dijo aquel hombre con repugnancia—, pero cuando lo pones por escrito de manera plana es como pasarte una semana en el manicomio.

Salí del despacho del señor Cannon y me dirigí a mi editorial, en la Quinta Avenida, donde también tardé un santiamén en enterarme de que esperaban la visita de Finnegan al día siguiente.

En efecto, el hombre proyectaba una sombra tan larga ante sí que la comida durante la que se suponía que debíamos discutir mi propio trabajo estuvo dedicada ampliamente a Finnegan. De nuevo tuve la sensación de que mi anfitrión, el señor George Jaggers, no hablaba conmigo, sino consigo mismo.

—Finnegan es un gran escritor —dijo.

—Sin duda.

—Y en realidad es bastante buena gente, ¿sabes?

Puesto que no había puesto en duda ese hecho, pregunté si existía alguna duda al respecto.

—Oh, no —se apresuró a contestar el señor Jaggers—. Es solo que últimamente ha tenido una racha de tanta mala suerte...

Sacudí la cabeza, compasivo.

—Lo sé. Eso de tirarse a una piscina medio vacía fue un duro golpe.

—Oh, no estaba medio vacía. Estaba llena de agua. Llena hasta el borde. Tienes que escuchar cómo lo cuenta Finnegan: lo convierte en un relato hilarante. Parece que estaba un poco pachucho y que por eso se tiraba solo desde el lateral de la piscina, ¿sabes? —El señor Jaggers señaló su cuchillo y su tenedor, sobre la mesa—, y entonces vio a unas chicas que se tiraban desde el trampolín de cinco metros. Cuenta que pensó entonces en su juventud perdida, que subió para imitarlas y que realizó una hermosa zambullida de cabeza... pero que se le rompió el hombro mientras estaba en el aire. —Me dirigió una mirada bastante ansiosa—. ¿No has oído hablar de casos parecidos, de jugadores de béisbol a los que se les sale el brazo de sitio?

En ese momento no se me ocurrió ningún paralelismo ortopédico.

—A continuación —prosiguió con mirada ensimismada—, Finnegan tuvo que escribir en el techo.

—¿En el techo?

—Prácticamente. No renunció a la escritura... tiene muchas agallas, el tipo, aunque no lo creas. Le montaron algún tipo de estructura colgada del techo y él se tumbaba de espaldas y escribía en el aire.

Tuve que conceder que se trataba de un arreglo valeroso.

—¿Y eso afectó a su trabajo? —pregunté—. ¿Tuviste que leer sus relatos del revés, como si estuvieran en chino?

—Durante un tiempo resultaron bastante confusos —admitió Jaggers—, pero ahora todo está bien. He recibido varias cartas suyas que sonaban más como el viejo Finnegan, llenas de vida y esperanza y planes de futuro.

La mirada perdida regresó a su rostro y yo conduje la conversación hacia temas más cercanos a mi corazón. Solo al volver a su despacho resurgió el tema, y me sonrojo al escribir esto, ya que incluye la confesión de algo que rara vez hago: leer un telegrama dirigido a otra persona. Sucedió porque el señor Jaggers fue interceptado en el pasillo y, al entrar en su despacho y sentarme, me lo encontré extendido ante mí.

> CON CINCUENTA AL MENOS PODRÍA PAGAR MECANÓGRAFA Y CORTAR PELO Y COMPRAR LÁPICES VIDA SE HA VUELTO IMPOSIBLE Y VIVO DE SOÑAR CON BUENAS NOTICIAS DESESPERADAMENTE TUYO
>
> FINNEGAN

No pude creer lo que veían mis ojos: cincuenta dólares, y resulta que yo sabía que lo que cobraba Finnegan por sus relatos se encontraba alrededor de los tres mil dólares. George Jaggers me encontró mirando aún aturdido el telegrama. Después de leerlo, me dirigió una mirada afligida.

—No veo cómo podré obrar a conciencia —me dijo.

Yo me sobresalté y paseé la vista a mi alrededor para asegurarme de que estaba en las oficinas de una próspera editorial de Nueva York. Entonces lo comprendí: había malinterpretado el telegrama. Finnegan le estaba pidiendo un avance de cincuenta mil dólares, una exigencia que habría hecho tambalearse a cualquier editorial, sin importar cuál fuera el autor.

—Solo la semana pasada —dijo el señor Jaggers desconsolado— le mandé cien dólares. Cada temporada deja mi departamento en números rojos, así que ya no me atrevo a contárselo a mis socios. Lo saco de mi propio bolsillo, renunciando a un traje y a un par de zapatos.

—¿Quiere decir que Finnegan está arruinado?

—¡Arruinado! —me miró y se rio sin emitir ningún sonido. De hecho, no es que me gustara exactamente su manera de reír. Mi hermano tenía una risa nervio... pero eso se aleja ya mucho de esta historia. Se recompuso al cabo de un minuto—. No dirás nada de todo esto, ¿no? La verdad es que Finnegan está hundido. Durante los últimos años ha recibido golpe tras golpe, pero ahora se está recuperando rápidamente y sé que nos devolverá hasta el último céntimo que le hemos... —intentó pensar una palabra, pero «dado» se le escapó. Esta vez fue él quien se mostró ansioso por cambiar de tema.

No quiero transmitir la impresión de que los asuntos de Finnegan me absorbieran durante la semana que pasé en Nueva York, pero resultaba inevitable que, pasando tanto tiempo en los despachos de mi agente y de mi editor, tropezara con muchos de ellos. Por ejemplo, dos días después, mientras usaba el teléfono del despacho del señor Cannon, me conectaron por error con la conversación que este mantenía con George Jaggers. Pero fue un espionaje parcial, verás, porque pude oír solo un extremo de la conversación y eso no es tan malo como si la hubiera escuchado entera.

—Pero tenía la impresión de que se encontraba bien de salud... dijo algo sobre su corazón hace algunos meses, pero entendí que se había curado... sí, y me habló de una operación que quería hacerse, me parece que dijo que era cáncer... Bueno, sentí deseos de contarle que yo también tenía una operación en la manga y que ya me la habrían realizado si me la hubiera podido permitir... No, no se lo dije. Parecía estar de tan buen humor que habría sido una lástima deprimirle. Ha comenzado un relato hoy, me ha leído un fragmento por teléfono...

»Sí que le di veinticinco porque no llevaba ni un céntimo en el bolsillo... Oh, sí, estoy seguro de que ahora estará bien. Me dio la impresión de que hablaba en serio.

Entonces lo entendí todo. Aquellos dos hombres habían iniciado una conspiración de silencio para animarse mutuamente en relación con Finnegan. La inversión que habían realizado en él, en su futuro, había alcanzado una suma tan considerable que Finnegan les pertenecía. No podían soportar oír una sola palabra en su contra... ni siquiera las suyas propias.

II

Me sinceré con el señor Cannon.

—Si este Finnegan es un embustero no puedes continuar dándole dinero de manera indefinida. Si está acabado, está acabado, y no se puede hacer nada al respecto. Es absurdo que tengas que posponer una operación cuando Finnegan está en algún lugar ahí fuera, zambulléndose en piscinas medio vacías.

—Estaba llena —dijo el señor Cannon pacientemente—. Hasta el borde.

—Bueno, llena o vacía, ese tipo me parece un fastidio.

—Mira —dijo Cannon—, tengo una llamada pendiente con Hollywood. Mientras tanto, échale un vistazo a esto —me tiró un manuscrito sobre el regazo—. Quizá te ayude a comprender. Lo trajo ayer.

Era un relato. Lo comencé con cierta grima, pero antes de que transcurrieran cinco minutos estaba ya completamente inmerso en él, totalmente encantado, absolutamente convencido y pidiéndole a Dios que me otorgara la posibilidad de escribir así. Cuando Cannon acabó su llamada le tuve esperando mientras acababa el relato, y cuando lo hice había lágrimas en estos viejos y endurecidos ojos profesionales. Cualquier revista del país lo habría publicado como relato principal en cualquiera de sus números.

Lo cierto es que nadie había negado que Finnegan supiera escribir.

III

Pasaron varios meses antes de que volviera a Nueva York, y entonces, en lo concerniente a las oficinas de mi agente y de mi editor, descendí hacia un mundo más tranquilo y estable. Al fin tuvimos tiempo para hablar acerca de mis actividades literarias, concienzudas pero poco inspiradas; para visitar al señor Cannon en el campo y para dejar pasar las veladas veraniegas con George Jaggers allí donde la luz de las estrellas verticales neoyorquinas cae como un relámpago prolongado sobre los jardines de los restaurantes. Finnegan podría haber estado en el Polo Norte... y de hecho lo estaba. Se había ido con un grupo bastante notable, que incluía a tres antropólogas de Bryn Mawr, y sonaba como si fuera a recopilar un montón de material. Se iban a pasar allí varios meses, y si la cosa sonaba en cierto modo como una prometedora fiestecilla casera probablemente se debiera a mi disposición, cínica y celosa.

—Estamos todos sencillamente encantados —dijo Cannon—. Es algo que le ha caído del cielo. Estaba harto y necesitaba todo ese... ese...

—Hielo y nieve —le ofrecí.

—Sí, hielo y nieve. Lo último que dijo fue bastante propio de él. Escriba lo que escriba será de un blanco inmaculado... y tendrá un brillo cegador.

—Me imagino que así será. Pero, cuéntame... ¿quién se lo ha financiado? La última vez que estuve aquí entendí que el tipo era insolvente.

—Oh, con eso se ha comportado de manera muy decente. Me debía algo de dinero y creo que a George Jaggers le debía algo también. —Lo «creía», el viejo hipócrita. Lo sabía perfectamente bien—. Así que antes de irse puso a nuestro nombre la mayor parte de su seguro de vida. Eso para el caso de que no regrese... esos viajes son peligrosos, claro.

—Yo diría que sí —dije—, especialmente si va acompañanado de tres antropólogas.

—Así que Jaggers y yo estamos completamente cubiertos, en caso de que pase algo. Es tan sencillo como eso.

—¿La compañía de seguros de vida le financió el viaje?

Se inquietó de manera perceptible.

—Oh, no. De hecho, cuando se enteraron del motivo de las asignaciones se molestaron un poco. George Jaggers y yo entendimos que al tener un plan tan específico como este, con un libro tan específico como objetivo, estábamos justificados para apoyarle un poco más.

—No lo veo —dije con voz plana.

—¿No lo ves? —la vieja mirada hostigada regresó a su rostro—. Bueno, admito que tuvimos nuestras vacilaciones. Como principio, sé que está mal. Antes solía avanzar a los autores pequeñas sumas de vez en cuando, pero últimamente tengo por norma no hacerlo... y he cumplido. Solo he renunciado a ella una vez en los últimos dos años, y fue para una mujer que atravesaba muchas dificultades... Margaret Trahill, ¿la conoces? Una antigua novia de Finnegan, por cierto.

—Recuerda que ni siquiera conozco a Finnegan.

—Es cierto. Tienes que conocerle cuando regrese... si es que lo hace. Te gustaría, es completamente encantador.

Abandoné otra vez Nueva York, camino de mis propios Polos Nortes imaginarios, mientras el año avanzaba a través del verano y del otoño. Cuando el primer mordisco de noviembre se presentó en el aire, pensé en la expedición de Finnegan con una especie de escalofrío y ninguna envidia hacia aquel hombre. Probablemente se estaba ganando algún botín, literario o antropológico, que se traería de regreso. Entonces, cuando no llevaba ni tres días en Nueva York, leí en el periódico que él y otros miembros de su grupo, tras quedarse sin provisiones de comida, se habían metido en una tormenta de nieve y que el Ártico se había cobrado un nuevo sacrificio.

Lo sentí por él, pero desde el pragmatismo necesario para alegrarme de que Cannon y Jaggers estuvieran bien protegidos. Por supuesto, estando Finnegan apenas frío —si el símil no resulta demasiado desgarrador—, ellos no tocaron el tema, pero deduje que las compañías de seguros habían renunciado al *habeas corpus,* o como se dijera en su jerga, y parecía bastante claro que iban a cobrar.

El hijo de Finnegan, un joven muy apuesto, se presentó en el despacho de George Jaggers mientras yo estaba allí, y a partir de él pude hacerme una idea del encanto de su padre —una franqueza tímida y la impresión de que en su interior tenía lugar una batalla muy silenciosa y llena de valor sobre la que no se animaba a hablar, pero que se mostraba como un relámpago en su trabajo.

—El chico también escribe bien —me dijo George tras la marcha del joven—. Ha traído unos poemas muy notables. No está preparado aún para seguir los pasos de su padre, pero hay ahí una promesa definida.

—¿Puedo ver una de sus piezas?

—Desde luego... aquí hay una que ha dejado justo antes de salir.

George tomó un papel de su escritorio, lo abrió y se aclaró la garganta. Entonces entornó los ojos y se inclinó ligeramente en su silla.

—Querido señor Jaggers —comenzó—, no quería pedirle esto en persona... —Jaggers se detuvo, mientras sus ojos seguían avanzando rápidamente con la lectura.

—¿Cuánto quiere? —le pregunté.

Él suspiró.

—Me transmitió la impresión de que esto era parte de su trabajo —dijo con voz afligida.

—Pero es que lo es —le consolé—. Por supuesto, aún no está del todo preparado para seguir los pasos de su padre.

Más tarde me arrepentí de haber dicho aquello puesto que, después de todo, Finnegan había pagado todas sus deudas y era agradable estar vivo justo ahora que habían regresado los buenos tiempos y los libros ya no tenían la consideración de lujo innecesario. Muchos escritores conocidos, que durante la Depresión habían escatimado gastos, realizaban ahora viajes largamente aplazados, o amortizaban sus hipotecas, o entregaban ese tipo de trabajos más acabados, los que solamente se pueden llevar a cabo desde un cierto esparcimiento y seguridad. Yo acababa de recibir un anticipo de mil dólares para una aventura hollywoodiense y me disponía a volar hacia allí con todo el ímpetu de los viejos tiempos, cuando en todos los potes había pienso para pollos. Cuando fui a despedirme de Cannon y a por el dinero, fue agradable descubrir que él también se estaba beneficiando: quiso que le acompañara a ver la lancha motora que se iba a comprar.

Pero se retrasó con algunas cuestiones de último minuto y, al impacientarme, decidí que no iría. No recibí respuesta cuando llamé a la puerta de su santuario, pero la abrí de todos modos.

El despacho parecía un pequeño caos. El señor Cannon estaba con varios teléfonos a la vez mientras le dictaba algo sobre una compañía de seguros a una taquígrafa. Una secretaria se estaba poniendo el sombrero y el abrigo apresuradamente, como si tuviera que salir a hacer un recado, y otra contaba los billetes que llevaba en el bolso.

—Será un minuto —dijo Cannon—. Es solo un pequeño alboroto de oficina. Nunca nos has visto así.

—¿Es el seguro de Finnegan? —no pude evitar preguntar—. ¿No es bueno?

—Su seguro... oh, está perfectamente bien, perfectamente. Esto solo es cuestión de reunir unos pocos cientos de dólares apresuradamente. Los bancos están cerrados y todos estamos contribuyendo.

—Tengo el dinero que me acabas de dar —le dije—. No lo necesito todo para llegar a la costa oeste. —Saqué un par de cientos—. ¿Será suficiente?

—Con eso bastará. Es nuestra salvación. No se preocupe, señorita Carlsen. Señora Mapes, no hace falta que salga.

—Creo que me voy —dije.

—Espera dos minutos —me urgió él—. Solo tengo que encargarme de este telegrama. Son noticias espléndidas de verdad. De las que te levantan el ánimo.

Era un cablegrama desde Oslo, Noruega. Antes de comenzar a leerlo me asaltó una premonición.

> MILAGROSAMENTE A SALVO AQUÍ PERO DETENIDO POR AUTORIDADES POR FAVOR ENVÍA DINERO PASAJE PARA CUATRO PERSONAS Y DOSCIENTOS EXTRA LLEVO MUCHOS RECUERDOS DE LOS MUERTOS
>
> FINNEGAN

—Sí, es espléndido —coincidí—. Ahora tendrá una historia que contar.

—¿Tú crees? —dijo Cannon—. Señorita Carlsen, ¿les mandará un telegrama a los padres de esas chicas? Y será mejor que informe al señor Jagger.

Unos minutos más tarde, mientras caminábamos por la calle, me di cuenta de que el señor Cannon, como si estuviera aturdido por aquella maravillosa noticia, se había quedado absorto en sus pensamientos y no quise molestarle porque, después de todo, yo no conocía a Finnegan y no podía compartir su dicha con total sinceridad. Mantuvo ese talante silencioso hasta que llegamos a la puerta del negocio donde estaban expuestas las lanchas motoras. Se detuvo justo debajo del cartel y pegó un bote sorprendido, como si por primera vez fuera consciente del lugar al que nos dirigíamos.

—¡Oh, cielos! —dijo, dando un paso hacia atrás—. Ya no tiene sentido entrar ahí. Pensé que íbamos a tomar una copa.

Lo hicimos. El señor Cannon seguía mostrándose un poco vago, un poco bajo el hechizo de aquella enorme sorpresa... Se pasó tanto rato hurgando en sus bolsillos a la hora de pagar su ronda que acabé insistiendo en que ya le invitaba yo.

Creo que estuvo aturdido durante todo ese tiempo, porque es un hombre de un rigor puntilloso, y los doscientos dólares que le di en su despacho nunca han aparecido a mi favor en los extractos que me ha ido enviando. No obstante, no tengo la menor duda de que algún día los recibiré, porque Finnegan volverá a tener éxito y sé que la gente clamará por leer sus escritos. Recientemente me he atrevido a investigar algunas de las historias sobre él y he descubierto que en su mayoría son tan falsas como la de la piscina medio vacía. Aquella piscina estaba llena hasta el borde.

De momento solo ha habido un relato sobre la expedición polar, una historia de amor. Quizá no fuera un tema tan potente como él esperaba. Pero la gente de las películas se ha interesado por él... siempre y cuando le puedan echar antes un buen vistazo, y tengo todos los motivos para pensar que superará esa prueba. Más le vale.

Chist

ANTÓN CHÉJOV (1860-1904)

Chéjov es uno de los autores de referencia del relato breve. En *El canon occidental,* el gurú literario Harold Bloom decía que solo hay dos formas de escribir relatos, a lo Kafka o a lo Chéjov. Es decir, a la manera febril y deshilachada de los sueños, o a la manera realista y moral del ruso. Una exageración como otra cualquiera. Pero es cierto que debe haber pocas escuelas de escritura creativa en el mundo que antes o después no hagan leer y analizar a sus alumnos un cuento de Chéjov.

Fue médico y además vivió su profesión de manera entregada, solía decir que la medicina era su esposa y la literatura su amante. Estar en primera línea de la enfermedad le haría contagiarse de una tuberculosis que terminaría acabando con su vida. La lista de médicos escritores es notable, pero, tal vez junto a Conan Doyle, es el que más partido ha sacado de esa capacidad de diagnosticar a las personas con solo verlas entrar por la puerta de la consulta. Sus relatos son breves, pero sus personajes tienen una hondura asombrosa. Es el caso del escritor que protagoniza *Chist,* un cuento breve de 1899 aparentemente ligero, pero que nos fija con exactitud el afán del presunto escritor por el silencio y le pone el termómetro del egoísmo creativo. Precisamente Kafka le decía en una de sus cartas a su prometida Felice que «uno nunca está lo bastante solo cuando escribe, nunca es bastante el silencio».

CHIST

Antón Chéjov

Iván Yegórovich Krasnujin, periodista de poca monta, regresa a casa cuando ya es de noche. Viene enfurruñado, con gesto grave y entregado a un particular ensimismamiento. Tal es su estampa, que se diría teme un inminente registro policial o acaricia la idea del suicidio. Después de andar de un lado para otro en su habitación mesándose los cabellos con afán, pronuncia con el tono de Laertes cuando se disponía a vengar a su hermana:

—Destruido como estoy, con el alma hundida en un abismo, esta pesada angustia en el corazón y ahora... ¡ahora me toca sentarme a escribir! ¡Y a esto le llaman «vida»! ¡A esto! ¿Cómo es que nadie ha usado aún la pluma para describir el tormentoso desconcierto que se abate sobre un escritor cuando está triste, pero tiene el deber de hacer reír al vulgo o, por el contrario, cuando está de buen humor, pero el oficio le exige derramar amargas lágrimas por encargo? ¡Debo ser travieso, ostentar una fría indiferencia o mostrarme ingenioso, cuando me doblega la angustia o, digamos, estoy enfermo, se me está muriendo un hijo o tengo a mi esposa enferma!

Y todo eso lo dice agitando el puño y haciendo aspavientos con los ojos... Después se encamina a la alcoba y despierta a su mujer:

—Estoy sentándome a escribir, Nadia —le advierte—. Asegúrate de que nadie me moleste, te lo ruego. No puedo escribir una línea con los niños desgañitándose o las criadas roncando... Y asegúrate de que tenga un buen té que beber y, qué se yo, un filete... Ya sabes que no puedo escribir sin té... El té es lo único que me da fuerzas cuando me pongo a trabajar.

De vuelta en su habitación se quita la chaqueta, el chaleco y las botas. Tarda en recuperar el sosiego y cuando lo consigue por fin, imprime a su semblante una expresión de ofendida ingenuidad y toma asiento ante su escritorio.

Nada hay en su mesa de trabajo que esté allí por casualidad, ningún objeto que sea de uso cotidiano. En cambio, todo, hasta el detalle más nimio, lleva en sí la impronta de la premeditación, del más estudiado cálculo. Pequeños bustos y tarjetas de visita de escritores célebres, un montón de borradores, un volumen de Bielinski con la esquina de una página doblada, un hueso occipital que hace las veces de cenicero, un periódico dejado al descuido, pero de tal manera que se lea con claridad la palabra «¡Miserable!» escrita en el margen junto a unas líneas subrayadas en azul. Y allí también una docena de lápices recién afilados y plumas nuevas, por lo visto debidamente elegidos para que ninguna calamidad o golpe del azar estorbara siquiera por un instante al vuelo libre de la creación...

Krasnujin se deja caer en el respaldo de su butaca y con los ojos cerrados se sumerge en la búsqueda del tema que tratará. A sus oídos llegan los afanes de su mujer que zapatea en la cocina, mientras corta las astillas para calentar el samovar. A juzgar por la manera en que la tapa del samovar y el cuchillo se le caen de las manos, cabe pensar que no está bien despierta todavía. Pronto se escucha el borboteo del agua y el chisporrotear de la carne que se fríe. La mujer no cesa de cortar astillas de madera y hacer ruido en torno a la estufa con paletas, pinzas y puertecillas que golpean. Krasnujin se agita de repente, abre los ojos presa del susto y alza la nariz oliscando el aire.

—¡Dios mío, se está quemando! —se lamenta, y el rostro se le encoge en una mueca de dolor—. ¡Se quema! ¡A esta mujer insoportable se le ha metido en la cabeza envenenarme! ¿Alguien cree que yo puedo escribir en esta situación? ¡A ver! ¡Que me lo diga!

Corre a la cocina y clama allá sus protestas con dramática irritación. Cuando su esposa aparece poco después en la habitación con un vaso de té, Krasnujin permanece inmóvil en su butaca con los ojos cerrados y entregado a la meditación. Sin darse por enterado de la presencia de su mujer, tamborilea suavemente sobre la frente con los dedos... La expresión de ofendida ingenuidad no se ha descolgado de su semblante.

Antes de decidirse a escribir el título, Krasnujin se toma su tiempo, se da ínfulas, actúa como si se hiciera de rogar... Se aprieta las sienes, se retuerce, recoge las piernas que le cuelgan bajo la butaca, como si le doliera algo, o entorna los ojos con aire lánguido como un gato en un diván... Por último, y no sin antes permitirse un último gesto dubitativo, estira la mano hacia el tintero y escribe el título con la expresión de quien firma una sentencia de muerte...

—¡Mamá, agua! —escucha de pronto la voz de su hijo.

—¡Chist! —susurra la madre—. Papá está escribiendo. ¡Chist!

Papá, en efecto, se ha puesto a escribir de carrerilla, sin tachaduras ni pausas y apenas tomándose el tiempo de saltar de una página a otra. Los bustos y los retratos de los escritores célebres asisten a la veloz carrera de su pluma y sin pestañear siquiera parecen pensar: «¡Hoy estás sembrado, hermano!»

—¡Chist! —susurra la pluma.

—¡Chist! —exclaman los escritores cuando la rodilla golpea la mesa y se estremecen.

Krasnujin se yergue de repente, aparta la pluma y presta oídos al monótono y regular murmullo que llega desde la habitación contigua... Es el inquilino, Fomá Nikoláyevich, que se ha puesto a rezar.

—¡Pero bueno! —protesta Krasnujin a gritos—. ¿Tendría la bondad de rezar más bajo, oiga? ¡Así no me deja escribir!

—¡Mil perdones! —se disculpa Fomá Nikoláyevich compungido.

—¡Chist!

Con cinco folios escritos, Krasnujin se despereza y mira el reloj.

—¡Las tres ya, por Dios! —se queja—. Todo el mundo durmiendo a gusto y yo... ¡Aquí el único que trabaja soy yo!

Roto, agobiado y con la cabeza como descolgada sobre un hombro se encamina hacia el dormitorio y despierta a su mujer:

—¡Prepárame un poco más de té, Nadia, que no me tengo en pie de cansado! —le ordena abatido.

Escribe hasta las cuatro de la mañana y lo habría seguido haciendo hasta las seis de no habérsele agotado el tema. La pose que ensaya y las ínfulas que se da ante todos estos objetos inanimados, al abrigo de cualquier mirada severa, y el despotismo y la tiranía que ejerce sobre el pequeño hormiguero que la suerte puso bajo sus órdenes, son la sal y la miel de su existencia. ¡Hay que ver lo poco que este déspota doméstico se parece al hombrecito enclenque, apocado, mudo y mediocre que estamos habituados a ver en las redacciones de los periódicos!

—Estoy tan agotado que no sé si podré conciliar el sueño —se dice al meterse en la cama—. Es que este trabajo maldito y desagradecido nuestro, estos trabajos forzados que nos toca hacer aplastan más el alma que el cuerpo... Debería tomar un poco de bromuro de potasio... ¡Bien sabe Dios que dejaría este empleo ahora mismo, si no fuera por mi familia...! ¡Ay, qué cosa más terrible es escribir por encargo!

Después duerme hasta las doce o la una de la tarde. Su sueño es sano y profundo... Ay, ¡cuánto más no dormiría, qué sueños más extraordinarios no tendría y cuánto no se inflamaría si un día llegara a ser un escritor famoso, un redactor jefe o siquiera un editor!

—Estuvo toda la noche escribiendo —va susurrando su mujer con cara de susto—. ¡Chist!

Nadie se atreve a decir palabra, a andar, a hacer ruido. ¡Su sueño es sagrado y muy caro habrá de pagar por ello quien ose profanarlo!

—¡Chist! —corre la orden por todo el apartamento—. ¡Chist!

El cuento más hermoso del mundo

RUDYARD KIPLING (1865-1936)

Kipling está considerado como uno de los grandes escritores británicos pero hay algo que es más que un detalle: nació en Bombay. Aunque de niño fue enviado unos años a estudiar a Inglaterra, sus novelas y relatos están contagiados de la cultura india, de ahí que en este relato veamos cómo se acerca a un asunto extraño para los europeos (la creencia oriental en la reencarnación) y cómo un veterano escritor trata de asomarse a la puerta abierta de los recuerdos de otra vida anterior.

El cuento más hermoso del mundo fue publicado en 1891 en la revista *Contemporary Review*. Realmente, hay algo hipnótico en este relato. Y, también, una mirada aguda a la literatura de alguien que tenía talento y mucho oficio. Charlie, el joven empleado de banco con aspiraciones fogosas de ser escritor aunque sus rimas sean pueriles, llega dispuesto a hacer temblar los cimientos de la historia de la literatura, pero la cosa no será tan sencilla. Cuando el aspirante a escritor le muestra su trabajo escrito resulta decepcionante, pero cuando le cuenta su historia es brillante (pronto veremos por qué): «Charlie seguía hablando tranquilamente, interrumpiendo el flujo de su fantasía con ejemplos de frases horribles que se proponía utilizar». En este cuento hay apuntes como este que son oro para la gente que quiere de verdad llegar al fondo del pozo de la literatura del que hablaba Virginia Woolf.

EL CUENTO MÁS HERMOSO DEL MUNDO

RUDYARD KIPLING

Se llamaba Charlie Mears; era el único hijo de una madre viuda, vivía al norte de Londres y acudía a la ciudad cada día para trabajar en un banco. Tenía veinte años y muchísimas aspiraciones. Le conocí en una sala de billar pública donde el apuntador lo tuteaba, y él, a su vez, le llamaba «Dianas». Charlie me dijo, un poco nervioso, que solo había ido a mirar, y como pasar el rato observando juegos de habilidad no es un pasatiempo barato para un joven, le sugerí que volviera a casa con su madre.

Así fue como empezamos a conocernos. En ocasiones venía a visitarme por las tardes en lugar de irse a callejear por Londres con sus colegas del banco; hablando de sí mismo, como corresponde a los jóvenes, no tardó en confesarme sus aspiraciones, todas literarias. Quería forjarse un nombre inmortal, básicamente a través de la poesía, aunque no desdeñaba la idea de mandar cuentos de amor y muerte a los periódicos vespertinos. Mi destino era quedarme sentado sin moverme mientras Charlie leía poemas de centenares de versos y extensos fragmentos de obras que, sin duda, cambiarían el mundo. Mi recompensa era su confianza incondicional: las confidencias y problemas de un joven son casi tan sagrados como los de una doncella. Charlie nunca se había enamorado, pero estaba impaciente por hacerlo en la primera oportunidad que se le presentara; creía en todas las cosas buenas y nobles, pero al mismo tiempo me recordaba que era un hombre de mundo, como correspondía a un empleado de banca que ganaba veinticinco chelines a la semana. Rimaba «amor» con «dolor», «luna» con «cuna», y creía sinceramente que nadie había rimado antes con esas palabras. Tapaba los fragmentos largos y aburridos de sus obras con disculpas apresuradas y descripciones, y seguía adelante, viendo todo lo que pretendía decir con tanta claridad que ya lo consideraba hecho, y acudía a mí en busca de aplausos.

Me parece que su madre no apoyaba sus aspiraciones, y sé que el escritorio que tenía en casa era el ángulo del lavabo. Es una de las cosas que me confesó en cuanto nos conocimos, mientras saqueaba mi biblioteca, y poco antes de que me suplicase que le dijera con sinceridad si creía que «tenía alguna oportunidad de escribir algo verdaderamente grande, ya sabe». Quizá lo animara demasiado, pues una tarde vino a verme con la mirada encendida de emoción y me dijo, casi sin aliento:

—¿Le importaría que me quedase aquí a escribir esta tarde? No le molestaré, lo prometo. En casa de mi madre no tengo sitio para escribir.

—¿Cuál es el problema? —pregunté sabiendo muy bien lo que ocurría.

—Tengo una idea con la que podría escribir el cuento más hermoso del mundo. Permítame escribirlo aquí. ¡Es una idea maravillosa!

No pude resistirme a su insistencia. Le preparé una mesa; apenas me dio las gracias y se puso a trabajar enseguida. La pluma estuvo escribiendo sin descanso durante media hora. Después, Charlie suspiró y se tiró del pelo. La pluma aminoró el ritmo, hubo más tachaduras, y al final se detuvo. El cuento más hermoso del mundo no quería salir.

—Ahora parece una tontería —dijo con tristeza—. Y, sin embargo, cuando se me ocurrió me parecía buenísimo. ¿Por qué será?

No podía desanimarlo diciéndole la verdad, así que contesté:

—Quizá no te apetezca escribir ahora.

—Claro que sí, pero cuando releo todo esto...

—Léeme lo que has escrito —le pedí.

Me leyó el texto y era increíblemente malo. Se detenía en las escenas más pomposas esperando cierta aprobación, ya que estaba orgulloso de esas frases, como es natural.

—Tendrás que abreviarlo —le sugerí con cautela.

—No soporto recortar mis textos. No creo que se pueda quitar una sola palabra de este texto sin echar a perder el sentido. Suena mejor ahora que lo he leído en voz alta que mientras lo estaba escribiendo.

—Charlie, sufres una enfermedad alarmante que afecta a muchas personas. Deja reposar el texto y vuelve a revisarlo dentro de una semana.

—Quiero hacerlo ahora. ¿Qué le ha parecido?

—¿Cómo puedo juzgar una historia a medio escribir? Cuéntame el argumento que tienes en la cabeza.

Charlie me contó su historia y todo aquello que su falta de experiencia le había impedido trasladar al papel. Le miré preguntándome cómo era posible que no fuera consciente de la originalidad y el poder de la idea que se le había ocurrido. No había duda de que era una idea única. Cuántos hombres se habían henchido de orgullo con ideas que no eran ni la mitad de excelentes y factibles. Pero Charlie seguía hablando tranquilamente, interrumpiendo el flujo de su fantasía con ejemplos de frases horribles que se proponía utilizar. Yo le escuché hasta el final. Era una locura dejar esa idea en sus manos ineptas cuando yo podía hacer tantas cosas con ella. Sin duda, no todo lo que podía hacerse, ¡pero podía hacer muchas cosas!

—¿Qué le parece? —preguntó al fin—. Me gustaría titularla «Historia de un navío».

—Pienso que la idea es bastante buena, pero todavía te queda mucho camino por recorrer para sacarle provecho. En cambio, yo...

—¿Usted podría aprovecharla? ¿Se la quedaría? Sería un honor para mí —dijo Charlie rápidamente.

En este mundo hay pocas cosas mejores que la admiración ingenua, impulsiva, desmedida y franca de un hombre más joven. Ni siquiera a una mujer ciega de amor se le ocurre imitar los andares del hombre al que adora, ladear su sombrero como lo hace él, ni intercalar en su discurso las mismas

expresiones. Y Charlie hacía todo eso. Aun así, necesitaba apaciguar mi conciencia antes de adueñarme de sus ideas.

—Hagamos un trato. Te daré cinco libras a cambio de la idea —propuse.

Charlie enseguida adoptó su papel de empleado de banca.

—Imposible. Entre amigos, ya sabe, si me permite llamarle así, y hablando como hombre de mundo, no puedo aceptar. Quédese con la idea si cree que puede utilizarla. Tengo muchísimas más.

Y las tenía, nadie lo sabía mejor que yo, pero eran ideas de otros.

—Tómatelo como un negocio entre dos hombres de mundo —insistí—. Con cinco libras podrás comprar un montón de libros de poesía. Los negocios son los negocios, y puedes estar seguro de que no pagaría ese precio a menos que...

—Bueno, visto así —dijo Charlie visiblemente conmovido por la idea de poder comprar libros.

Cerramos el trato acordando que él acudiría a mí de vez en cuando para contarme todas las ideas que tuviera, tendría una mesa para escribir y derecho absoluto a castigarme con la lectura de todos sus poemas y fragmentos de estos. Y después le dije:

—Ahora cuéntame cómo se te ocurrió la idea.

—Vino sola.

A Charlie se le abrieron un poco los ojos.

—Sí, pero me has contado tantas cosas sobre el héroe de la historia que debes haberlas leído en alguna parte.

—No tengo tiempo para leer, excepto cuando usted me deja estar aquí, y los domingos salgo a pasear en bicicleta o paso todo el día en el río. El héroe no tiene nada de malo, ¿no?

—Cuéntamelo otra vez para que lo entienda mejor. Dices que el héroe se dedicaba a la piratería. ¿De qué vivía?

—Estaba en la cubierta inferior de ese navío del que le hablaba.

—¿Qué clase de barco era?

—Era de esos con remos, y el mar se cuela por los agujeros de los remos y los hombres reman sentados con el agua hasta las rodillas. También hay un banco entre las dos hileras de remos y un capataz con un

látigo se pasea por ese banco para asegurarse de que los hombres no dejan de remar.

—¿Y cómo lo sabes?

—Lo dice el cuento. Hay una cuerda sobre sus cabezas, pegada a la cubierta superior, para que el capataz pueda agarrarse cuando el barco se tambalea. En una ocasión el capataz no consigue agarrarse bien a la cuerda y se desploma sobre los remeros; acuérdese de que el héroe se ríe y acaba recibiendo unos latigazos. Aunque está encadenado al remo, claro... el protagonista.

—¿Cómo está encadenado?

—Con un cinturón de hierro fijado al banco donde está sentado, y también lleva una especie de esposa en la muñeca izquierda que lo encadena al remo. Está en la cubierta inferior, donde envían a los peores hombres, y la poca luz que hay entra por las escotillas y por los agujeros de los remos. ¿Se imagina los rayos del sol colándose por el espacio que queda entre el remo y el agujero, meciéndose con el vaivén del barco?

—Pues sí, pero me cuesta imaginar que tú puedas imaginarlo.

—¿De qué otro modo puede ser? Ahora, escúcheme. Los remos largos de la cubierta superior los manejan cuatro hombres en cada banco, los de abajo, tres, y los de más abajo, dos. Recuerde que la cubierta inferior está muy oscura y allí los hombres se vuelven locos. Cuando un hombre muere pegado a su remo en esa cubierta no lo tiran por la borda, lo despedazan y van tirando los trozos al mar por los agujeros de los remos.

—¿Por qué? —pregunté asombrado, no tanto por la información como por el tono autoritario con el que la compartió.

—Para ahorrarse problemas y asustar a los demás. Se necesitan dos capataces para arrastrar el cadáver de un hombre hasta la cubierta superior, y si dejaban solos a los hombres de la cubierta inferior, estos dejarían de remar e intentarían arrancar los bancos levantándose todos a la voz con sus cadenas.

—Tienes una imaginación muy previsora. ¿Dónde has leído tantas cosas sobre galeras y galeotes?

—En ningún sitio, que yo recuerde. Salgo a remar un poco cuando tengo la oportunidad, pero quizá, si usted lo dice, haya leído algo en alguna parte.

Al poco rato se marchó a tratar con los libreros y me pregunté cómo era posible que un empleado de banca de veinte años pudiera poner en mis manos, con tal lujo de detalles, y todos traspasados con absoluta seguridad, la historia de una aventura extravagante y sanguinaria, motines, piratería y muerte en un mar desconocido. Había expuesto a su protagonista a una revuelta desesperada contra los capataces, a la necesidad de gobernar su propio barco, incluso había fundado un reino en una isla «en algún rincón del mar, ya sabe»; y encantado con mis modestas cinco libras, había salido a comprar ideas de otros hombres para aprender a escribir. Me consolaba saber que la idea me pertenecía por derecho de compra, y pensaba que podía aprovecharla de algún modo.

La siguiente vez que nos vimos estaba ebrio, absolutamente ebrio de todos los poetas que había descubierto por primera vez. Tenía las pupilas dilatadas, sus palabras se agolpaban y se envolvía en citas de la misma forma que un mendigo se envolvería en las capas púrpuras de los emperadores. Sobre todo, estaba ebrio de Longfellow.

—¿No le parece maravilloso? ¿No es soberbio? —exclamó tras un saludo apresurado—. Escuche esto:

> ¿Acaso quieres —contestó el timonel—
> conocer el secreto del mar?
> Solo aquellos que se enfrentan a sus peligros
> comprenden su misterio.
> Solo aquellos que se enfrentan a sus peligros
> comprenden su misterio.

Los repitió veinte veces mientras se paseaba de un lado a otro de la habitación, olvidándose de que yo estaba allí.

—Pero también puedo entenderlo —dijo para sí—. No sé cómo darle las gracias por las cinco libras. Y este; escuche:

> Recuerdo los embarcaderos negros y las gradas
> y las mareas agitándose con libertad;
> y los marineros españoles con sus bigotes.
> Y la belleza y el misterio de las naves.
> Y la magia del mar.

No me he enfrentado a muchos peligros, pero tengo la sensación de saberlo todo sobre ellos.

—La verdad es que pareces conocer muy bien el mar. ¿Lo has visto alguna vez?

—Cuando era pequeño fui a Brighton una vez, pero nosotros vivíamos en Coventry antes de venir a Londres, así que nunca lo he visto...

> Cuando desciende sobre el Atlántico
> el titánico
> viento huracanado del equinoccio.

Me agarró por el hombro y me zarandeó para hacerme comprender la pasión que lo embargaba.

—Cuando llega esa tormenta —prosiguió—, creo que todos los remos del barco del que le hablaba se rompen, y los mangos de los remos descontrolados golpean el pecho de los remeros. Por cierto, ¿ha hecho algo ya con mi idea?

—No. Estaba esperando a que me contaras más cosas. Dime cómo demonios estás tan seguro de los detalles del barco. No sabes nada sobre barcos.

—No lo sé. Es absolutamente real hasta que intento escribirlo. Ayer mismo estaba pensando en ello acostado en la cama, después de que usted me prestara *La isla del tesoro,* y me inventé un montón de cosas nuevas para la historia.

—¿Qué clase de cosas?

—Cosas acerca de lo que comían los hombres: higos podridos, alubias negras y vino en una bota de piel que se pasaban de un banco a otro.

—¿Tan antiguo era el barco?

—¿Tanto? No sé si era muy antiguo. Solo es una idea, pero a veces me da la sensación de que es tan real como si fuera cierta. ¿Le molesta que hable de ello?

—En absoluto. ¿Se te ocurrió algo más?

—Sí, pero es un disparate.

Charlie se sonrojó un poco.

—Da igual, escuchémoslo.

—Bueno, estuve pensando en la historia, y al poco me levanté de la cama y escribí en un papel la clase de cosas que los hombres supuestamente debían grabar en los remos con los filos de sus esposas. Parecía darle mayor realismo a la historia. Para mí es muy real, ya sabe.

—¿Tienes aquí el papel?

—Esto..., sí, pero ¿de qué sirve enseñárselo? Solo son unos garabatos. Aunque podrían publicarse en la primera página del libro.

—Ya me ocuparé de esos detalles. Enséñame lo que escribieron tus hombres.

Sacó una hoja de papel del bolsillo, con una única línea de garabatos, y la guardé con cuidado.

—¿Qué se supone que significa en nuestro idioma? —pregunté.

—No lo sé. Pensé que podía significar «estoy muy cansado». Es una tontería —repitió—, pero todos esos hombres del barco parecen tan reales como nosotros. Haga algo pronto con esa idea, me encantaría verla escrita y publicada.

—Pero todo lo que me has contado da para una novela muy extensa.

—Pues escríbala. Solo tiene que sentarse y escribirla.

—Dame un poco de tiempo. ¿Tienes más ideas?

—Por ahora, no. Estoy leyendo todos los libros que he comprado. Son maravillosos.

Cuando ya se había marchado, miré la hoja de papel con la inscripción. Después me agarré la cabeza con ambas manos para asegurarme de que no se me caía ni me daba vueltas. A continuación... no pareció que mediara intervalo de tiempo entre salir de casa y encontrarme discutiendo con un policía frente a una puerta en la que ponía «Privado» en un pasillo del Museo Británico. Lo único que pedía, lo más educadamente posible, era ver al «hombre de las antigüedades griegas». El policía solo conocía el reglamento del museo, y tuve que buscar yo mismo por todos los pabellones y despachos del recinto. Un señor de edad avanzada, a quien interrumpí mientras almorzaba, puso fin a mi búsqueda sosteniendo el papel entre el índice y el pulgar y mirándolo con desdén.

—¿Qué significa esto? Veamos —dijo—. Por lo que veo parece un intento de escribir un griego muy vulgar por parte de... —aquí me fulminó con la mirada—... de una persona extremadamente inculta. —Leyó muy despacio—: «Pollock, Erckmann, Tauchnitz, Henniker»... cuatro nombres que me resultan muy familiares.

—¿Podría decirme qué significa este texto, en general? —pregunté.

—«He sido... muchas veces... vencido por el cansancio en esta tarea en particular.» Eso es lo que significa.

Me devolvió el papel, y yo me marché sin darle las gracias, sin darle ninguna explicación y sin disculparme.

Mi olvido tenía disculpa. Había sido a mí, de todos los hombres, a quien había correspondido la oportunidad de escribir el cuento más maravilloso del mundo, nada menos que la historia de un galeote griego narrada por él mismo. No me extrañaba que los sueños le parecieran tan reales a Charlie. Las Parcas, que se esmeraban tanto en cerrar las puertas de cada vida sucesiva, se habían descuidado en esa ocasión, y Charlie estaba mirando, aunque él no lo sabía, donde a ningún hombre se le había permitido mirar antes con absoluto conocimiento desde el principio de los tiempos. Ante todo, el joven ignoraba por completo el conocimiento que me había vendido por cinco libras, y seguiría ignorándolo, pues los empleados de banca no comprenden la metempsicosis, y una buena educación comercial no incluye el griego. Me proporcionaría —ahí bailé entre los dioses mudos de Egipto y me reí ante sus rostros mutilados— material para dar veracidad a mi historia, tan real que el mundo la recibiría como una ficción insolente y artificiosa. Y yo, y solo yo, sabría que era absoluta y literariamente cierta. Solo yo tenía aquella joya en las manos para poder cortarla y pulirla. Por eso volví a danzar entre los dioses de la corte egipcia hasta que me vio un policía y se dirigió hacia mí.

Ahora ya solo quedaba animar a Charlie para que hablara, y eso no era difícil. Pero había olvidado esos malditos libros de poesía. El muchacho seguía viniendo a verme, tan inútil como un fonógrafo sobrecargado, ebrio de Byron, Shelley o Keats. Sabiendo ahora lo que había sido el chico en sus vidas pasadas, y completamente desesperado por no perderme ni una palabra de

su charla, no podía ocultarle mi respeto e interés. Él lo malinterpretó todo como respeto por el alma actual de Charlie Mears, para quien la vida era tan nueva como lo fue para Adán, y como interés por sus lecturas; puso a prueba mi paciencia recitando poesía, pero no la suya propia, sino la de otros. Llegué a desear que todos los poetas ingleses desaparecieran de la memoria de la humanidad. Maldije los mayores nombres de la poesía porque habían desviado a Charlie del camino de la narrativa directa y, más adelante, lo animarían a imitarlos; pero contuve mi impaciencia hasta que ese primer brote de entusiasmo desapareció y el muchacho volvió a sus sueños.

—¿De qué sirve que le diga lo que pienso cuando estos tipos escribieron cosas para que las leyeran los ángeles? —gruñó una tarde—. ¿Por qué no escribe usted algo así?

—Creo que no estás siendo justo conmigo —respondí conteniéndome.

—Ya le he dado la historia —dijo sumergiéndose enseguida en la lectura de *Lara.*

—Pero quiero los detalles.

—¿Esas cosas que me invento sobre ese maldito barco al que usted llama «galera»? Son muy sencillos. Seguro que podría inventarlas usted mismo. Suba un poco la llama, quiero seguir leyendo.

Podría haberle roto la lámpara de gas en la cabeza por su absoluta estupidez. Claro que podría haberme inventado cosas si supiera lo que Charlie ignoraba saber, pero como yo tenía las puertas cerradas, debía aceptar sus caprichos y esforzarme por tenerle de buen humor. Si bajaba la guardia un minuto podía echar a perder alguna revelación extremadamente valiosa. De vez en cuando dejaba sus libros —los guardaba en mi casa, pues, de haberlos descubierto, su madre se habría escandalizado por que malgastara tanto dinero en eso— y se adentraba en sus sueños marinos. Volví a maldecir a todos los poetas de Inglaterra. La mente plástica del empleado de banca estaba recargada, coloreada y distorsionada por lo que había leído, y el resultado era una maraña confusa de voces parecidas al zumbido de un teléfono de una oficina en las horas más concurridas del día.

Hablaba de la galera, de su propia galera, aunque él no lo sabía, con imágenes que tomaba prestadas de *La novia de Abidos;* subrayaba las

experiencias de su protagonista con citas de *El corsario;* y mezclaba profundas y desesperadas reflexiones morales de *Cain y Manfredo* esperando que yo las aprovechara. Solo cuando hablábamos de Longfellow todos esos remolinos caóticos enmudecían y yo sabía que Charlie estaba contando la verdad tal como la recordaba.

—¿Qué te parece esto? —pregunté una tarde en cuanto comprendí el mejor contexto para su memoria; y, antes de que pudiera protestar, le leí entera *La saga del rey Olaf.*

Escuchó boquiabierto, tamborileando con los dedos el respaldo del sofá donde estaba sentado, hasta que llegué a la *La canción de Einar Tamberskelver* y a la estrofa:

> Entonces Einar, sacando la flecha
> de la cuerda destensada
> contestó: «Era Noruega lo que se partía
> bajo tu mano, oh, rey».

Se estremeció de puro placer ante el sonido de aquellos versos.

—¿No te parece que es un poco mejor que Byron? —me aventuré a comentar.

—¿Mejor? ¡Ya lo creo! ¿Cómo iba él a saberlo?

Volví atrás y repetí:

> «¿Qué ha sido eso?», dijo Olaf plantado
> en el puente de mando.
> «He oído algo que parecía el estruendo
> de un barco destrozado.»

—¿Cómo podía saber cómo se hundían los barcos y que los remos se partían por la mitad? Precisamente la otra noche... Pero, por favor, vuelva a leer *The Skerry of Shrieks.*

—No, estoy cansado. Hablemos. ¿Qué ocurrió la otra noche?

—Tuve una pesadilla horrible sobre nuestra galera. Soñé que me ahogaba en una batalla. Abordamos a otra embarcación en un puerto. El agua estaba en calma excepto cuando nuestros remos la golpeaban. ¿Ya sabe dónde me siento siempre en la galera?

Al principio hablaba con dudas, por ese elegante temor inglés a que pudiera reírme de él.

—No, no tenía ni idea —contesté con tranquilidad notando cómo se me aceleraba el corazón.

—En el cuarto remo desde proa, en el lado derecho de la cubierta superior. Éramos cuatro hombres en aquel remo, todos encadenados. Recuerdo mirar el agua e intentar quitarme las esposas antes de que empezara la batalla. Luego nos acercamos al otro barco, todos sus guerreros saltaron sobre nuestros baluartes, y mi banco se rompió y me quedé atrapado con los otros tres tipos encima y el enorme remo atravesado sobre nuestras espaldas.

—¿Y qué ocurrió después?

Los ojos de Charlie estaban encendidos y vivos, y miraba a la pared que había detrás de mi silla.

—No sé cómo peleamos. Los hombres me pisoteaban la espalda y yo me quedé quieto. Entonces, nuestros remeros del lado izquierdo —que también estaban atados a sus remos, ya sabe— empezaron a gritar y a remar hacia atrás. Oí cómo chisporroteaba el agua, nos dimos la vuelta como un escarabajo y supe, allí tendido, que una galera venía para embestirnos por la izquierda. Solo conseguí levantar la cabeza y ver su velamen sobre la borda. Queríamos enfrentarnos proa contra proa, pero era demasiado tarde. Solo podíamos virar un poco porque la galera que teníamos a la derecha se había enganchado a nosotros e impedía nuestro movimiento. Y entonces, ¡Dios, menudo choque! Los remos de la izquierda se empezaron a partir cuando la otra galera, la que se movía, ya sabe, los embestía con la proa. Luego los remos de la cubierta inferior atravesaron las tablas de la cubierta, y uno de ellos salió volando por los aires y vino a caer muy cerca de mi cabeza.

—¿Y cómo ocurrió eso?

—La proa de la galera que estaba en movimiento los estaba empujando hacia dentro por los agujeros de los remos, y yo podía oír el escándalo que se había formado en las cubiertas inferiores. Entonces, su proa nos alcanzó justo por el medio y nos ladeamos, y los hombres de la galera de la derecha desengancharon los garfios y las cuerdas, y lanzaron cosas a nuestra cubierta superior: flechas, alquitrán caliente o algo que ardía, y el flanco izquierdo empezó a subir mientras el lado derecho se hundía, y yo volví la cabeza y vi que el agua estaba en calma mientras sobrepasaba la borda derecha, y después se curvó y se derramó sobre nosotros por el lado derecho, y noté cómo me golpeaba la espalda y me desperté.

—Un momento, Charlie. Cuando el mar sobrepasó la borda, ¿qué parecía?

Tenía mis motivos para preguntarlo. Un conocido mío había naufragado en una ocasión en un mar en calma y había visto cómo el nivel del agua se detenía un momento antes de verterse en cubierta.

—Parecía una cuerda de banjo, tirante, y tuve la impresión de que se quedaba así durante muchísimo tiempo —dijo Charlie.

¡Exacto! El otro hombre me había dicho: «Parecía un hilo de plata estirado sobre la borda, y pensé que no iba a romperse nunca».

Él había pagado todo lo que tenía, excepto la vida, por aquella información tan valiosa, y yo había viajado dieciséis mil agotadores kilómetros para conocerlo y recoger esa información de segunda mano. Pero Charlie, el empleado de banca que ganaba veinticinco chelines a la semana, que nunca había viajado, lo sabía todo. No me consolaba que en una de sus vidas hubiera tenido que morir para saberlo. Yo también debía de haber muerto muchas veces, pero después, y para que no utilizara ese conocimiento, me habían cerrado las puertas.

—¿Y qué pasó después? —pregunté intentando deshacerme del diablo de la envidia.

—Lo más gracioso fue que a pesar de todo no me sentí asombrado ni asustado en toda la batalla. Era como si hubiera participado en muchas batallas, y así se lo dije al hombre que tenía al lado cuando empezó la contienda. Pero el maldito capataz de nuestra cubierta no quiso quitarnos las cadenas para darnos una oportunidad. Siempre nos decía que nos liberaría tras una batalla, pero nunca sucedía, nunca.

Charlie negó con la cabeza, muy triste.

—¡Qué canalla!

—Ya lo creo. Nunca nos daba suficiente comida, y a veces teníamos tanta sed que bebíamos agua salada. Todavía recuerdo el sabor del agua de mar.

—Ahora háblame sobre el puerto donde se libró la batalla.

—No soñé sobre eso. Sé que fue en un puerto, porque estábamos atados a una argolla en una pared blanca y toda la superficie de la piedra, bajo el agua, estaba recubierta de madera para evitar que se nos astillara el espolón cuando nos meciera la marea.

—Qué curioso. Nuestro héroe capitaneaba la galera, ¿verdad?

—¡Pues claro! Estaba en la proa gritando como un loco. Él mató al capataz.

—Pero os ahogasteis todos juntos, Charlie, ¿no es así?

—No lo tengo claro del todo —admitió con una mirada confusa—. La galera debió de hundirse con toda la tripulación y, sin embargo, me parece que nuestro protagonista siguió vivo después de aquello. Quizá consiguiera subir al barco que nos atacó. Aunque yo no pude verlo, claro. Yo estaba muerto, ya sabe.

Se estremeció un poco y se quejó porque no conseguía recordar más.

No seguí presionándolo, pero para asegurarme de que seguía ignorando el funcionamiento de su cabeza, le enseñé deliberadamente la *Transmigración,* de Mortimer Collins, y le hice un resumen del argumento antes de que abriera el libro.

—¡Qué disparate! —exclamó con franqueza una hora después—. No entiendo esas tonterías sobre el Planeta Rojo Marte y el Rey, y todo eso. Deme otra vez el libro de Longfellow.

Le di el libro y anoté todo lo que pude recordar de su descripción de la batalla naval, recurriendo a él de vez en cuando para que me confirmara algún episodio o un detalle concreto. Contestaba sin despegar los ojos del libro, con tanta convicción como si tuviera todo su conocimiento ante los ojos, impreso en el libro. Yo hablaba en voz baja, para no interrumpir, y sabía que él no era consciente de lo que decía, pues estaba completamente perdido en el mar con Longfellow.

—Charlie —le pregunté—, cuando los remeros de las galeras se amotinaron, ¿cómo mataron a los capataces?

—Arrancaron los bancos y se los rompieron en la cabeza. Ocurrió cuando el mar estaba muy revuelto. Un capataz de la cubierta inferior resbaló de la tabla central y cayó entre los remeros. Lo asfixiaron contra uno de los laterales de la embarcación con las manos encadenadas y en silencio, y estaba demasiado oscuro para que el otro capataz se diera cuenta de lo que había ocurrido. Cuando preguntó, lo tiraron también a él y lo asfixiaron, y los hombres de la cubierta inferior se abrieron paso cubierta a cubierta, golpeando a quien salía a su paso con trozos de los bancos rotos. ¡No se imagina cómo gritaban!

—¿Y qué pasó después?

—No lo sé. Nuestro héroe desapareció, con su pelo rojo, su barba roja y todo eso. Me parece que fue después de que se apoderase de nuestra galera.

El sonido de mi voz le molestaba y me hizo un gesto con la mano izquierda como hace alguien cuando le molesta una interrupción.

—No me habías dicho que fuera pelirrojo ni que se apoderase de tu galera —comenté tras un discreto intervalo de tiempo.

Charlie no levantó los ojos.

—Era tan rojo como un oso rojo —dijo abstraído—. Procedía del norte; lo dijeron en la galera cuando estaba buscando remeros, no esclavos, sino hombres libres. Después, años y años más tarde, recibimos noticias de otro barco, o él volvió...

Movía los labios en silencio. Estaba degustando, absorto, el poema que tenía ante los ojos.

—¿Y dónde había estado? —pregunté, prácticamente susurrando para que mi frase llegase a cualquier parte del cerebro de Charlie que estuviera trabajando para mí.

—En las Playas, las Largas y Maravillosas Playas —contestó tras un minuto de silencio.

—¿En Furdurstrandi? —pregunté, estremeciéndome de pies a cabeza.

—Sí, en Furdurstrandi —pronunció la palabra de una forma nueva—. Y también vi... —Se le quebró la voz.

—¿Eres consciente de lo que has dicho? —grité con imprudencia.

Levantó la mirada, ahora totalmente despierto.

—¡No! —espetó—. Me gustaría que me dejara leer. Escuche esto:

> Mas Othere, el viejo capitán,
> no se detuvo ni se inmutó
> hasta que el rey escuchó, y entonces
> volvió a tomar la pluma
> y anotó cada palabra.
> «Y al rey de los Sajones
> como prueba de la verdad
> alzando su noble rostro
> extendió su morena mano y dijo:
> "mire este diente de morsa".»

¡Caramba! Qué tipos debían de ser estos, navegando por todo el mundo sin saber cuándo hallarían tierra. ¡Ja!

—Charlie —le supliqué—, si me prestas atención solo un minuto o dos, conseguiré que el héroe de nuestra historia sea tan bueno como Othere.

—¡Uff! Longfellow escribió ese poema. Ya no me interesa escribir. Quiero leer.

Charlie estaba completamente fuera de sí, y decidí dejarlo en paz maldiciendo mi mala suerte.

Imagínense ante la puerta de los tesoros del mundo, vigilada por un niño, un niño ocioso e irresponsable jugando a las tabas, de cuyo favor depende que puedas conseguir la llave, y así comprenderán la mitad de mi tormento. Hasta aquella tarde, Charlie no me había contado nada que no estuviera relacionado con las experiencias de un galeote griego. Pero ahora, a no ser que los libros mientan, había comentado algunas aventuras desesperadas de vikingos, del viaje de Thorfin Karlsefni a Vinland, que es América en el siglo nueve o diez. Había visto la batalla en el puerto y había descrito su propia muerte, pero aquella otra inmersión en el pasado era mucho más sorprendente. ¿Cabía la posibilidad de que se hubiera saltado media docena de vidas y estuviera recordando vagamente algún episodio ocurrido mil años después? Era un embrollo exasperante, y lo peor de todo era que Charlie Mears, en condiciones normales, era la última persona del mundo que podía aclararlo. Solo podía esperar y observar, pero esa noche me acosté con la cabeza llena de pensamientos salvajes. Cualquier cosa era posible si la detestable memoria de Charlie no fallaba.

Podría reescribir la saga de Thorfin Karlsefni como nadie la había escrito antes, podría contar la historia del primer descubrimiento de América en primera persona, pero estaba enteramente a la merced de Charlie, y mientras él tuviera algún clásico de la literatura a su alcance, no iba a decir ni una sola palabra. No me atreví a maldecirlo abiertamente; apenas me atrevía a refrescarle la memoria, pues estaba tratando con experiencias de hacía miles de años, contadas a través de los labios de un muchacho de hoy en día; y a un muchacho de hoy en día le afecta cada cambio de tono y opinión, por lo que debe mentir aunque desee decir la verdad.

No vi a Charlie durante casi una semana. La siguiente vez que lo vi fue en la calle Gracechurch, con un libro de facturas encadenado a la cintura. Tenía algunos negocios que atender al otro lado del puente de Londres, así que le acompañé. Se sentía muy importante con aquel libro de facturas y lo magnificaba. Mientras cruzábamos el Támesis nos detuvimos para contemplar un barco de vapor del que descargaban grandes planchas de mármol blanco y marrón. Una barcaza se deslizó bajo la popa del barco de vapor y la vaca solitaria que iba en ella mugió. A Charlie le cambió la cara, pasó de ser un empleado de banca a ser, aunque le pareciera imposible, alguien desconocido, un hombre mucho más astuto. Alargó el brazo por encima del parapeto del puente y, mientras se reía con fuerza, dijo:

—¡Cuando oyeron a nuestros toros bramar, los Skroelings salieron huyendo!

Esperé solo un momento, pero la barcaza y la vaca habían desaparecido detrás del barco de vapor antes de que yo contestara.

—Charlie, ¿qué crees que son los Skroelings?

—Es la primera vez que oigo hablar de ellos. Parecen una nueva especie de gaviota. ¡Qué preguntas hace usted! —contestó—. Tengo que ir a ver al cajero de la Compañía de Ómnibus. ¿Me espera y comemos juntos por aquí? Tengo una idea para un poema.

—No, gracias, me marcho. ¿Estás seguro de que no sabes nada sobre los Skroelings?

—No, a menos que sea un caballo que participe en las carreras.

Se despidió y desapareció entre la gente.

Está escrito en la saga de Eric el Rojo o en la de Thorfin Karlsefni, que hace novecientos años, cuando las galeras de Karlsefni llegaron a las casetas de Leif, erigidas por Leif en la tierra desconocida llamada Markland, que podía haber sido o no Rhode Island, los Skroelings —y Dios sabe quienes podían o no podían ser— vinieron a comerciar con los vikingos y huyeron porque se asustaron de los aullidos del ganado que Thorfin había llevado consigo en los barcos. Pero ¿qué diantre podía saber de aquello un esclavo griego? Recorrí las calles tratando de resolver el misterio, y cuanto más lo pensaba, más desconcertante me resultaba. Solo una cosa parecía segura, y esa certeza me dejó sin respiración unos segundos. Si terminaba por descubrir algo, no sería una vida del alma del cuerpo de Charlie Mears, sino media docena, media docena de existencias distintas, vividas en las aguas azules en los albores del tiempo.

Reconsideré toda la situación.

Evidentemente, si empleaba mi conocimiento me convertiría en un hombre solitario e inaccesible hasta que el resto de los hombres fueran tan sabios como yo. Eso estaría bien, pero estaba siendo muy ingrato con la humanidad. Me parecía amargamente injusto que la memoria de Charlie me fallase cuando más la necesitaba. Grandes poderes divinos —levanté la vista al cielo para mirarlos a través de la niebla—, ¿sabían los dioses de la vida y la muerte lo que aquello significaba para mí? Nada menos que la fama eterna, de la mejor clase, la que procede de uno y no se comparte con nadie. Me conformaría —recordando a Clive, asombrado ante mi propia moderación— con el mero derecho de escribir un solo cuento, de hacer una pequeña contribución a la literatura frívola de la época. Si Charlie pudiera tener pleno acceso a sus recuerdos durante una hora —durante sesenta cortos minutos— de las existencias que habían abarcado mil años, yo renunciaría a todo beneficio y al honor que pudiera extraer de sus palabras. No participaría de la conmoción que provocaría en ese rincón particular de la tierra que se denomina a sí mismo «el mundo». El cuento se publicaría de forma anónima. Haría creer a otros hombres que lo habían escrito ellos. Contratarían ingleses obstinados y engreídos para que lo compartieran con el mundo. Los predicadores hallarían en él una nueva moralidad, jurarían que era nuevo y que habían terminado con el miedo a la muerte de toda la humanidad. Todos los orientalistas de Europa lo apoyarían dialécticamente con textos en sánscrito y pali. Mujeres horribles inventarían versiones impuras de las creencias de los hombres para instruir a sus hermanas. Las iglesias y las religiones irían a la guerra por él. Entre la parada y la puesta en marcha de un ómnibus, predije las disputas que se originarían entre media docena de confesiones, pues todas profesarían «La verdadera metempsicosis aplicada al nuevo mundo y a la nueva era», y también vi a los respetables periódicos ingleses huir, como ganado asustado, ante la hermosa simplicidad del relato. La imaginación saltó cien años, doscientos, mil años. Vi con tristeza que los hombres mutilarían y tergiversarían la historia; que credos rivales le darían la vuelta hasta que, al final, el mundo occidental, que se aferra al temor a la muerte con más intensidad que a la esperanza de vivir, la apartaría como si se tratara de una interesante superstición y saldrían corriendo en estampida tras alguna fe olvidada hace tanto tiempo que ya pareciera nueva. Por eso cambié los detalles del trato que haría con los dioses de la vida y la muerte. Solo quería que me dejaran saber, que me permitiesen escribir la historia con la convicción de que escribiría la verdad, y después quemaría el manuscrito como sacrificio. Cinco minutos después de escribir la última frase lo destruiría todo, pero debían permitir que la escribiera con absoluta confianza.

No recibí ninguna respuesta. Los flamantes colores del cartel de un acuario llamaron mi atención y me pregunté si sería inteligente o prudente convencer a Charlie para que fuera a visitar a un hipnotizador profesional y si, estando bajo su poder, hablaría sobre sus vidas pasadas. Si lo hacía, y si la gente le creía... Pero Charlie se asustaría y se pondría nervioso, o se volvería engreído con tanta entrevista. En cualquier caso, empezaría a mentir, ya fuera por miedo o por vanidad. Estaba más seguro en mis manos.

—Son unos necios muy divertidos, ustedes los ingleses —dijo una voz junto a mi codo.

Al volverme me encontré con un conocido, un joven bengalí estudiante de derecho llamado Grish Chunder, cuyo padre le había enviado a

Inglaterra a estudiar. El viejo era un oficial nativo jubilado, y con una renta de cinco libras al mes conseguía ayudar a su hijo enviándole doscientas libras anuales y libertad absoluta en una ciudad donde fingía ser un príncipe y contaba historias sobre los brutales burócratas indios que oprimían a los pobres.

Grish Chunder era un joven y obeso bengalí escrupulosamente vestido con una levita, un sombrero alto, pantalones claros y guantes de color ocre. Pero yo le había conocido cuando el brutal gobierno indio le pagaba los estudios universitarios y él contribuía con artículos sediciosos en el *Sachi Durpan,* y mantenía amoríos con las esposas de sus compañeros de catorce años de edad.

—Eso es muy cómico y estúpido —dijo señalando el cartel—. Voy al Northbrook Club. ¿Quieres venir?

Caminamos juntos un rato.

—No estás bien —dijo—. ¿Qué te preocupa? No estás muy hablador.

—Grish Chunder, eres demasiado culto como para creer en Dios, ¿verdad?

—Aquí sí, pero cuando vuelvo a casa debo acatar las supersticiones populares, hacer ceremonias de purificación, y mis mujeres deben ungir a sus ídolos.

—Y colgarán adornos tulsi y celebrarán el purohit, y te reintegrarán en la casta, y volverás a ser un buen khuttri, un avanzado librepensador. Y comerás comida desi, y todo te gustará, desde el olor del patio hasta el aceite de mostaza que te untarán por todo el cuerpo.

—Me gustará mucho —reconoció Grish Chunder sin dudar—. Un hindú siempre es un hindú. Pero me gusta saber lo que los ingleses creen que saben.

—Te diré algo que sabe un inglés. Para ti es una vieja historia.

Empecé a contarle la historia de Charlie en inglés, pero Grish Chunder me hizo una pregunta en lengua vernácula, y el relato prosiguió de forma natural en el idioma que más le convenía. A fin de cuentas, nunca podría haberse contado en inglés. Grish Chunder me escuchó, asintiendo de vez en cuando, y después subió a mi estancia, donde terminé la historia.

—*Beshak* —dijo filosóficamente—. *Lekin darwaza band hai* («Sin duda; pero la puerta está cerrada»). Ya he oído hablar de estos recuerdos de las vidas pasadas entre mi gente. Para nosotros es una historia muy antigua, pero que eso le ocurra a un inglés, a un Mlechh que se alimenta de carne de vaca, un descastado... ¡Es rarísimo!

—¡Tú sí que eres un descastado, Gris Chunder! Comes ternera cada día. Meditémoslo bien. El muchacho recuerda sus encarnaciones.

—¿Y él es consciente? —preguntó Grish Chunder tranquilamente mientras balanceaba las piernas sentado a mi mesa. Ahora hablaba en inglés.

—Él no sabe nada. ¿Crees que te lo contaría de ser así? ¡Sigamos!

—No hay nada que seguir. Si se lo cuentas a tus amigos te dirán que estás loco y lo publicarán en el periódico. Supongamos que los acuses de calumnias.

—Olvidémonos de eso. ¿Hay alguna forma de conseguir que hable?

—Hay una posibilidad. ¡Claro que sí! Pero si hablara significaría que todo este mundo terminaría, al instante, se derrumbaría sobre tu cabeza. Estas cosas no están permitidas, ya lo sabes. Como ya he dicho, la puerta se ha cerrado.

—¿No existe ni la más mínima oportunidad?

—¿Cómo podría haberla? Tú eres cristiano, y en tus libros está prohibido comer del árbol de la vida, o de lo contrario no morirías nunca. ¿Cómo vais a temer a la muerte si todos sabéis lo que tu amigo no sabe que sabe? Yo tengo miedo de los azotes, pero no tengo miedo de morir porque sé lo que sé. Tú no tienes miedo a los azotes, pero tienes miedo a morir. De no ser así, los ingleses os llevaríais el mundo por delante en una hora, rompiendo los equilibrios de poder y causando una gran conmoción. No sería bueno. Pero no temas. Él recordará cada vez menos y pensará que son sueños. Después lo olvidará todo. Cuando aprobé mi examen de bachillerato en Calcuta, todo esto estaba explicado en el libro de Wordsworth, *Arrastrando nubes de gloria,* ya sabes.

—Esto parece una excepción a la regla.

—No hay excepciones a la regla. Algunas no parecen tan rígidas como otras, pero al final son todas iguales. Si ese amigo tuyo dijera esto y aquello dando a entender que recuerda sus vidas anteriores, o una parte de alguna vida pasada, no estaría en el banco ni una hora más. Le echarían a la calle, como suele decirse, le tacharían de loco y le internarían en un manicomio. Eso seguro que lo entiendes, amigo mío.

—Claro que sí, pero no estaba pensando en él. Su nombre no tiene por qué aparecer en la historia.

—¡Ah! Ya entiendo. Esa historia nunca se escribirá. Puedes probarlo.

—Voy a hacerlo.

—Por tu propio prestigio y por dinero, ¿no?

—No. Solo lo haré por el hecho de escribir la historia. Palabra de honor.

—Incluso así, no hay nada que hacer. No puedes jugar con los dioses. Ahora es un cuento muy hermoso. Y como suele decirse: «Déjalo estar». Date prisa, no durará mucho.

—¿A qué te refieres?

—Lo que digo. Hasta ahora él jamás ha pensado en ninguna mujer.

—¿Cómo que no?

Recordé algunas de las confidencias de Charlie.

—Me refiero a que ninguna mujer ha pensado en él. Cuando ocurra eso: *bus-hogya,* se acabó. Lo sé. Aquí hay millones de mujeres. Las criadas, por ejemplo. Te besan a escondidas.

Me estremecí al pensar que una criada pudiera arruinar mi historia. Y, sin embargo, era muy probable.

Grish Chunder sonrió.

—Sí, también hay muchachas hermosas, primas, o quizá familiares de otros. Un solo beso que devuelva y recuerde acabará con todas estas locuras, o...

—¿O qué? Recuerda que él no sabe lo que sabe.

—Ya lo sé. O, si no ocurre nada, se dejará absorber por los negocios y la especulación financiera como los demás. Tiene que ser así. No me negarás que tiene que ser así. Pero yo creo que la mujer aparecerá primero.

Llamaron a la puerta y Charlie entró con mucha energía. Le habían dado la tarde libre en la oficina y por su mirada delataba que había venido dispuesto a tener una larga conversación, muy probablemente con poemas en los bolsillos. Los poemas de Charlie eran agotadores, pero a veces le llevaban a hablar sobre la galera.

Grish Chunder le observó con interés durante un minuto.

—Disculpe —dijo Charlie sintiéndose algo incómodo—, no sabía que estaba acompañado.

—Ya me marcho —dijo Grish Chunder.

Me arrastró hasta el vestíbulo al despedirse.

—Ese es tu hombre —se apresuró a decir—. Te aseguro que nunca te dirá todo lo que tú deseas. Son tonterías, majaderías. Pero sería muy apto para ver cosas. Podríamos fingir que todo era un juego —nunca había visto a Grish Chunder tan emocionado—, y hacerle verter el espejo de tinta en su mano. ¿Qué te parece? Apuesto a que podría ver cualquier cosa que un hombre puede ver. Déjame ir a por la tinta y el alcanfor. Es vidente y nos dirá muchas cosas.

—Puede que sea todo lo que dices, pero no voy a dejarle en manos de tus dioses y tus demonios.

—No le hará daño. Solo se sentirá un poco embotado y mareado cuando despierte. No será la primera vez que ves a un muchacho mirar el espejo de tinta.

—Precisamente por eso no pienso volver a hacerlo. Será mejor que te marches, Grish Chunder.

Se fue insistiendo, desde la escalera, en que estaba desperdiciando la única oportunidad que tenía de ver el futuro.

Aquello no me afectó, yo estaba interesado en el pasado, y ningún muchacho hipnotizado contemplando espejos de tinta me ayudaría. Pero reconocía el punto de vista de Grish Chunder y lo comprendía.

—¡Qué negro más bruto! —dijo Charlie cuando regresé con él—. Bueno, venga a ver esto, acabo de componer un poema; lo escribí en lugar de jugar al domino después de almorzar. ¿Se lo leo?

—Ya lo leo yo.

—Pero usted no le dará la entonación adecuada. Además, siempre consigue que parezca que las rimas de mis poemas estén mal.

—Pues léelo en voz alta. Eres como todos los demás.

Charlie me recitó su poema, y no era mucho peor que la mayoría de sus versos. Había estado leyendo su libro sin descanso, pero no le hizo gracia que yo le dijera que prefería a Longfellow sin contaminar por Charlie.

Entonces empezamos a repasar el manuscrito, frase a frase, y Charlie se defendía de todas las objeciones y correcciones diciendo:

—Sí, eso quedaría mejor, pero no está comprendiendo lo que quiero decir.

Al menos en ese sentido, Charlie era como muchos poetas.

Detrás de la hoja había unos garabatos escritos con lápiz.

—¿Qué es eso? —pregunté.

—Ah, eso no es poesía. Es una tontería que escribí anoche antes de meterme en la cama. Me estaba costando mucho conseguir que rimara y escribí una especie de verso libre.

Y estos son los «versos libres» de Charlie:

> Remamos para vos con el viento en contra y las velas plegadas.
>
> ¿Nunca nos soltaréis?
>
> Comimos pan y cebolla cuando vos asediabais ciudades, o corrimos rápidamente a bordo cuando os atacaban los enemigos.
>
> Los capitanes se paseaban por cubierta, cuando hacía buen tiempo, entonando hermosas canciones, pero nosotros estábamos debajo.
>
> Nos desmayábamos con la barbilla pegada al remo y vos no os dabais cuenta de que habíamos dejado de remar, pues seguíamos meciéndonos adelante y atrás.
>
> ¿Nunca nos soltaréis?
>
> La sal hacía que los mangos de los remos se volvieran ásperos como la piel de un tiburón; el salitre cortaba nuestras rodillas hasta los huesos; el pelo se nos pegaba a la frente; y los labios se nos cortaban hasta las encías, y vos nos azotabais porque dejábamos de remar.
>
> ¿Nunca nos soltaréis?
>
> Pero pronto escaparemos por los ojos de buey como el agua que se cuela por los remos, y aunque digáis a los demás que remen detrás de nosotros, nunca nos agarraréis hasta que atrapéis la molienda de los remos y atéis los vientos al vientre de la vela. ¡Ahoy!
>
> ¿Nunca nos soltaréis?

—¿Qué es la molienda de los remos, Charlie?

—El agua que remueven los remos. Es el tipo de canción que los esclavos debían cantar en las galeras, ¿sabe? ¿No piensa terminar nunca esa historia y darme parte de los beneficios?

—Depende de ti. Si me hubieras contado más cosas del protagonista desde el primer momento, quizá a estas alturas ya estaría terminada. Tus ideas son muy imprecisas.

—Solo quiero trasladarle la idea general, el ir de un lado a otro, las peleas y todo eso. ¿No puede rellenar usted el resto? Haga que el protagonista salve a alguna chica de un barco pirata y se case con ella o algo así.

—Eres un colaborador muy valioso. Imagino que el héroe viviría varias aventuras antes de casarse.

—Pues entonces conviértalo en un tipo hábil, una especie de sinvergüenza, una especie de político que vaya por ahí haciendo tratos y rompiéndolos, un tipo de pelo negro que se oculte detrás del mástil cuando empiecen las peleas.

—Pero el otro día dijiste que era pelirrojo.

—Imposible. Tiene que ser moreno. No tiene usted imaginación.

Al ver que había descubierto los principios sobre los que se asentaba esa especie de memoria mal llamada «imaginación», me entraron ganas de echarme a reír, pero me contuve por el bien de la historia.

—Tienes razón. Tú sí que tienes imaginación. Un tipo moreno en un buque de tres cubiertas.

—No, un barco abierto, como un barco grande.

Aquello era una locura.

—El barco ya está diseñado y construido: un navío con techos y cubiertas. Lo dijiste tú —protesté.

—No, no, ese barco no. Este era abierto o semiabierto porque... ¡Vaya, tiene razón! Usted me hace pensar que el protagonista es un tipo pelirrojo. Claro que, si es pelirrojo, el barco tiene que ser abierto con las velas pintadas.

Pensé que recordaría haber servido en al menos dos galeras, en una griega con tres cubiertas bajo el mando del «político» de pelo negro, y de nuevo en un barco vikingo abierto a las órdenes de un hombre «rojo como un oso rojo» que llegó a Markland. El diablo me empujó a hablar.

—¿Por qué dices «claro», Charlie? —dije.

—No lo sé. ¿Se está riendo de mí?

De repente se hizo el silencio. Tomé una libreta y fingí tomar algunas notas.

—Es un placer trabajar con un tipo tan imaginativo como tú —dije después de un rato—. La forma en que has descrito el carácter del héroe es simplemente maravillosa.

—¿Usted cree? —preguntó ruborizado—. A menudo me digo que valgo más de lo que mi ma... de lo que piensa la gente.

—Tienes muchísimo que ofrecer.

—Entonces ¿puedo mandar un artículo sobre las «Costumbres de los empleados de banca» a *Tit-Bits* y ganar una libra esterlina de premio?

—Yo no me refería exactamente a eso, amigo, quizá sea mejor esperar un poco y terminar la historia de la galera.

—Pero no llevaría mi firma. *Tit-Bits* publicaría mi nombre y mi dirección si ganara. ¿De qué se ríe? Es verdad.

—Ya lo sé. ¿Por qué no sales a dar una vuelta? Quiero revisar las notas sobre nuestra historia.

El vituperable joven que se había ido un poco ofendido y rechazado podría haber sido, por lo que yo o él sabíamos, miembro de la tripulación del Argos, y no había duda de que había sido esclavo o camarada de Thorfin Karlsefini. Por eso estaba tan interesado en los premios de una libra esterlina. Me reí mucho recordando lo que había dicho Grish Chunder. Los dioses de la vida y de la muerte nunca permitirían que Charlie Mears hablara con absoluta conciencia sobre sus vidas pasadas, y yo tendría que completar lo que él me había contado con mis pobres invenciones mientras Charlie escribía sobre las costumbres de los empleados de banca.

Reuní todas mis notas; el resultado final no era muy halagüeño. Las leí una segunda vez. No había nada que no hubiera podido extraerse de libros ajenos, excepto, quizá, la historia de la contienda en el puerto. Ya se había escrito mucho sobre las aventuras de los vikingos; la historia de un galeote griego no era ninguna novedad, y aunque yo escribiera sobre ambas, ¿quién podría contradecir o confirmar la veracidad de mis detalles? También podría contar una historia que transcurriese dentro de dos mil años. Los dioses de la vida y la muerte eran tan astutos como había sugerido Grish Chunder. No permitían que pasara nada que pudiera preocupar o tranquilizar las mentes de los hombres. Y aunque estaba convencido de ello, no era capaz de abandonar la idea de escribir esa historia. El entusiasmo se alternaba con el desánimo, no una vez, sino veinte veces en las siguientes semanas. Mis estados de ánimo variaban con el sol de marzo y sus nubes pasajeras. Por la noche o inmerso en la belleza de una mañana de primavera, creía poder escribir ese cuento y conmover a los continentes. En las tardes de lluvia y viento creía que la historia podía escribirse, pero que no sería más que una pieza de anticuario falsificada, con falsa pátina y falsa herrumbre. Entonces maldecía a Charlie de muchas formas, aunque no era culpa suya. Él parecía ocupado con los certámenes literarios y cada vez le veía menos; entretanto las semanas iban pasando y la tierra se agrietaba dando paso a la primavera y los brotes florecían en sus vainas. No le interesaba leer o hablar de lo que había leído, y en su voz apareció un nuevo tono de seguridad. Yo apenas me molestaba en hablarle de la galera cuando nos veíamos, pero Charlie aludía a ello en cada ocasión, siempre como una historia de la que había que sacar dinero.

—Creo que merezco el veinticinco por ciento, ¿no le parece? —dijo con una hermosa sinceridad—. Yo le di todas las ideas, ¿verdad?

Esa avidez por el dinero era nueva en su carácter. Supuse que la debió desarrollar en la City, donde Charlie estaba adquiriendo ese curioso tono nasal propio de los tipos malcriados de la zona.

—Cuando esté terminada lo hablaremos. De momento no puedo hacer nada con ella. Tanto los héroes pelirrojos como los morenos son igual de complejos.

Charlie estaba sentado junto al fuego contemplando las brasas.

—No entiendo por qué le resulta tan difícil. Para mí está todo clarísimo —contestó. Un chorro de gas ascendió entre las barras, prendió y silbó suavemente—. Supongamos que empezamos con las aventuras del héroe pelirrojo, cuando capturó mi galera en el sur y navegó con ella hasta las Playas.

A esas alturas ya sabía que no debía interrumpir a Charlie. No tenía papel y pluma, y no me atreví a ir a buscarlos para no interrumpir. El chorrito de gas sopló y silbó, Charlie bajó la voz hasta convertirse casi en un susurro, y contó la historia de una galera que navegó hasta Furdurstrandi, de puestas de sol en mar abierto contempladas bajo la curva de la vela, tarde tras tarde, cuando el espolón de la galera estaba en el centro del disco poniente y «navegábamos con ese rumbo porque no teníamos otra guía», dijo Charlie. Habló del desembarco en una isla y de las exploraciones de sus bosques, donde la tripulación mató a tres a hombres que dormían bajo los pinos. Sus fantasmas, contó Charlie, persiguieron a la galera a nado y la tripulación, tras echarlo a suertes, lanzó por la borda a uno de sus hombres como sacrificio a los extraños dioses a los que habían ofendido. Cuando se quedaron sin provisiones comieron algas y se les hincharon las piernas, y su líder, el hombre pelirrojo, mató a dos remeros que se amotinaron; tras un año entre los bosques pusieron rumbo a su país, y un viento incesante los llevó de vuelta con tal seguridad que pudieron dormir por la noche. Eso, y mucho más, contó Charlie. A veces bajaba tanto la voz que no conseguía escuchar lo que decía, aunque tenía todos los sentidos puestos en ello. Habló de su líder, el hombre pelirrojo, como un pagano habla de su Dios; pues era él quien los animaba y los mataba con absoluta imparcialidad, según le conviniese; y fue él quien empuñó el timón durante tres días entre el hielo flotante, cada témpano lleno de bestias extrañas que «intentaban navegar con nosotros», dijo Charlie, «y nosotros las golpeábamos con los remos».

El chorro de gas se consumió, una brasa cedió y el fuego se desplomó, con un pequeño crujido, en el fondo de la chimenea. Charlie dejó de hablar y yo no dije ni una sola palabra.

—¡Dios mío! —exclamó al fin, negando con la cabeza—. He mirado tanto el fuego que me he mareado. ¿Qué iba a decir?

—Algo del libro sobre la galera.

—Ya me acuerdo. Me corresponde el veinticinco por ciento de los beneficios, ¿no?

—Cuando termine la historia tendrás lo que quieras.

—Quería asegurarme. Ahora tengo que irme. Tengo... tengo una cita.

Y se marchó.

Si no hubiese estado tan embelesado me habría dado cuenta de que ese murmullo entrecortado junto al fuego era el canto de cisne de Charlie Mears, pero yo pensé que se trataba del preludio de una revelación total. ¡Por fin podría engañar a los dioses de la vida y la muerte!

Cuando Charlie volvió a verme le recibí muy emocionado. Estaba nervioso e incómodo, pero le brillaban los ojos y tenía los labios entreabiertos.

—He escrito un poema —anunció, y después se apresuró a añadir—: Es el mejor que he compuesto hasta ahora. Léalo.

Me lo dio y se retiró a la ventana.

Me quejé para mis adentros. Tardaría media hora en criticarlo, es decir, en alabarlo, lo suficiente como para complacer a Charlie. Así que tenía buenos motivos para quejarme, pues Charlie, olvidando el larguísimo metro con el que prefería escribir, se había lanzado a crear una composición mediante versos cortos, unos versos con un evidente motivo. Esto es lo que leí:

> El día no puede ser más hermoso,
> ¡el viento alegre ulula detrás de la colina
> donde dobla el bosque a su antojo,
> y los retoños a su voluntad!
> Rebélate, oh, Viento, ¡hay algo en mi sangre
> que no te dejará quieto!
> Ella se entregó a mí, oh, Tierra, oh, Cielo;
> ¡mares grises, ahora ella es mía!
> ¡Que los hoscos peñascos escuchen mi canto,
> y se alegren aunque no sean más que piedras!
> ¡Mía! La he conseguido, ¡oh, preciosa tierra marrón!
> ¡Alégrate! La primavera ha llegado.
> ¡Alégrate, mi amor vale el doble
> que el homenaje que puedan rendirle los campos!
> ¡Que el labriego que te rotura sienta mi dicha
> al trabajar de madrugada!

—Sí, es desgarrador, no hay duda —dije aterrado. Charlie sonrió, pero no contestó.

> Roja nube del crepúsculo, proclámalo;
> mía es la victoria. ¡Salúdame, oh, Sol,
> como maestro dominante y señor absoluto sobre el alma de Ella!

—¿Y bien? —preguntó Charlie mirando por encima de mi hombro.

Pensé que la composición estaba lejos de estar bien, muy mal incluso; y entonces colocó silenciosamente una fotografía sobre el papel: el retrato de una muchacha de pelo rizado y una boca estúpida y entreabierta.

—¿No es... no es maravilloso? —susurró, sonrojado hasta las orejas, envuelto en el rosado misterio del primer amor—. No lo sabía, no pensaba... llegó como un rayo.

—Sí, llega como un rayo. ¿Eres muy feliz, Charlie?

—Dios mío, ella... ¡ella me ama!

Se sentó sin dejar de repetir las últimas palabras. Contemplé su rostro lampiño, los hombros estrechos ya encorvados por el trabajo de escritorio y me pregunté cuándo, dónde y cómo habría amado en sus vidas anteriores.

—¿Qué dirá tu madre? —le pregunté alegremente.

—¡Me importa un pimiento lo que diga!

A los veinte años, las cosas que a uno no le importan deberían ser muchas, pero nadie debería incluir a su madre en la lista. Se lo expliqué con delicadeza; él la describió como Adán debió describir la gloria y ternura de la belleza de Eva ante los animales que acababan de recibir un nombre. Descubrí por casualidad que trabajaba en una tabaquería, que sentía debilidad por los vestidos bonitos y que ya le había dicho cuatro o cinco veces que ningún hombre la había besado.

Charlie hablaba sin parar mientras yo, separado de él por miles de años, pensaba sobre el principio de las cosas. Al fin comprendí por qué los dioses de la vida y de la muerte cerraban las puertas con tanto esmero a nuestro paso. Es para que no recordemos nuestros primeros amores. Si no fuera así, nuestro mundo se quedaría sin habitantes en menos de un siglo.

—En cuanto a la historia de la galera... —dije con mayor alegría, cuando él hizo un alto en su atropellado parloteo.

Charlie levantó la vista como si le hubieran golpeado.

—La galera... ¿qué galera? Por Dios, ¡no bromee, hombre! Esto es serio, ni se imagina cuán serio es.

Grish Chunder tenía razón. Charlie había experimentado el amor, que mata el recuerdo, y el cuento más hermoso del mundo ya nunca llegaría a escribirse.

Los años intermedios

HENRY JAMES (1843-1916)

Los años intermedios se publicó por primera vez en *Scribner's Magazine* en 1893. Henry James dedicó relatos de cierta extensión como *La próxima vez* o *La lección del maestro* a examinar desde diferentes ángulos el funambulismo perpetuo del escritor. Como verdadero escritor que era, muestra en *Los años intermedios* de manera muy nítida la frustración del creador por no llegar donde cree que tenía que llegar y aporta algunas reflexiones que cualquiera que se dedique a estos menesteres debería anotar concienzudamente.

El protagonista es un autor de cierto éxito que acaba de recibir su último libro recién salido de la imprenta y ya lo está corrigiendo y lamentando sus carencias, deseando que la vida le conceda un poco más de tiempo para su siguiente obra, que esa sí será la buena y definitiva, la que culminará todas sus ambiciones estéticas. Nos dice el narrador, Henry James en estado puro, que «aunque había hecho todo lo posible, no había hecho lo que deseaba». Y en esa angustia vemos al escritor Dencombe, tratando de ganar tiempo al tiempo, espoleado y atenazado por la admiración de ese médico extraño de lentes redondos.

LOS AÑOS INTERMEDIOS

HENRY JAMES

Era un día de abril tibio y soleado y el pobre Dencombe, feliz de creer que estaba recobrando energías, evaluaba en el jardín del hotel los diversos atractivos de las posibles caminatas con una determinación en la que aún persistía cierta languidez. Le gustaban las sensaciones que provoca el sur, en la medida en que pudiera experimentarlas en el norte; le gustaban los acantilados de arena, los bosques de pinos y hasta el mar incoloro. «Bournemouth, un balneario saludable» le había sonado como un simple anuncio publicitario, pero ahora agradecía las comodidades mundanas. El amable cartero, después de atravesar el jardín, le había entregado un diminuto paquete que él cargó consigo mientras salía del hotel, hacia su derecha, e iba a sentarse en un banco que ya conocía bien, un espacio seguro junto al acantilado. El banco miraba al sur, hacia la colorida Isla de Wight, y por detrás lo protegía una pendiente. Estaba bastante cansado cuando llegó allí y por un momento se decepcionó; se encontraba mejor, desde luego, pero, a fin de cuentas, ¿mejor que qué? No volvería jamás a ser mejor que él mismo, como en uno o dos grandes momentos de su pasado. La sensación de vida infinita se había esfumado y apenas quedaba una dosis mínima, como en esos vasos de vidrio de los farmacéuticos con

mediciones dignas de un termómetro. Sentado, miraba el mar, que parecía una planicie centelleante, mucho más chato que el espíritu del hombre. El abismo de las ilusiones humanas sí que poseía una profundidad auténtica, sin los altibajos de las mareas. Tenía el paquete sin abrir, acaso un libro, sobre su falda, feliz de saber que estaba ahí, tras el ocaso de tantas alegrías (la enfermedad lo había hecho tomar conciencia de su edad), pero seguro de que nunca reviviría el placer, tan propio de la experiencia juvenil, de verse «recién salido». Dencombe, que tenía cierta reputación, había publicado muchas veces y sabía de antemano, demasiado bien, cómo se vería.

Su demora en el lugar se relacionó vagamente, después de un rato, con un grupo de tres personas, dos damas y un joven, a quienes podía ver más abajo paseando en forma lenta y en silencio, al parecer, por la arena de la playa. El joven inclinaba la cabeza sobre un libro y de vez en cuando se veía obligado a frenar por el hechizo que le causaba ese volumen, el cual tenía, como pudo notar Dencombe a pesar de la distancia, una cubierta llamativamente roja. Entre tanto, sus dos compañeras, que iban más adelante, esperaban a que él las alcanzara, hundían sus parasoles en la arena o miraban al cielo y al mar alrededor, muy conscientes de la belleza del día. El joven del libro respondía con indiferencia; se retrasaba, crédulo y absorto, causando envidia en un observador cuyo lazo con la literatura ya había perdido toda ingenuidad. Una de las damas era corpulenta y madura; la otra exhibía, en comparación, la sobriedad de la juventud y de una situación social probablemente inferior. La mujer más corpulenta hacía que la imaginación de Dencombe viajara a la edad del miriñaque; llevaba un sombrero en forma de hongo, adornado con un velo azul, y daba la impresión de aferrarse con agresividad a una moda extinta o incluso a una causa perdida. Al cabo de un rato su compañera sacó, de entre los pliegues de un mantón, una silla portátil algo frágil que desplegó rápidamente y en la cual se instaló la mujer voluminosa. Este gesto, además de algo en los movimientos de ambas mujeres, las convirtió de inmediato (parecían actuar para entretenimiento de Dencombe) en una matrona opulenta y una humilde subordinada. Por otra parte, ¿de qué le servía ser un reconocido novelista si era incapaz de establecer el vínculo entre estos personajes? Por ejemplo, la hipótesis de que el joven fuese hijo de la matrona opulenta o de que la humilde subordinada, hija de un clérigo o un funcionario, abrigase una secreta pasión por él. ¿Eso no resultaba obvio por el modo en que ella se apartaba furtivamente de su benefactora para observar al joven, quien se había detenido por completo detrás de ellas no bien la madre se había sentado a descansar? El libro que él llevaba era una novela de encuadernación barata; desatendiendo lo romántico de la vida, el joven se perdía en el romanticismo de la biblioteca circulante. Se desplazó en forma mecánica hasta el sitio donde la arena era más blanda y se dejó caer para acabar el capítulo con total libertad. La humilde subordinada, desalentada por su lejanía, caminó en otra dirección, con la cabeza gacha, casi como una mártir; en cuanto a la mujer corpulenta, contemplaba las olas y tenía el extraño aspecto de una máquina voladora que acaba de caer al suelo.

Cuando el espectáculo empezó a aburrirlo, Dencombe se acordó de que tenía, al fin y al cabo, otro pasatiempo a su alcance. Aunque tanta celeridad fuese infrecuente por parte de su editor, del paquete que tenía sobre la falda podía ya sacar su obra «más reciente», quizá la última de todas. La cubierta de *Los años intermedios* resultaba sombría y aparatosa, el aroma de las flamantes páginas era el mismísimo olor de la santidad; por el momento, sin embargo, no había ido mucho más lejos porque se había percatado de algo extraño. Había olvidado de qué trataba su propio libro. El último ataque de su vieja dolencia, ataque que había venido a conjurar ilusamente a Bournemouth, ¿había dejado en blanco todo lo anterior? Él había revisado las pruebas de imprenta antes de irse de Londres, pero la quincena siguiente, en cama, había borrado como una esponja todos sus recuerdos. Le resultaba imposible evocar una sola frase o cierta página en particular. Se había olvidado del tema, le quedaba apenas una vaga impresión. Soltó un grave lamento mientras respiraba el frío de ese oscuro olvido, que parecía marcar la culminación de una fase siniestra. Sus ojos apacibles se llenaron de lágrimas; algo precioso se había evaporado. Era el dolor más agudo de estos últimos años: la sensación de que el tiempo disminuía y las oportunidades se agotaban; y lo que ahora sentía no era que se le escapaba la última oportunidad, sino que ya se había escapado. Aunque había hecho todo lo posible, no

había hecho lo que deseaba. Ahí estaba el desgarro: su carrera había llegado al final y eso resultaba tan duro como si le apretasen la garganta. Se levantó nervioso de su asiento, como una criatura llena de miedo, pero enseguida se dejó caer, por culpa de su debilidad, y abrió ansioso la novela. Era un solo volumen: él prefería los volúmenes únicos y aspiraba a una infrecuente concisión. Se puso a leer y, poco a poco, la tarea lo calmó, lo serenó. Todo iba resurgiendo, pero volvía con asombro, con una belleza magnífica y elevada. Leyó su propia prosa, fue dando vuelta a las páginas y sintió allí, con el sol de la primavera iluminando el libro, una emoción intensa y particular. Su carrera había terminado, sin duda, pero terminaba con aquello.

Había olvidado durante su enfermedad el trabajo del año anterior; pero, ante todo, había olvidado que era asombrosamente bueno. Volvió a zambullirse en su relato y algo semejante a una mano de sirena lo arrastró hasta un sitio donde, en las tenues profundidades de la ficción, en la gran cisterna acristalada del arte, flotaban en silencio extraños temas. Reconoció su motivo y se rindió a su propio talento. Nunca antes ese talento le había resultado tan sutil. Las dificultades estaban allí, pero también estaba, y él lo percibía quizá mejor que nadie, el arte con que las había resuelto en la mayoría de los casos. Mientras disfrutaba, sorprendido por su propia habilidad, imaginó una posible prórroga. Seguramente sus fuerzas no se habían agotado; aún le quedaban vida y utilidad. Las fuerzas no le habían venido fácilmente, habían llegado de modo tardío y esquivo. Hijas del tiempo, se habían nutrido con dilación; él había luchado y había sufrido por ellas, realizando incontables sacrificios, y ahora que por fin habían madurado, ¿iba a darse bruscamente por vencido? A Dencombe le causaba una infinita satisfacción sentir, como nunca antes, que *pertinacia vincit omnia*. En su pequeño libro había logrado, en cierto modo, algo que superaba sus intenciones conscientes; como si se hubiera limitado a desarrollar su talento, a confiar en su método, como si las cosas hubiesen crecido y florecido felizmente. Aunque el logro era genuino, el proceso había sido doloroso. Lo que ahora veía con claridad, lo que sentía como un cuchillo clavado en su carne, era que solo al final había alcanzado el pleno dominio de su arte. El desarrollo había sido anormalmente lento, grotescamente paulatino. La experiencia lo había estorbado y retrasado; había pasado largos periodos explorando a tientas. Había invertido un lapso demasiado largo de su vida en producir apenas un poco de su arte. El arte había llegado al fin, pero después de todo lo demás. A ese ritmo, una sola existencia era demasiado corta, no daba tiempo más que para reunir material; para que eso fructificara, para hacer uso de ese acopio, hacía falta una segunda vida, una prórroga. Por esa prórroga suspiraba el pobre Dencombe y, mientras daba vuelta las páginas finales de su libro, murmuró: «¡Ay, si tuviera otra oportunidad, una ocasión mejor...!».

Las tres personas que le habían hecho desviar la atención hacia la playa se habían evaporado, pero ahora reaparecían; escalaban un sendero, una sencilla subida que conducía a lo alto del acantilado. El banco de Dencombe se hallaba a mitad de camino, en un recoveco, y la mujer corpulenta, una persona maciza de agresivos ojos oscuros y mejillas rojas y bonachonas, resolvió sentarse allí unos minutos para descansar. Llevaba unos guantes sucios y unos inmensos pendientes de diamantes; en un principio le pareció vulgar, pero ella desmintió esa primera impresión con un tono afable y desenvuelto. Mientras sus compañeros la aguardaban de pie, extendió sus faldas en la otra punta del banco de Dencombe. El joven llevaba unas gafas de marco dorado a través de las cuales, sin dejar de señalar con el dedo su libro de tapas rojas, observó ese volumen que tenía el mismo color y la misma encuadernación que el suyo y que reposaba en la falda del primer ocupante del banco. Luego de un instante, Dencombe creyó comprender que al joven le sorprendía la semejanza; había reconocido el sello dorado en la tela rojiza; estaba leyendo *Los años intermedios* y ahora tomaba conciencia de que alguien iba a la par que él. El desconocido se sentía perplejo, tal vez incluso un poco contrariado, al descubrir que no era la única persona que había tenido el privilegio de recibir uno de los primeros ejemplares de la novela. Los ojos de los dos lectores se encontraron un instante y a Dencombe le causó gracia la expresión en la mirada de su competidor, si es que no era, como podía inferirse, su admirador. Sus ojos manifestaban cierta envidia y parecían expresar: «¡Por todos los cielos, ¿ya lo tiene? ¡Seguro que es uno de esos ignorantes críticos literarios!».

Dencombe ocultó su ejemplar mientras la mujer corpulenta ponía fin a su descanso y se incorporaba exclamando:

—¡Qué bien me hace este aire!

—Yo no puedo decir lo mismo —repuso la señorita angulosa—. Me siento algo alicaída.

—Yo me siento espantosamente hambrienta. ¿A qué hora ha pedido usted que nos sirvan el almuerzo? —continuó su protectora.

La joven eludió el asunto:

—El almuerzo lo encarga siempre el doctor Hugh.

—Hoy no he encargado nada. Haré que siga una dieta —dijo el joven.

—En tal caso, me iré a dormir a mi habitación. *Qui dort dîne!*

—¿Puedo confiarla a la señorita Vernham? —le preguntó el doctor Hugh a la mujer de más edad.

—¿Puedo confiar yo en usted? —retrucó ella, en tono socarrón.

—¡No lo sé! —se permitió decir la señorita Vernham, con la mirada clavada en el suelo—. Usted debería acompañarnos hasta la casa, por lo menos —añadió mientras la mujer, a quien parecían cuidar, reanudaba la marcha.

Ella ya estaba un poco más allá del alcance de sus voces; sin embargo, la señorita Vernham, volviéndose apenas audible para Dencombe, le murmuró al joven:

—¡Creo que usted no entiende todo lo que le debe a la condesa!

Con aire ausente, el doctor Hugh dirigió un instante hacia la joven sus refulgentes gafas de montura dorada:

—¿Es así como me juzga usted? Ya veo, ya veo...

—La condesa es sumamente buena con nosotros —siguió hablando la señorita Vernham, obligada por la inmovilidad de su interlocutor a permanecer allí, pese a que comentaban asuntos privados.

¿De qué habría servido que Dencombe fuera sensible a los detalles si no hubiese detectado en esa inmovilidad la extraña influencia que causaba él mismo, un silencioso y convaleciente anciano con una gran capa de paño escocés? La señorita Vernham pareció notar de pronto cierta conexión entre los dos hombres, pues añadió:

—Si lo que usted quiere es tomar el sol en este sitio, puede volver aquí después de acompañarnos.

El doctor Hugh titubeó y Dencombe, pese a que trataba de simular que no advertía nada, se arriesgó a echarle una mirada furtiva. Sus ojos se toparon, sin embargo, con la extraña y vidriosa mirada de la señorita, cuyo aspecto le hizo evocar a un personaje (no recordaba su nombre) de cierta novela o cierta obra de teatro: una institutriz siniestra o una solterona trágica. Ella parecía analizarlo, desafiarlo, decirle con cierto rencor: «¿Por qué interfiere usted en nuestros asuntos?». En ese momento les llegó, desde lo alto, la alegre voz de la condesa:

—Vamos, vamos, mis pequeños corderos, ¡no pierdan de vista a su vieja *bergère*!

La señorita Vernham se dio la vuelta y reanudó el ascenso. En cuanto al doctor Hugh, después de otra mirada silenciosa a Dencombe y de un minuto de duda, depositó su ejemplar en el banco como si reservara el sitio o como si así anunciara que iba a regresar, y se marchó sin problema por la zona más escarpada del acantilado.

Los placeres de la observación y los beneficios que engendra el hábito de analizar la vida resultan tan inocentes como infinitos. El pobre Dencombe, mientras tomaba aire fresco, se divertía pensando que le esperaba una revelación en el fondo de la mente de este joven. Miró con intensidad el libro en la otra punta del banco, pero no lo habría tocado por nada en el mundo. Le venía bien tener una hipótesis no expuesta a ninguna refutación. Ya no sentía tanto la carga de su melancolía; ya había asomado la cabeza por la ventana, como solía decir. La presencia de una condesa era capaz de despertar las fantasías, más aún si resultaba tan llamativa como la mujer gigante de un circo. Los panoramas generales resultaban, sin duda, terribles; en cambio, pese a la opinión habitual, ver las cosas de manera fragmentaria era un refugio, un remedio. El doctor Hugh era sin duda un crítico que recibía los primeros ejemplares de las últimas novedades de parte de editores o de periódicos.

El hombre reapareció un cuarto de hora después y, al comprobar con alivio que Dencombe seguía en el lugar, una cohibida aunque generosa sonrisa mostró el brillo de sus dientes blancos. Se le notaba, eso sí, decepcionado ante el eclipse del otro ejemplar del libro; tenía un pretexto menos para conversar con aquel caballero. Así y todo, habló con él; alzó su ejemplar y dijo:

—¡Si llega a hablar de esta obra, haga el favor de decir que es lo mejor que su autor hizo hasta hoy!

Dencombe reaccionó con una risa: «hasta hoy» le resultaba divertido, hacía que el futuro pareciese un vasto camino. Más gracia le causaba aún que el joven le tomase por un crítico. Sacó *Los años intermedios* de debajo de la capa, pero instintivamente reprimió cualquier actitud de paternidad. Lo hizo, en parte, porque todo el mundo se ve ridículo cuando quiere llamar la atención sobre su obra.

—¿Es eso lo que va a decir usted? —le retrucó a su interlocutor.

—No creo que escriba nada. En general, no escribo; me limito a disfrutar. Sin embargo, este libro es tremendamente bueno.

Dencombe caviló un instante, como si debatiera consigo mismo. Si el joven hubiese criticado el libro, él habría revelado de inmediato su identidad; pero no hacía ningún daño al incitar sus elogios. Lo consiguió con tal éxito que un momento después su nuevo amigo, sentado a su lado, confesó con abierta franqueza que las obras de Dencombe eran las únicas que podía leer por segunda vez. Había llegado un día antes de Londres, donde un amigo suyo, un periodista, le había prestado este ejemplar de la más reciente de sus publicaciones, el ejemplar enviado a la redacción del diario, el cual ya había sido objeto de un «artículo» que, al parecer, se habían tomado todo un cuarto de hora —si cabía tal «arrogancia»— para escribir. El joven insinuó que sentía vergüenza por su amigo y por esa actitud tan simple ante una novela que exigía suma atención; y, con su ardiente dictamen y su inusitado deseo de expresarlo, pronto se convirtió en una notable y placentera aparición para el pobre Dencombe. El azar había puesto al agotado hombre de letras cara a cara con el admirador más ferviente que podía concebirse en la nueva generación. En verdad, este admirador resultaba desconcertante, era muy raro toparse con un joven médico tan educado, parecido a un fisiólogo alemán y apasionado por la literatura. Se trataba de un accidente, más feliz que la mayoría de los accidentes, de modo que

Dencombe, tan eufórico como confundido, pasó media hora haciendo hablar al joven mientras él permanecía en silencio. Explicó que había obtenido por adelantado *Los años intermedios* gracias a su amistad con el editor, quien, al saber que él se encontraba en Bournemouth por motivos de salud, había tenido el gesto de enviárselo. Reveló que había estado enfermo, cosa que el doctor Hugh hubiese adivinado tarde o temprano; llegó incluso a preguntarse si no podría obtener algún «consejo» sanitario de alguien que combinaba un fervor tan rutilante con un probable conocimiento de los remedios en boga. Lo perturbaba un poco tener que tomar en serio a un médico que era capaz de tomarlo tan en serio a él, pero a Dencombe le caía bien este joven moderno y efusivo y, con una aguda punzada, sintió que aún había cosas para hacer en un mundo que ofrecía combinaciones tan extrañas. No era cierto lo que había tratado de creer en favor de la renuncia: que todas las combinaciones estaban ya agotadas. No lo estaban, en absoluto; las combinaciones resultaban infinitas; el agotado era él, el pobre artista.

El doctor Hugh, médico impetuoso, estaba imbuido del espíritu de la época; acababa de recibirse, pero era independiente, heterogéneo y hablaba como un hombre que hubiese preferido consagrarse a la literatura. Le hubiese gustado crear frases hermosas, pero la naturaleza le había negado ese talento. Algunas de las mejores frases de *Los años intermedios* lo habían impresionado tanto que se tomó la libertad de leérselas a Dencombe para reforzar su alegato. Cierto aroma en el aire lo incentivaba a hablar con soltura ante su compañero, para cuyo profundo consuelo parecía haber sido enviado, así que describió con especial ardor de qué forma había conocido y se había entusiasmado con el único novelista que lograba poner carne entre las costillas de un arte famélico y moribundo. Aún no le había escrito, lo retenía un sentimiento de respeto. En ese instante, Dencombe se alegró más que nunca de no haber respondido jamás a las solicitudes de los fotógrafos. La actitud de su visitante prometía una larga charla, aunque supuso que la libertad del doctor Hugh dependía en buena medida de la condesa. No tardó en saber qué tipo de condesa era y qué clase de vínculo unía al curioso trío. La mujer corpulenta, inglesa de nacimiento e hija de un famoso barítono cuya afición ella había heredado, aunque no así su talento, era viuda de un noble francés y dueña de todo lo que quedaba de la vasta fortuna amasada por su padre, fortuna que había constituido su dote. La señorita Vernham, criatura extraña y consumada pianista, mantenía ese vínculo por un salario. La condesa, generosa, independiente y excéntrica, viajaba con su acompañante y con su médico de cabecera. Ignorante y apasionada, había momentos en los cuales, sin embargo, resultaba casi irresistible. Dencombe la imaginó posando para el retrato oral que le hacía el doctor Hugh y notó cómo se formaba en su propia mente la imagen de la relación que el joven mantenía con ella. Para ser representante de la nueva psicología, el joven resultaba fácil de hipnotizar y, si se había puesto anormalmente locuaz, no era más que una señal de auténtico sometimiento. Dencombe podía hacer con él lo que quisiera, aun sin que supiese que estaba en presencia de Dencombe.

La condesa había conocido al joven en un hotel, después de caer enferma durante un viaje por Suiza, y el azar de que él le agradara la había motivado a ofrecerle, con su imperiosa generosidad, unas condiciones que no podían sino deslumbrar a un médico sin pacientes, cuyos recursos se habían consumido en los estudios. Él no se había propuesto pasar el tiempo de este modo, pero el tiempo pasaría pronto así y, entre tanto, ella era maravillosamente cordial. Exigía constante atención, pero resultaba imposible no quererla. El joven contó toda clase de detalles sobre su insólita paciente, todo un «personaje» que padecía, además de una morbosa propensión a la violencia y a la apatía, un grave trastorno orgánico vinculado a su obesidad; pero enseguida volvió a hablar de su amado novelista (de quien tuvo la bondad de afirmar que era más poeta que muchos de los que escriben versos) con un fervor tan vivo como su indiscreción, enardecido por la simpatía de Dencombe y por la coincidencia en la lectura. Dencombe confesó que había tratado un poco en persona al autor de *Los años intermedios,* pero no supo qué hacer cuando su compañero, que nunca antes había conocido a un ser tan privilegiado, empezó a exigirle detalles con avidez. Llegó incluso a detectar en la mirada del doctor Hugh una pizca de sospecha; pero el joven estaba demasiado eufórico para ser perspicaz y muchas veces levantó el libro exclamando: «¿Se ha fijado usted en esto?» o «¿No lo ha impresionado esto?».

—Hay un pasaje hermoso, cerca del final —afirmó y tomó nuevamente el libro.

Mientras hacía pasar las hojas, tropezó con algo distinto y Dencombe lo vio cambiar de color súbitamente. El joven había tomado el ejemplar que estaba sobre el banco, en lugar del suyo, y Dencombe entendió enseguida la razón de su sobresalto.

El doctor Hugh adquirió por un instante un aspecto muy serio; después dijo:

—¡Veo que usted ha estado retocando el texto!

Dencombe era un apasionado de las correcciones, un maniático del estilo; nunca lograba una versión para él definitiva. Su ideal hubiese sido editar en secreto y luego, con el texto publicado, entregarse a revisiones maníacas, sacrificando la primera edición y empezando una segunda para la posteridad o para los buenos de los coleccionistas. Esa mañana, su lápiz había trazado en *Los años intermedios* docenas de tachaduras. Le divertían los efectos del reproche del joven: había estado a punto de ruborizarse. Tartamudeó en forma ambigua; después, entre la bruma de su conciencia algo aturdida, vio la mirada perpleja del doctor Hugh. Apenas tuvo tiempo de sentir que estaba por caer nuevamente enfermo: tantas emociones, la excitación, la fatiga, el calor del sol y la fogosidad del aire se habían combinado para jugarle una mala pasada, de modo que, tras tender una mano hacia su compañero con un gemido de dolor, perdió el conocimiento.

Supo más tarde que se había desmayado y que el doctor Hugh lo había transportado en una silla de ruedas cuyo conductor, que merodeaba en procura de viajes, recordó haberlo visto ya en el jardín del hotel. Había recobrado el sentido durante el trayecto y por la tarde, una vez en la cama, tuvo un vago recuerdo del rostro joven del doctor Hugh inclinado sobre él con una risa reconfortante que expresaba algo más que una sospecha de su verdadera identidad.

Esa identidad, en cualquier caso, ya no podía ser negada y se sintió más triste y dolorido. Había actuado en forma precipitada y estúpida, había salido a pasear de manera prematura, había permanecido demasiado tiempo afuera. No tendría que haberse expuesto de ese modo a los desconocidos,

tendría que haber salido con su criado. Sentía que había caído en un pozo demasiado profundo y que no podía divisar el más mínimo pedazo de cielo. No entendía cuánto tiempo había pasado; trataba de rearmar los fragmentos. Había visto a su médico, el de verdad, el médico que lo atendía desde el principio, y este se había mostrado amable, como siempre. Su criado entraba y salía de puntillas, muy prudente luego de este suceso, y más de una vez hizo comentarios sobre aquel joven tan sagaz. Lo demás era vaguedad, si no desesperación. La vaguedad, sin embargo, parecía justificada teniendo en cuenta sus sueños y sus momentos de angustia, de los que finalmente emergió para vislumbrar una habitación oscura y la luz tenebrosa de una vela.

—Volverá a estar de lo más bien; ahora sé todo acerca de usted —dijo una voz cercana, que le pareció joven.

Entonces rememoró su encuentro con el doctor Hugh. Todavía estaba muy débil para bromear sobre aquello, pero advirtió al cabo de un rato el intenso interés de su visitante.

—Por supuesto, no puedo asistirlo profesionalmente: usted tiene su propio médico, con quien ya he hablado, y es excelente —el doctor Hugh prosiguió—. Sin embargo, debe permitirme que venga a verlo en calidad de amigo. Solo he pasado a echarle una mirada antes de dormir. Lo veo muy bien, tuvo suerte de que yo estuviera con usted en el acantilado. Volveré mañana temprano. Me gustaría hacer algo por usted. Lo que sea. Usted ha hecho muchísimo por mí.

El joven extendió la mano, posándola sobre él, y el pobre Dencombe, que en su debilidad percibió esa presión, simplemente se mantuvo así y aceptó su tributo y su lealtad. No podía hacer otra cosa; necesitaba ayuda, con urgencia.

La necesidad de ayuda estuvo muy presente en su cabeza aquella noche, que él pasó con tranquila lucidez, entre intensos pensamientos que eran una reacción a sus horas de estupor. Estaba perdido, perdido. Estaba perdido si nadie podía salvarlo. No temía al dolor o a la muerte, ni siquiera estaba enamorado de la vida; pero había sentido un hondo rapto de deseo. En esas largas horas silenciosas había comprendido que solo con *Los años*

intermedios su talento había alzado vuelo; únicamente en esos días, visitado por procesiones silenciosas, había conocido su reino. Había tenido una revelación del rango de su arte. Lo que le daba miedo era que su reputación se fundase sobre algo inconcluso. No era sobre su pasado sino sobre su futuro que debía fundarse. La enfermedad y la vejez se alzaban ante él como espectros de ojos despiadados: ¿cómo sobornar al destino para que le diese una segunda oportunidad? Ya había tenido la única oportunidad que tienen todos los hombres: la oportunidad de vivir. Se durmió muy tarde y, cuando despertó, el doctor Hugh estaba sentado a su lado. A esa altura, su presencia se había vuelto agradablemente familiar.

—No vaya a pensar que he suplantado a su médico —le dijo—; estoy actuando con su consentimiento. Él ya pasó por aquí y lo ha revisado. Parece de algún modo confiar en mí. Le he contado cómo nos conocimos ayer y admite que tengo derechos especiales con respecto a usted.

Dencombe lo miró seriamente, con actitud calculadora:

—¿Qué ha hecho con la condesa?

El joven se ruborizó un poco y repuso:

—¡Olvídese de la condesa!

—Me ha dicho usted que ella es muy exigente. El doctor Hugh caviló un instante.

—Claro que sí —dijo al fin.

—Y la señorita Vernham es una *intrigante.*

—¿Cómo lo sabe usted?

—Lo sé todo. ¡Es necesario para escribir decentemente!

—Creo que está loca —dictaminó el doctor Hugh.

—Como sea, no se pelee con la condesa. Es una gran ayuda en la actualidad para usted.

—No me peleo —repuso el doctor Hugh—, pero no me llevo bien con las mujeres tontas.

Hizo una pausa y añadió:

—Usted parece estar muy solo.

—Suele ocurrir a mi edad. He sobrevivido, pero he sufrido pérdidas en el camino.

El doctor Hugh titubeó. Después, tras superar un leve escrúpulo, preguntó:

—¿A quién ha perdido?

—A todos.

—Ay, no... —suspiró el joven posándole una mano sobre uno de sus brazos.

—Alguna vez tuve una esposa... alguna vez tuve un hijo. Mi esposa murió al nacer mi hijo. Y a mi hijo se lo llevó una fiebre tifoidea cuando estaba en la escuela.

—¡Ojalá hubiese estado yo allí! —exclamó el doctor Hugh.

—¡Pero está aquí! —respondió Dencombe con una sonrisa que, a pesar de la penumbra, mostró cuánto valoraba la cercanía de su compañero.

—Se refiere a su edad de manera muy curiosa. Usted no es viejo.

—Qué rápido se ha vuelto hipócrita.

—Hablo en términos fisiológicos.

—En esos términos he estado hablando los últimos cinco años y eso es exactamente lo que me decía a mí mismo. Solo cuando somos viejos empezamos a afirmar que no lo somos.

—Yo me digo que soy joven aún —objetó el doctor Hugh.

—¡No tanto como yo! —rio el paciente, cuyo visitante pareció darle la razón a juzgar por la honestidad con la que cambió de idea y comentó que uno de los encantos de la vejez, por lo menos si se posee una alta distinción, consiste en sentir que uno se ha esforzado y ha triunfado.

El doctor Hugh recurrió al lugar común del que uno suele merecer el descanso y logró que, por un instante, el pobre Dencombe casi se enojara. No obstante, pudo mantener la calma y explicó con claridad que, si por desdicha él no conocía ese bálsamo, se debía sin duda a que había malgastado años preciosos. Aunque se había consagrado desde un principio a la literatura, había tardado una vida en ponerse a la altura. Solamente ahora empezaba a entender, de modo que lo hecho hasta el presente no había mostrado más que maniobras sin dirección. Había madurado demasiado tarde y de manera tan torpe que había tenido que aprender a fuerza de errores.

—Prefiero sus flores a los frutos de otros y sus errores a los aciertos de otros —dijo cordialmente el doctor Hugh—. Es por sus errores que lo admiro.

—Feliz de usted, que no entiende —respondió Dencombe.

El joven se incorporó tras consultar su reloj e informó a qué hora de la tarde volvería. Dencombe le aconsejó que no se comprometiera tanto y volvió a expresar su temor de que descuidase a la condesa al punto de contrariarla.

—Quiero ser como usted, ¡quiero aprender a fuerza de errores!—rio el doctor Hugh.

—¡Cuídese de no cometer uno demasiado grave! Pero vuelva a verme —añadió Dencombe mientras parecía atisbar una nueva idea.

—¡Debería tener usted más vanidad! —dijo el doctor Hugh como si supiese cuál era la dosis adecuada para un hombre de letras.

—No, no, solo necesito más tiempo. Quiero otra oportunidad.

—¿Otra oportunidad?

—Quiero una prórroga.

—¿Una prórroga?

El doctor Hugh repetía las palabras de Dencombe, que parecían impresionarlo.

—¿No se da cuenta? Quiero más de eso llamado «vida».

El joven, a modo de adiós, le había tomado una mano y la apretaba con fuerza. Se miraron un momento.

—Usted tiene que vivir —dijo el doctor Hugh.

—No sea frívolo. ¡Esto es muy serio!

—¡Usted va a vivir! —afirmó el joven, empalideciendo—. Muy bien, así está mejor —añadió.

En cuanto se retiró, el enfermo soltó una risa llena de aflicción y se recostó agradecido.

Todo ese día y la noche siguiente se preguntó si no podría conseguir lo que deseaba. Su médico volvió a verlo, su criado se mostró muy solícito, pero era a su joven amigo y confidente a quien llamaba con sus pensamientos. Su desmayo en el acantilado se explicaba en forma lógica y era posible esperar una mejora en el futuro; entre tanto, la intensidad de sus reflexiones lo mantenía tranquilo y lo volvía indiferente. La idea que lo ocupaba no era menos cautivante por tratarse de una fantasía enfermiza. Allí tenía, a su alcance, a un brillante hijo de la época, ingenioso y ardiente, que parecía rendirle la veneración de un iniciado. Ya que este fiel servidor de su altar poseía el nuevo saber de la ciencia y la reverencia de la vieja fe, ¿no podía poner sus conocimientos al servicio de su simpatía, su habilidad al servicio de su cariño?

¿No podría acaso inventar un remedio para un pobre artista cuyo arte reverenciaba? Si no podía, la situación era difícil: Dencombe tendría que rendirse ante el silencio, no reivindicado ni endiosado. El resto del día y el día siguiente jugueteó en secreto con esa dulce pequeñez. ¿Quién obraría para él este milagro, si no ese joven que combinaba semejante inteligencia con semejante pasión? Pensó en los cuentos de hadas de la ciencia y se hechizó a sí mismo hasta olvidar que buscaba una magia que no pertenecía a este mundo. El doctor Hugh era una aparición y esto lo ponía por encima de la ley. Iba y venía mientras su paciente, ahora sentado en la cama, lo seguía con ojos anhelantes. Haber conocido al gran autor había hecho que el joven volviese a leer *Los años intermedios,* seguro de que eso lo ayudaría a encontrar en sus páginas un sentido más suculento. Dencombe le había expuesto lo que había «intentado» hacer; en la primera lectura, pese a su lucidez, el doctor Hugh no lo había advertido. Perplejo, el célebre escritor se preguntó quién en el mundo sería capaz, entonces, de adivinarlo y una vez más le causó gracia que una intención artística pudiera pasar completamente inadvertida. Ya no lograba, sin embargo, echarle la culpa a la incomprensión general; la revelación de su propia torpeza parecía convertir a toda estupidez en una cosa sagrada.

Al cabo de un rato, el doctor Hugh se mostró preocupado y, ante la pregunta del escritor, confesó que tenía preocupaciones domésticas.

—Siga unido a la condesa, no se preocupe por mí —insistió Dencombe.

Su compañero fue muy franco acerca de la actitud de la mujer corpulenta. Estaba tan celosa que se había enfermado: la ofendía que él hubiese infringido así el pacto de fidelidad. Ella pagaba tanto por su lealtad que exigía todo: le impedía entablar otras amistades y lo acusaba de maquinar para que ella muriese a solas pues era innecesario comentar la poca utilidad de la señorita Vernham en caso de urgencia. Cuando el doctor Hugh mencionó que la condesa ya se habría marchado de Bournemouth si él no la hubiese retenido en cama, el pobre Dencombe le apretó el brazo con más fuerza y le dijo, resuelto:

—Llévesela cuanto antes.

Habían salido y caminaban juntos rumbo al mismo recoveco donde se habían conocido días atrás. El joven, que tanto había hecho por su acompañante, declaró enfáticamente que su conciencia estaba limpia: podía montar dos caballos al mismo tiempo y, por cierto, ¿no soñaba con un futuro en el que tendría que atender quinientos casos a la vez? Con un afán de virtud comparable, Dencombe repuso que en esa edad dorada ningún paciente pretendería contratarlo para tener su exclusiva atención. ¿No era lícita la exigencia por parte de la condesa? El doctor Hugh lo negó diciendo que no existía ningún contrato, más allá de un pacto amistoso, y que para un espíritu generoso resultaba imposible caer en un sórdido servilismo; a su vez, le gustaba hablar de arte y ese fue el tema que, al llegar al banco soleado, quiso tratar con el autor de *Los años intermedios.* Tras desplegar un poco las débiles alas de la convalecencia y aún obsesionado por la idea de una salvación organizada, Dencombe encontró un nuevo estímulo defendiendo la causa de un esplendoroso «estilo final», la ciudadela misma, como se demostraría, de su reputación, la fortaleza donde consolidaría su genuino tesoro. Dado que el joven oyente le concedía todo su tiempo y el mar, vasto y tranquilo, parecía detenerse a escuchar, pasó una mañana maravillosa. Y creyó estar muy inspirado al describir en qué consistiría el tesoro: los metales preciosos que extraería de la mina, las joyas exóticas y los hilos de perlas que colgaría entre las columnas de su templo. Le resultó maravillosa la densidad con que se agolpaban sus convicciones, pero más prodigioso le pareció que el doctor Hugh afirmara que las páginas que acababa de publicar ya estaban repletas de joyas. Su admirador, de todos modos, suspiraba imaginando las creaciones futuras y, bajo aquel cielo espléndido, volvió a garantizarle a Dencombe que su profesión le otorgaría esa vida. Dicho esto, de pronto llevó una mano a su reloj de bolsillo y pidió permiso para ausentarse media hora. Dencombe se quedó allí esperando su regreso, hasta que la aparición de una sombra en el suelo lo hizo volver a la realidad. La sombra pertenecía a la señorita Vernham, la dama de compañía de la condesa; apenas la reconoció, Dencombe comprendió que ella venía a conversar con él y se levantó del banco para agradecerle cortésmente la visita. La señorita Vernham no se mostró muy amable; parecía misteriosamente agitada.

—Disculpe que le pregunte —dijo— si es demasiado cspcrar que deje en paz al doctor Hugh.

Y añadió antes de que nuestro amigo, muy desconcertado, pudiera protestar:

—Debo informarle que lo está perturbando... Que puede usted causarle un daño terrible.

—¿Se refiere a que puedo hacer que la condesa prescinda de sus servicios?

—Puede hacer que lo desherede.

Dencombe se quedó boquiabierto y la señorita Vernham, feliz de ver el efecto que era capaz de producir, prosiguió:

—Solo depende de él obtener algo muy conveniente. Tenía muy buenas perspectivas, pero me temo que usted ha logrado estropearlas.

—Esa no era mi intención, se lo aseguro. ¿No hay modo de reparar el error? —preguntó Dencombe.

—Ella estaba dispuesta a hacer cualquier cosa por él. Tiene muchas fantasías y se deja llevar por sus impulsos; es su forma de ser. No tiene parientes, dispone libremente de su dinero y está muy enferma —explicó la señorita Vernham.

—Lamento oír eso —murmuró Dencombe.

—¿No podría usted marcharse de Bournemouth? Es lo que he venido a pedir.

Él se dejó caer en el banco.

—Yo también estoy muy enfermo, ¡pero lo intentaré!

La señorita Vernham continuaba de pie, inmóvil, con sus ojos pálidos y toda la brutalidad de su buena conciencia.

—¡Antes de que sea demasiado tarde, se lo ruego! —dijo.

Después le dio la espalda y desapareció de prisa, como si fuese un asunto al que no podía dedicarle más que un instante de su precioso tiempo.

Tras aquello, por supuesto, Dencombe se puso muy mal. La señorita Vernham lo había trastornado con sus vehementes noticias; era un impacto muy duro saber cuánto estaba en juego para este joven de poco dinero y grandes cualidades. Temblaba en su banco y contemplaba la inmensa extensión de agua, lleno de disgusto por la fuerza del impacto. Es cierto que se sentía demasiado débil, demasiado inestable, demasiado asustado; pero haría el esfuerzo de marcharse porque no deseaba cargar con la culpa de su intervención y creía que su honor estaba en juego. Volvería a su alojamiento, en cualquier caso, y una vez allí pensaría bien qué hacer. Emprendió el regreso y en el camino creyó vislumbrar la razón principal de la conducta de la señorita Vernham. Por supuesto, la condesa odiaba a las mujeres, eso Dencombe lo veía con claridad; por lo tanto, la pobre pianista no se hacía ilusiones: la consolaba el osado proyecto de ayudar al doctor Hugh, la idea de casarse con él en cuanto obtuviese el dinero o de forzarlo a reconocer que ella tenía derecho a una parte. Si actuaba con él como una aliada en medio de esta crisis, él se sentiría obligado, como hombre delicado que era (ella tenía en claro este punto), a tener con ella un gesto de gratitud.

En el hotel, el criado de Dencombe insistió en que su amo volviera a la cama. El enfermo le había hablado de tomar un tren y le había ordenado preparar su equipaje; luego, sus nervios se alteraron y cayó en un estado de gran debilidad. Aceptó ver a su médico, a quien mandaron llamar de inmediato, pero pidió que su puerta quedase irrevocablemente cerrada para el doctor Hugh. Tenía un plan, tan espléndido que se deleitó con él una vez que se metió en la cama. El doctor Hugh, rechazado de improviso y sin razón, se disgustaría y volvería al lado de la condesa, para gran satisfacción de la señorita Vernham. Cuando llegó su médico, Dencombe supo que estaba afiebrado y que eso era grave: debía permanecer calmo y, en lo posible, no pensar. Durante el resto del día coqueteó con la estupidez; pero sintió un dolor que lo mantuvo lúcido: el probable sacrificio de su «prórroga», el final de su carrera. Su consejero médico estaba cualquier cosa menos satisfecho; sus recaídas sucesivas eran un pésimo augurio. Lo exhortó a mantener la calma y a quitarse de la cabeza al doctor Hugh: eso contribuiría a su restablecimiento. Ese nombre, que lo intranquilizaba tanto, no volvió a ser pronunciado en su habitación; sin embargo, la calma era tan solo miedo reprimido y el temor se confirmó con un telegrama que llegó a las diez de la noche, que el criado abrió y le leyó, y que llevaba la firma de la señorita Vernham junto a una dirección en Londres.

> IMPLORO QUE USE TODA SU INFLUENCIA PARA QUE NUESTRO AMIGO SE REÚNA CON NOSOTRAS AQUÍ MAÑANA TEMPRANO. CONDESA MUCHO PEOR POR TERRIBLE VIAJE, PERO TODO PUEDE RESOLVERSE AÚN.

Las dos damas habían sido capaces de organizar una rencorosa revuelta. Se habían marchado a la capital y, aunque la mayor de ellas estaba muy enferma, como informaba la señorita Vernham, deseaba dejar en claro que era también muy insensata. El pobre Dencombe, que no era insensato y anhelaba solamente que todo se «resolviera», reenvió el mensaje a la habitación del joven y a la mañana siguiente supo, lleno de placer, que este se había ido de Bournemouth en un tren matutino.

Dos días después, sin embargo, el doctor Hugh reapareció con el ejemplar de una revista literaria entre sus manos. Había vuelto porque estaba ansioso y porque deseaba mostrarle una magnífica reseña de *Los años intermedios*. Había allí, por fin, algo apropiado, a la altura de las circunstancias: era una aclamación, una reparación, un intento por parte de la crítica de poner al autor en el lugar destacado que sin duda merecía. Dencombe lo aceptó y se sometió sin objeciones ni preguntas pues los viejos achaques habían vuelto y acababa de pasar dos días atroces. Estaba convencido no solo de que nunca se levantaría de la cama, motivo por el cual su joven amigo podía quedarse, sino también de que ya no les exigiría muchas cosas a quienes lo atendían. Como el doctor Hugh había estado en Londres, Dencombe trató de leer en sus ojos algún indicio de que la condesa se había serenado y de que la herencia estaba asegurada; no llegó a ver, sin embargo, más que su alegría juvenil por dos o tres frases elogiosas en la reseña de la revista. Dencombe no se hallaba en condiciones de leerlas; sin embargo, cuando su amigo se empecinó en repetírselas, fue capaz de hacer varios gestos negativos con la cabeza:

—Claro que no, pero tendrían razón si hablasen de lo que pude haber hecho.

—Lo que alguien «pudo haber hecho» es principalmente lo que llegó a hacer —objetó el doctor Hugh.

—Principalmente, sí, ¡pero yo he sido un idiota! —dijo Dencombe.

El doctor Hugh permaneció a su lado; el final se acercaba velozmente. Dos días más tarde, Dencombe le comentó, como una simple broma, que ya no había chance de una segunda oportunidad. Ante esto, el joven lo miró atónito y exclamó:

—¡Pero ya ha llegado, ya ha llegado! ¡La segunda oportunidad ha sido para el público, que ha encontrado un modo de abordar su obra, de recoger la perla!

—¡Ah, la perla! —suspiró el pobre Dencombe con incomodidad. En sus labios se dibujó una sonrisa tan gélida como un atardecer invernal, mientras añadía:

—La perla es lo que quedó sin escribir... La perla es lo absoluto, lo que resta, lo perdido.

A partir de ese momento, estuvo cada vez menos presente, ajeno a lo que sucedía alrededor. Su enfermedad era definitivamente mortal, su acción resultaba implacable tras la breve tregua que le había permitido conocer al doctor Hugh y era como una filtración en un enorme buque. Se hundía sin parar, pese a que su visitante, hombre de extraños recursos que ahora su médico aprobaba con cordialidad, mostraba infinita pericia en resguardarlo del dolor. El pobre Dencombe ya no reaccionaba a ningún cuidado ni a ningún descuido y no mostraba siquiera síntomas de sufrimiento o de gratitud. Hacia el final, sin embargo, dio señales de haber notado que el doctor Hugh llevaba dos días sin aparecer por su cuarto, y estas consistieron en que abrió de pronto los ojos para hacer una pregunta: ¿había pasado esos dos días con la condesa?

—La condesa ha muerto —repuso el doctor Hugh—. Yo sabía que, en semejantes circunstancias, no iba a resistir. He viajado para visitar su tumba.

Los ojos de Dencombe se abrieron más:

—¿Le ha legado «algo muy conveniente»?

El joven soltó una risa demasiado frívola para un contexto tan calamitoso.

—Ni un penique. Me maldijo categóricamente.

—¿Lo maldijo? —lamentó Dencombe.

—Por abandonarla. La abandoné por usted. Tuve que elegir —explicó su acompañante.

—¿Eligió que se escapara una fortuna?

—Elegí aceptar las consecuencias de mi capricho, fueran cuales fuesen —sonrió el doctor Hugh.

Y agregó, como si fuese una broma:

—¡Al diablo la fortuna! Usted tiene la culpa de que no logre quitarme su obra de la cabeza.

La inmediata reacción a este tributo humorístico fue un extenso gemido azorado; después, durante muchas horas y muchos días, Dencombe permaneció inmóvil y ausente. Una respuesta tan brusca, semejante visión de un objetivo final y semejante sensación de reconocimiento influyeron en su ánimo causando un lento y extraño impacto, alterando y transformando su desasosiego. La fría sensación de ahogo lo abandonó; ahora sentía que flotaba sin esfuerzo. El incidente había sido una revelación extraordinaria y proyectaba una luz más intensa. Llegada su hora final, le hizo un ademán al doctor Hugh para que lo escuchase y, en cuanto este se arrodilló junto a su cama, le rogó que se acercara más.

—Usted me ha hecho pensar que todo es una vana ilusión.

—No su gloria, querido amigo —tartamudeó el joven.

—No mi gloria... ¡o lo poco que hay de ella! La verdadera gloria consiste en... en haber sido puesto a prueba, en haber logrado un mínimo de calidad y haber ejercido un modesto hechizo. La cuestión era lograr que a alguien le importara. Sucede que usted está loco, por supuesto, pero eso no afecta la regla.

—¡Usted ha logrado un gran éxito! —dijo el doctor Hugh, imprimiéndole a su joven voz la vibración de las campanas de una boda. Dencombe asimiló esa frase e hizo acopio de fuerzas para hablar otra vez:

—Una segunda oportunidad, eso sí que ha sido una vana ilusión. Nunca iba a haber más que una. Trabajamos a ciegas; hacemos lo que podemos;

damos lo que tenemos. Nuestra duda es nuestra pasión y nuestra pasión es nuestra misión. Todo lo demás es la locura del arte.

—Aunque usted haya dudado, aunque se desesperara, lo ha conseguido —arguyó el joven.

—Uno ha logrado alguna que otra cosa —concedió Dencombe.

—Alguna que otra cosa lo es todo. Es lo posible. ¡Es usted!

—Todo un consuelo… —suspiró irónicamente el pobre Dencombe.

—Sin embargo, es la verdad —insistió su amigo.

—La verdad. La frustración es lo que no cuenta.

—La frustración no es otra cosa que la vida —proclamó el doctor Hugh.

—Sí, y es lo que pasa.

El pobre Dencombe apenas si logró hacerse oír, pero estas palabras marcaron virtualmente el final de su primera y única oportunidad.

El ángel de la tumba

EDITH WHARTON (1862-1937)

Este cuento fue publicado en *Scribner's Magazine* a principios de 1901 y posteriormente se incluyó en su volumen de cuentos *Crucial Instances*. Nos habla de «el gran Orestes» y de su «inmortalidad anticipada». En realidad, iremos viendo cómo de frágil es esa inmortalidad. Su nieta Paulina se entierra en vida, entregada en alma y cuerpo a atizar el fuego sagrado de la memoria literaria del abuelo y Wharton nos cuenta lo que sucede.

Edith Wharton fue una mujer de la clase alta neoyorquina más exquisita, pero siempre tuvo una mirada irónica hacia todas las grandezas de la alta sociedad. Es cierto que le encantaba la decoración, las villas francesas y la ropa elegante, pero también que durante la Primera Guerra Mundial se remangó como enfermera en primera línea del desastre y fue siempre una mujer sensible con los sin techo (les dedicó incluso un libro). De esas contradicciones surge una literatura muy rica en matices y un trazo de personajes extremadamente preciso. Orestes Anson ha muerto, pero a través de la tenacidad de su nieta por conservar su legado cultural podremos ver dónde estaba su cima y dónde su derrumbe. No escapan tampoco a su ironía los trascendentalistas, grupo literario y filosófico que se reunió alrededor de Emerson en Nueva Inglaterra (ahí estaba Henry Thoreau o el pedagogo Bronson Alcott, padre de Louisa May Alcott) con ideas profundas sobre la relación del ser humano con la naturaleza y el sentido de la vida. Pero la suya no es una ironía ácida, sino melancólica y sin perder la fe en la redención.

EL ÁNGEL DE LA TUMBA

EDITH WHARTON

I

La Casa estaba a unas cuantas yardas de la alameda del pueblo, dejándose ver a medias, en lo que algunos consideraban una protesta democrática contra las normas del Viejo Mundo de exclusividad doméstica. Esta exposición honesta al escrutinio público obedece con más probabilidad a un espíritu gregario que, en Nueva Inglaterra, coexiste extrañamente con un retraimiento ante todo contacto social directo; la mayor parte de los habitantes de esas casas prefiere un furtivo intercambio, resultado de las miradas tras las persianas y el profundo conocimiento de los tendederos vecinos. La Casa, sin embargo, tenía una forma distinta de enfrentarse a su público. Durante sesenta años, se había escrito con mayúscula inicial, se había cuadrado con orgullo ante una nación que la admiraba. La curiosidad más inquisitiva por la intimidad del pueblo apenas importaba en un hogar que se abría al universo; y una dama a cuya puerta podían llamar en cualquier momento visitantes de Londres o Viena difícilmente iba a correr escaleras arriba cuando observara que un vecino «estaba saliendo».

La solitaria moradora de la Casa Anson debía ese endurecimiento de la textura social a la circunstancia más destacada en sus anales: la de ser la única nieta del gran Orestes Anson. Había nacido, como si dijéramos, en un museo, y la habían criado en una vitrina con una cartela; los primeros cimientos de su conciencia estaban anclados en la roca de la celebridad de su abuelo. Para una niña que adquiere sus primeros rudimentos de literatura en un libro de lectura escolar embellecido con fragmentos de la prosa de su ancestro, ese personaje necesariamente llena un espacio heroico en el primer plano de la vida. Comunicarse con el propio pasado a través del impresionante medio de la imprenta; tener, como quien dice, un pie en cada biblioteca del país y un parentesco reconocido con ese clan mundialmente famoso, el de los descendientes del prohombre, significaba estar obligada a unos modales de rango tal que simplificaban increíblemente las relaciones más sencillas de la vida. La calle a la que miraba la juventud de Paulina Anson llevaba a todas las capitales de Europa; y por los caminos de la intercomunicación, caravanas nunca vistas devolvían a la Casa, sombreada por los olmos, el tributo de un mundo rendido de admiración.

El destino parecía haber intervenido directamente para dotar a Paulina de las aptitudes necesarias para custodiar aquella morada histórica. Durante mucho tiempo, la familia consideró secretamente un «castigo divino» que el gran hombre no hubiera tenido hijos varones y que sus hijas no fueran «intelectuales». Las propias mujeres eran las primeras en lamentar sus deficiencias y en reconocer que la naturaleza les había negado el don de aprovechar sus oportunidades. La profunda veneración por su padre y una fe inquebrantable en sus doctrinas no habían enmendado su incapacidad congénita de entender lo que había escrito. Laura, que tenía sus momentos de muda rebelión contra el destino, había pensado a veces que todo habría sido muchísimo más fácil si su progenitor hubiera sido un poeta; porque ella podía recitar, con sentimiento, fragmentos de *El duende culpable* y de los poemas de la señora Hemans; y Phoebe, que destacaba más por su memoria que por su imaginación, guardaba un álbum lleno de «selecciones». Pero el gran hombre era un filósofo y a ambas hijas les costaba respirar en las nebulosas alturas de la metafísica. La situación habría sido intolerable de no ser porque, cuando Phoebe y Laura iban aún a la escuela, la fama de su padre había mudado del campo abierto de la conjetura a la heladora privacidad de la certeza. El doctor Anson había alcanzado, de hecho, una de aquellas inmortalidades anticipadas que no eran raras en una época en que cualquiera podía basar sus juicios literarios en sus emociones, y elogiar los platos sencillos y despreciar a Inglaterra ayudaban enormemente a establecer la preeminencia intelectual de un hombre. Por ello, cuando se pedía a las hijas que mostraran una actitud filial ante el pedestal de su padre, poco podían hacer sino posar con gracia y señalar hacia arriba; y hay personalidades para las que la inmovilidad de la adoración no es una carga. Para entonces había cristalizado una leyenda sobre el gran Orestes y despertaba un interés más inmediato entre el público saber qué marca de té bebía o si se quitaba las botas al entrar en casa, que convocar el eco somnoliento de su dialéctica. Un gran hombre nunca está tan cerca de supúblico como cuando ya no hace falta leer sus libros pero aún interesa saber qué toma para desayunar.

Como registradoras de las costumbres domésticas de su padre, como piadosas rapiñadoras de su papelera, las señoritas Anson no tenían parangón. Siempre tenían una anécdota interesante que contar al peregrino literario, y el tacto con el que, en años posteriores, intervenían entre el público y la creciente inaccesibilidad de su ídolo, hacía que muchos entusiastas se fueran satisfechos de haber tocado el velo que escondía el santuario. Aun así era evidente, sobre todo para la anciana señora Anson, que sobrevivió a su marido algunos años, que Phoebe y Laura no estaban a la altura de sus privilegios. Hubo una tercera hija, tan indigna de su madre que se había casado con un primo lejano que se la había llevado a vivir a una nueva comunidad al oeste, donde las *Obras de Anson Orestes* no formaban parte aún del conocimiento popular; pero de esa hija apenas se hablaba, y se entendía tácitamente que estaba excluida de la herencia familiar de la fama. Con el tiempo, sin embargo, se vio que aquel tradicional penique que se dejaba a los desheredados en el testamento para evitar reclamaciones legales se había invertido de forma inesperadamente provechosa; y los intereses devengados volvieron a la Casa Anson en forma de una nieta que enseguida se vio como lo que la señora Anson llamaba una «compensación». La

señora Anson estaba absolutamente convencida de que los más mínimos movimientos de la naturaleza se regían por la fuerza centrípeta de la grandeza de su marido y de que la excepcional inteligencia de Paulina solo podía explicarse con el argumento de que había sido creada para convertirse en la guardiana del templo familiar.

La Casa, cuando Paulina se fue a vivir allí, se había convertido en un lugar de culto; no la capilla perfumada de una idolatría romántica, sino la sala de reuniones fría, vacía y limpia de los entusiasmos éticos. Las señoras vivían en la periferia, como si dijéramos, en celdas que dejaban libre el templo central. La misma posición de los muebles había adquirido una significación ritual: los escasos ornamentos eran las ofertas de intelectos similares, los grabados de Raphael Morghen mostraban la Vía Sacra de un circuito europeo, y el escritorio de nogal negro, con su tintero de bronce con la forma del Panteón, era el altar de este inhóspito templo del pensamiento.

Para una niña colmada de ilusiones y acostumbrada a pastorearlas por los escasos pastos de un nuevo territorio social, en la atmósfera de aquel caserón flotaba un abundante alimento. En la perspectiva limitada de la mirada de Paulina, era el monumento de una civilización en ruinas, y su pórtico blanco se abría a distancias legendarias. Su propio aspecto era impresionante para unos ojos que habían antes escudriñado la vida desde la «residencia» encastrada en una ciudad del oeste de límites toscos. Las habitaciones de techos altos, las paredes recubiertas de madera, la caoba pulida, los retratos de tres generaciones de ancestros y los dibujos al pastel de mujeres con tirabuzones brindaban a la niña el escenario histórico en el que construir con su joven imaginación su visión del pasado. A otros ojos, aquel interior inmaculado, frío y austero, podría haber sugerido la mentalidad cerrada de una doncella para quien el aire fresco y la luz del sol van unidos al polvo y a la decoloración de la madera; pero son los ojos los que dan el color, y los de Paulina rebosaban de las más variadas tonalidades.

No obstante, la Casa no la dominó de inmediato. Tuvo sus intentos confusos de moverse hacia otros centros de sensación, una vaga intuición de un sistema heliocéntrico, pero la fuerza de la costumbre, la presión constante del ejemplo, fueron fijando su lealtad errante y aceptó el yugo en el cuello. La vanidad tuvo parte en su subyugación, porque habían descubierto pronto que era la única persona de la familia que podía leer las obras del abuelo. El hecho de que se hubiera sumergido en ellas con deleite a una edad que (aun presuponiendo una inclinación metafísica) era imposible que las entendiera, les pareció a las tías y a la abuela una prueba irrefutable de predestinación. Paulina iba a ser la intérprete del oráculo, y los vahos filosóficos tan vertiginosos para mentes menos preclaras le hacían necesariamente clarividente. Nada parecía más genuino que la emoción en la que se basaba esa teoría. Paulina, de hecho, disfrutaba con los escritos del abuelo. Sus sonoros periodos, su vocabulario místico, sus osados vuelos en la rarificada atmósfera de lo abstracto, resultaban emocionantes para una imaginación que no necesitaba aún definiciones. Ese puro placer verbal se complementaba luego con la emoción de reunir algunas migajas del significado del aparato retórico. ¿Qué podía haber más estimulante que construir la teoría del mundo de una muchacha con los fragmentos de esta titánica cosmogonía? Antes de que las opiniones de Paulina hubieran alcanzado el estadio en que se acaban de formar los huesos, su forma estaba fatalmente predeterminada.

El hecho de que el doctor Anson hubiera muerto y de que su apoteosis hubiera tenido lugar antes de la introducción de la joven sacerdotisa en el templo hacía sus servicios más fáciles y más inspiradores. No había pequeños rasgos personales (como la manera del prohombre de servirse la sal o el chasquido gutural con que se ponían en marcha las ruedas de su discurso) que distrajeran la veneración de la joven del hecho central de su divinidad. Un hombre al que solo se conoce por un retrato al pastel y una docena de tomos amarillos sobre el libre albedrío y la intuición está al menos a salvo de la desmitificación que puede infligir la intimidad. Paulina, por tanto, creció en un mundo reajustado al hecho de la grandeza de su abuelo; y como todos los organismos obtienen de su entorno el tipo de alimento que necesitan para crecer, también de esa concepción descolorida ella absorbió calor, brillo y variedad. Paulina era el tipo de mujer que transmuta el pensamiento en sensación y acuna las teorías junto al pecho como a un hijo. Llegado el momento, la señora Anson «abandonó este mundo» (nadie moría en el vocabulario de

Anson), y Paulina se convirtió en la figura más destacada del grupo conmemorativo. Laura y Phoebe, contentas de dejar la gloria de su padre en manos más competentes, se abandonaron plácidamente al punto y a la ficción, y su sobrina dio un paso al frente como principal «autoridad» en el prohombre. Los historiadores que estaban «compilando» el periodo, le escribían para consultarle y pedirle documentos; damas con anhelos inexplicables suplicaban que les interpretase frases que habían tenido en ellas una «influencia», pero no acababan de entender; los críticos se dirigían a ella para verificar alguna cita dudosa o confirmar algún aspecto discutido de la cronología; y la gran marea de pensamiento e investigación mantenía un murmullo constante en las orillas tranquilas de su vida.

Un investigador de otro tipo desembarcó un día allí en la forma de un joven para quien Paulina era ante todo una muchacha besable, con un defecto en forma de abuelo. Desde el principio, había resultado imposible hacer que Hewlett Winsloe prestara atención al doctor Anson. El joven se comportaba con la irreverencia inocente de los niños que juegan en una tumba. Su excusa era que provenía de Nueva York, una periferia cimeria que sobrevivía en la geografía de Paulina únicamente porque el doctor Anson había ido allí una o dos veces a dar conferencias. Lo curioso era que ella creyese que valía la pena disculpar al joven Winsloe. Al pueblo no se le había escapado ese detalle, aunque la gente, tras un bufido de asombro, decía que era lo más natural del mundo que una muchacha como Paulina Anson pensara en casarse. Sin duda, resultaría un poco extraño ver a un hombre en la Casa, pero el joven Winsloe entendería por supuesto que no había que tocar los libros del doctor Anson y que tendría que salir al jardín a fumar. El pueblo se había hecho ya a la idea de ese *modus vivendi* cuando se vio convulsionado por el anuncio de que el joven Winsloe se negaba a vivir en la Casa bajo ningún concepto.

¡Ni hablar de bajar al jardín a fumar! Pensaba llevarse a su mujer a Nueva York. El pueblo contuvo el aliento y observó.

¿Acaso Perséfone, arrancada de las cálidas tierras de Enna, no miró por voluntad propia el abismo que se abría a sus pies? Paulina, hay que reconocérselo, se asomó un momento a la oscura sima de la tentación. Le hubiera

resultado fácil asumir una indiferencia deliberada hacia los derechos del abuelo; pero la inconsciencia del joven Winsloe de aquella sombría llamada era tan natural como la caída de las hojas en una tumba. El amor de él era la encarnación de esa renovación a perpetuidad que para algunos espíritus tiernos parece más cruel que la decadencia.

Para las mujeres como Paulina, esa piedad por las demandas implícitas, por los fantasmas de obligaciones muertas que vagan sin reposo entre las pasiones acechantes, tiende un lazo más fuerte que cualquier atadura tangible. La gente dijo que había roto con el joven Winsloe porque las tías no querían que las dejara; pero esa desaprobación emanaba de los muros de la Casa, del escritorio desnudo, de los retratos gastados, de la docena de tomos que amarilleaban en la estantería sin que nadie salvo ella los sacara de allí.

II

Después de aquello, la Casa la poseyó. Como si fuera consciente de su victoria, impuso las condiciones del vencedor. Se le había sugerido en una ocasión que escribiera una biografía de su abuelo y aquella tarea de la que había huido por ser un privilegio excesivamente opresivo ahora tomó la forma de una justificación de su proceder. En un estallido de panteísmo filial, intentó perderse en la vasta conciencia de su ancestro. Su único refugio frente al escepticismo era una fe ciega en la magnitud y la fortaleza de la idea a la que había sacrificado su vida y, con un apasionado instinto de supervivencia, trabajó con ahínco para fortificar su puesto. Los preparativos para la biografía la llevaron por caminos secundarios que ni el más escrupuloso de los anteriores biógrafos había pensado en transitar. Acumuló su material con la paciencia ciega de un animal, inconsciente de los posibles riesgos. Los años se le ofrecían como una inmensa página en blanco que se extendiera para recibir el fruto de su esfuerzo, y tenía una convicción mística de que no moriría hasta que su obra estuviera terminada. Las tías, a quienes no sostenía tan elevado propósito, se retiraron a sus respectivas parcelas de la finca de los Anson, y Paulina se quedó sola con su tarea. Tenía cuarenta años cuando terminó el libro. Había viajado poco durante su vida y cada vez se le hacía más difícil salir de la Casa ni siquiera a pasar el día, pero el temor a confiar su documento a una mano extraña hizo que se decidiera a llevárselo personalmente al editor. En el camino a Boston, tuvo una visión repentina de la soledad a la que este último viaje la condenaba. Toda su juventud, todos sus sueños, todas sus renuncias estaban en un pequeño paquete sobre sus rodillas. No era tanto la vida de su abuelo como la suya propia lo que había escrito; y saber que se le devolvería con toda la gloria de la letra impresa no era de más ayuda que lo podía ser, para una madre afligida, el consuelo de pensar que el muchacho del que debía separarse volvería con galones.

Se había dirigido, sin pensarlo, a la editorial que había publicado las obras de su abuelo. Su fundador, amigo personal del filósofo, había sobrevivido al Grupo Olímpico del que había sido un miembro secundario durante el tiempo suficiente como para dar su aprobación octogenaria a la piadosa empresa de Paulina. Pero había muerto poco después, y la señorita Anson tuvo que enfrentarse a su nieto, una persona con una visión comercial y acerada de su oficio que, según se decía, había traído «sangre nueva» a la compañía. Este caballero la escuchó atentamente, manoseando su manuscrito como si la literatura fuera una sustancia táctil; luego, con un movimiento confidencial de su silla giratoria, emitió el veredicto: «Tendríamos que haberlo tenido hace diez años».

La señorita Anson se tomó sus palabras como una alusión a la avidez reprimida de sus lectores.

—Ciertamente, el público ha tenido que esperar demasiado —afirmó con solemnidad.

El editor sonrió:

—Y no lo ha hecho —dijo.

Ella lo miró extrañada.

—¿No ha esperado?

—No. Se han ido. Han tomado otro tren. La literatura es como una gran estación, ¿sabe? Sale un tren cada minuto. La gente no se queda dando vueltas por la sala de espera. Si no encuentra asiento para ir a donde quiere ir, se va a otro lado.

La aplicación de esta parábola sumió a la señorita Anson en un silencio palpitante que se prolongó unos minutos. Al final, dijo:

—Entonces, ¿debo entender que el público ya no está interesado en... mi abuelo? —Sintió que un rayo iba a partir los labios que se arriesgaban a expresar tal conjetura.

—Así es. Todavía es una figura, por supuesto. La gente no quiere que piensen que no sabe quién es, pero no se gastarían ni dos dólares en averiguarlo cuando pueden encontrar la información que buscan gratuitamente en cualquier enciclopedia.

El mundo de la señorita Anson empezó a tambalearse. Se sintió a la deriva entre fuerzas misteriosas y no se le ocurrió prolongar la discusión, como no se le hubiera ocurrido enfrentarse a un terremoto con argumentos. Se marchó a casa llevando el manuscrito como si llevara a un herido. En el viaje de vuelta, comprendió que se dirigía a algo que había estado acechando durante meses en los rincones de su vida cotidiana y que ahora parecía esperarla en el umbral: el hecho de que cada vez menos visitantes acudían a la Casa. Reconoció que en los últimos cuatro o cinco años el número había ido disminuyendo de manera constante. Absorta en su trabajo, solo había advertido el cambio como una circunstancia bienvenida, por tener menos interrupciones. Hubo una época en que, en la temporada de viajes, el timbre no paraba de sonar, y las señoras de la Casa vivían en un estado crónico de engalanamiento y expectación. Hubiera sido imposible entonces llevar a cabo cualquier trabajo continuo; y ahora veía que el silencio que había ido rodeando su tarea había sido el silencio de la muerte.

¡No de la muerte de él! Gritaban las propias paredes. Era el entusiasmo del mundo, la fe del mundo, la lealtad del mundo lo que había muerto. Una generación corrupta que se había desviado para adorar a la serpiente de latón. Su corazón ardía de una pasión profética por las ovejas descarriadas y perdidas en el monte. Pero todas las grandes glorias tenían su periodo interlunar y, a su debido momento, su abuelo volvería a brillar en toda su plenitud en aquel mundo en decadencia.

Los pocos amigos a los que confió su aventura le recordaron con tierna indignación que había otras editoriales menos sujetas a las fluctuaciones del mercado; pero por mucho que había arriesgado por su abuelo, no era capaz de arriesgarse otra vez a pasar aquella prueba. Se sentía, de hecho, incapaz de cualquier esfuerzo inmediato. Se había perdido en un laberinto de conjeturas en el que su peor temor era que pudiera encontrar la solución.

Guardó bajo llave el manuscrito y se sentó a esperar. Si hubiera llegado un peregrino en aquel momento, la sacerdotisa se le hubiera echado al cuello; pero siguió celebrando sus ritos sola. Era una soledad de doble filo: porque siempre había preferido a las personas que iban a visitar la Casa que a las que la iban a visitar a ella. Creía que los vecinos miraban con interés el sendero hacia la Casa; y hubo días en que la figura de un extraño cruzando la verja parecía dirigir hacia ella la simpatía del pueblo. Durante algún tiempo, pensó en viajar: en ir a Europa o incluso a Boston; pero dejar la Casa entonces hubiera parecido como abandonar el puesto. Poco a poco, sus escasas energías fueron centrándose en la fiera resolución de comprender lo que había pasado. No era una mujer que pudiera vivir mucho tiempo en un país sin cartografiar o aceptar como definitiva su interpretación personal de los fenómenos. Como un viajero en regiones ignotas, empezó a atesorar como futuras guías las más nimias señales naturales. Resuelta, fue tomando nota de los síntomas acumulativos de indiferencia que habían ido marcando la caída de su abuelo en su camino hacia la posteridad. Pasó de las cumbres en que se había reunido con los sabios de sus días hasta la zona inferior en que se había convertido en «el amigo de Emerson», «el que se escribía con Hawthorne», o (más tarde) «el doctor Anson» mencionado en sus cartas. El cambio había tenido lugar tan lenta como imperceptiblemente, como un proceso natural. No podía decir que ninguna mano sin escrúpulos hubiera arrancado las hojas del árbol: era simplemente que, entre otras glorias perennes de su grupo, su abuelo había resultado ser caduco.

Se había preguntado por qué. Si la decadencia había sido un proceso natural, ¿no era en sí una misma promesa de renovación? Era más fácil encontrar argumentos como aquel que convencerse de ellos. Una y otra vez intentaba anestesiar su soledad con analogías, pero al final comprendió que esos intentos no eran sino la expresión de una incredulidad creciente. La mejor manera de demostrar su fe en su abuelo era no tener miedo

a sus críticos. No tenía ni idea de dónde estaban esos oscuros antagonistas, porque nunca había oído a nadie combatir directamente la doctrina del prohombre. Tuvo que haber asaltos oblicuos, sin embargo, disparos de retirada contra el gigante al que nadie se atrevía a enfrentarse; y ansiaba batirse contra esos asaltantes. Lo difícil era encontrarlos. Empezó a releer las *Obras;* luego pasó a las de los escritores de la misma escuela, aquellos cuya retórica lucía perenne en los libros de lectura escolares de los que la prosa de su abuelo había desaparecido hacía ya tiempo. Entre el clamor de aquellos lejanos entusiasmos no detectó ninguna nota de controversia. El nudo de los Olímpicos mantenía sus ideas comunes con una promiscuidad de primeros cristianos. Continuamente proclamaban su admiración los unos por los otros, y el público sumaba su voz como en un coro en esta antífona inocente de alabanzas, y en ningún lugar pudo descubrir a un traidor.

¿Qué había pasado entonces? ¿Era simplemente que la principal corriente de pensamiento había tomado otra dirección? Entonces, ¿por qué sobrevivían otros? ¿Por qué se les reconocía aún como afluentes de la corriente filosófica? Estas preguntas la llevaron aún más lejos y siguió insistiendo, con la pasión de una luchadora cuya renuencia a saber lo peor podría interpretarse como una duda de su causa. Al final, lenta pero inevitablemente, tomó forma una explicación. La muerte se había impuesto a las doctrinas sobre las que su abuelo había tejido su turbia retórica. Se habían desintegrado y habían sido reabsorbidas, como montañas de polvo que flotaran alrededor de los labios mudos de la Esfinge. Los contemporáneos del prohombre habían sobrevivido no por lo que enseñaban, sino por lo que eran; y él, que había sido tan solo la máscara que daba voz a sus lecciones, el instrumento en el que tocaban sus melodías, yacía enterrado entre las piezas obsoletas del pensamiento.

El descubrimiento se produjo de modo súbito. Paulina levantó una noche la mirada de su lectura y estaba allí, delante de ella, como un fantasma. Había entrado en su vida con pasos sigilosos, arrastrándose hasta ella sin que se diera cuenta. Permaneció sentada en la biblioteca, entre los libros y retratos tan cuidadosamente conservados; y le pareció que la habían emparedado viva en una tumba decorada de efigies de ideas muertas. Sintió

un deseo desesperado de escapar a un espacio abierto, donde la gente trabajara y amase, y los sentimientos de simpatía estuvieran vivos y fueran de la mano. Era la sensación del trabajo inútil lo que la oprimía, de dos vidas consumidas en aquel proceso implacable que utiliza generaciones de esfuerzo para construir una sola célula. Había un terrible paralelismo entre el esfuerzo infructuoso de su abuelo y su propio sacrificio inútil. Cada uno en su momento había estado velando a un cadáver.

III

El timbre —lo recordaría luego— sonó con fuerza y la sobresaltó. Era lo que solían llamar «el timbre de un visitante», no la llamada tímida de un vecino que se acerca a pedir una sartén o a comentar incidentes de la parroquia, sino el apremio firme del mundo exterior.

La señorita Anson dejó la labor y escuchó. Solía sentarse en el piso de arriba, escudándose en su reumatismo para evitar las habitaciones de la planta baja. Sus intereses se habían ajustado sin que se diera cuenta a la perspectiva de los demás vecinos y, cuando volvió a sonar el timbre, se preguntó si sería que había nacido ya el bebé de la señora Heminway. La conjetura tuvo tiempo de madurar hasta convertirse en certeza, y ya se dirigía cojeando hacia el armario en el que estaban colgados el abrigo y el sombrero, cuando la sirvienta menuda entró de golpe, anunciando:

—Un caballero quiere ver la casa.

—¿La Casa?

—Sí, señora, no sé qué quiere decir —farfulló la mensajera, cuya memoria no abarcaba el periodo en que esos anuncios eran parte diaria de la rutina doméstica.

La señorita Anson echó un vistazo a la tarjeta que le había presentado. El nombre que aparecía en ella —señor George Corby— no le sonaba, pero la sangre arreboló sus lánguidas mejillas.

—Pásame el tocado de encaje de Flandes, Katy —dijo, temblando un poco, mientras apartaba el bastón que utilizaba para andar. Se puso el tocado frente al espejo, con unos retoques rápidos e inseguros.

—¿Has subido las persianas de la biblioteca? —preguntó sin aliento.

Había ido construyendo un muro de lugares comunes entre ella y sus ilusiones, pero a la primera llamada del pasado, su pasión filial echó abajo las frágiles barreras de la conveniencia.

Bajó las escaleras tan deprisa que el bastón resonaba como los tacones de una muchacha; pero en el vestíbulo se detuvo, preguntándose con nerviosismo si Katy habría encendido el fuego. El aire otoñal era frío y se imaginó, sintiéndose culpable, a un visitante mayor, lleno de achaques, temblando junto a una chimenea apagada. Pensó instintivamente en el extraño como un superviviente de los días en que aquellas visitas eran parte del itinerario de jóvenes entusiastas. El fuego estaba apagado y la habitación estaba tan fría que era imposible ocuparla, pero al entrar la señorita Anson, la figura que se volvió hacia ella tras su escrutinio de las estanterías era la de un joven atlético y de mirada clara, que evidentemente no necesitaba ningún calor artificial. Se quedó quieta un momento, sintiéndose víctima de alguna impresión anterior que hacía de esta robusta presencia algo insustancial; pero el joven avanzó con un aire de total seguridad que lo convirtió al instante en un ser más real y a la vez más parecido a un recuerdo.

—¡Vaya! —exclamó—. Es, vaya que sí, enorme.

Aquellas palabras, que el oído desacostumbrado de la señorita Anson reconoció inmediatamente como una expresión informal, sonaron con un eco extrañamente familiar en el silencio académico.

—La habitación, quiero decir —explicó con un gesto abarcador—. Esos bonitos retratos, y los libros. Supongo que el que está sobre la chimenea es el viejo, ¿no?, y los olmos fuera y, bueno, todo. Me gusta un buen fondo, ¿a usted no?

La anfitriona permaneció callada. Nadie, salvo Hewlett Winsloe, había llamado a su abuelo «el viejo».

—Es mil veces mejor de lo que esperaba —continuó su visitante, ignorando alegremente su silencio—. La reclusión, la lejanía, la atmósfera filosófica, ¡quedan tan pocas cosas así! No me hubiera gustado nada descubrir que su casa era ahora una tienda de comestibles, ¿sabe? Me ha llevado un siglo averiguar dónde vivía —empezó otra vez, tras otra mirada

de pausa gozosa—, pero al final encontré la pista en un viejo libraco sobre Brook Farm. Quería impregnarme del ambiente antes de escribir el artículo.

La señorita Anson había recuperado para entonces el suficiente autocontrol como para sentarse y ofrecer una silla a la visita.

—He de entender —dijo despacio, siguiendo la mirada rápida de él por la habitación— que va a escribir un artículo sobre mi abuelo, ¿es así?

—Por esto estoy aquí —respondió amigablemente el señor Corby—, es decir, si quiere usted ayudarme; porque no voy a poder escribirlo sin su ayuda —añadió con una sonrisa confiada.

Hubo otra pausa, durante la cual la señorita Anson observó una mota de polvo sobre el cuero gastado del escritorio y una decoloración reciente en el Parnaso de Rafael Morghen que colgaba en la esquina superior derecha.

—Entonces, ¿usted cree en él? —preguntó, alzando la vista.

No podía decir qué era lo que la había impulsado; se le habían escapado las palabras.

—¿Que si creo en él? —exclamó Corby, poniéndose de un salto en pie—. ¿Que si creo en Orestes Anson? ¡Pues claro! Creo que es el más grande, el más increíble, la figura más importante que tenemos.

El color le subió por el rostro hasta las cejas. Su corazón latía apasionadamente. Se quedó mirando fijamente el rostro del hombre, como si pudiera desaparecer si dejaba de mirarlo.

—Usted..., ¿dirá eso en su artículo? —preguntó.

—¿Yo? Los hechos hablan por sí mismos —exclamó, exaltado—. La más escueta formulación lo dejaría claro. Cuando un hombre es tan grande, no necesita un pedestal.

La señorita Anson suspiró.

—La gente solía decir eso cuando yo era joven —murmuró—. Pero ahora...

Su visitante se quedó mirándola.

—¿Cuando era joven? Pero ¿cómo iban a saberlo, si el asunto se fue al garete, si toda la edición le fue devuelta?

—¿Toda la edición? ¿Qué edición? —Ahora era la señorita Anson la que lo miraba.

—Pues, de su artículo, ¡el artículo!, el que cuenta y sobrevive, el que hace de él quien es. ¡Por Dios bendito! —abjuró con tono trágico—. ¡No me diga que no queda ninguna copia!

La señorita Anson temblaba ligeramente.

—No estoy segura de entender a qué se refiere —balbuceó, menos asombrada por su vehemencia que por la extraña sensación de adentrarse en una región inexplorada en el mismo centro de sus dominios.

—Me refiero al artículo sobre el anfioxo, ¡por supuesto! No me puedo creer que su familia no lo sepa, que usted no esté al corriente. Yo mismo me enteré por la más pura casualidad, por una carta sobre el tema que escribió en 1830 a una vieja revista científica, pero entendí que había diarios, diarios anteriores; tiene que haber referencias a ese tema en los años veinte. Debió de adelantarse al menos diez o doce años a Yarrell; y también comprendió la significación de todo aquello, comprendió a dónde conducía. Tal como lo entiendo, se adelantó en su artículo a la teoría de Saint Hilaire del tipo universal y apoyó su hipótesis describiendo la notocorda del anfioxo como una columna vertebral cartilaginosa. Los especialistas de la época se mofaron de él, por supuesto, igual que los especialistas de la época de Goethe se mofaron de la metamorfosis de las plantas. Por lo que puedo entender, todos los anatomistas y zoólogos se echaron encima del doctor Anson, sin excepción; por eso sus cobardes editores rompieron el trato. Pero el escrito tiene que estar por aquí en algún sitio. Por lo que escribe, parece que en ese primer momento de decepción hubiera destruido la edición completa, pero apuesto lo que sea a que quedará al menos una copia.

Su jerga científica era tan extraña como sus coloquialismos y, en algún momento de su discurso, la señorita Anson incluso dejó de distinguirlos, pero el suspenso con que mantuvo su mirada fija en ella actuó como un desafío a sus pensamientos dispersos.

—El anfioxo —murmuró, a punto de levantarse—. Es un animal, ¿no?, ¿un pez? Sí, creo que me acuerdo.

Se retrajo con la mirada ensimismada de quien reencuentra alguna línea perdida de asociación.

Poco a poco fue acortándose la distancia y empezó a percibir los detalles. En sus investigaciones para escribir la biografía, había seguido pacientemente cada ramificación de su tema, y uno de aquellos caminos cubiertos ya de maleza la llevaba ahora de vuelta al episodio en cuestión. El título de «doctor» del gran Orestes no había sido tan solo el tributo espontáneo de la admiración nacional; en realidad, había estudiado Medicina en su juventud, y sus diarios, como su nieta recordaba ahora, mostraban que había pasado por una breve fase de ardor anatómico antes de que su atención se desviara hacia problemas que transcendían lo sensorial. Incluso le había parecido a Paulina, cuando examinaba aquellos primeros escritos, que había en ellos una espontaneidad, una frescura de sentimiento que en cierto modo se encontraba ausente en sus posteriores elucubraciones, como si esa emoción le hubiera alcanzado directamente, y las demás a través de intermediarios. En un exceso de celo conmemorativo, se había incluso esforzado por leer aquel escrito ininteligible al que unas pocas líneas de un diario le habían dirigido con amargura. Pero el tema y la fraseología le eran extrañas y no tenían relación con su concepción del genio del prohombre; y tras una apresurada ojeada, sus pensamientos se habían alejado del episodio como de la revelación de un fracaso. Al fin se levantó con cierta inestabilidad, apoyándose en el escritorio. Lanzó una mirada dubitativa a la habitación; luego sacó una llave de su anticuada redecilla y abrió un cajón bajo una de las estanterías. El joven Corby la observaba conteniendo la respiración. Ella, con mano temblorosa, removió los polvorientos documentos que parecían llenar el cajón.

—¿Es este? —preguntó, sujetando un fino volumen descolorido.

Él lo tomó, dejando escapar un suspiro.

—¡Por todos los diablos! —dijo, dejándose caer en la silla más cercana.

Ella se quedó de pie, observándolo con extrañeza mientras devoraba las mohosas páginas.

—¿Es el único ejemplar que queda? —preguntó al fin, levantando la mirada por un instante, como un hombre sediento que levantara la cabeza del vaso.

—Creo que sí. Lo encontré hace mucho, entre otros viejos papeles que mis tías estaban quemando tras la muerte de mi abuela. Me dijeron que no

tenían valor, que él siempre había querido destruir la edición completa y que yo debía respetar sus deseos. Pero era algo que él había escrito; y quemarlo era como cerrarle la puerta a su voz, a algo que una vez quiso decir, sin que nadie le escuchara. Quería que él sintiera que yo estaría siempre aquí, dispuesta a escuchar, aun cuando otros hubieran creído que no valía la pena; así que guardé el escrito, con la intención de cumplir su deseo y destruirlo antes de mi muerte.

El visitante soltó un gruñido de angustia retrospectiva.

—Y, de no ser por mí, de no ser por hoy, ¿lo hubiera hecho?

—Lo hubiera considerado mi deber.

—¡Por todos los diablos! —repitió, vencido por la inadecuación de todo discurso. Ella siguió mirándolo en silencio. Al fin, él se levantó de golpe e, impulsivamente, la tomó de ambas manos.

—¡Es cada vez más grande! —casi gritó—. Es, simplemente, un pionero. Usted me ayudará a llegar al fondo, ¿verdad? Tenemos que revisar todos los papeles: cartas, diarios, memorandos. Seguro que tomaba notas. Algo quedará de lo que le llevó a este descubrimiento. Tenemos que examinarlo todo. ¡Por lo que más quiera! —exclamó, mirándola con aquella sonrisa brillante y convincente—. ¿Sabe usted que es la nieta de un gran hombre?

Las mejillas de ella destellaron como las de una chiquilla.

—¿Está usted seguro de él? —susurró, como si quisiera ponerle en guardia frente a una posible traición.

—¡Segurísimo! Querida amiga —dijo contemplándola de nuevo con aquella mirada rápida y confiada—, ¿no cree en él usted?

Ella se apartó, con un murmullo confuso.

—Creía en él. —No había retirado las manos de las suyas. La presión parecía enviarle una corriente cálida al corazón—. Me arruinó la vida —exclamó con una repentina pasión.

Él la miró perplejo.

—Lo dejé todo —continuó con vehemencia— para mantenerlo vivo. Me sacrifiqué y sacrifiqué a otros. Acuné su memoria contra mi pecho y murió, y me dejó. Me dejó sola.

Se detuvo y reunió el valor para decir con un suspiro:

—No cometa el mismo error —le advirtió.

Él sacudió la cabeza, sonriendo aún.

—No hay ningún peligro. No está usted sola, mi querida amiga. Él está aquí con usted. Ha vuelto a usted hoy. ¿No ve lo que ha ocurrido? ¿No ve que ha sido su amor lo que lo ha mantenido vivo? Si hubiera abandonado su puesto por un instante, si hubiera dejado que sus cosas pasaran a otras manos, si su maravillosa ternura no hubiera estado siempre de guardia, todo podría haberse..., se hubiera perdido sin duda, irremediablemente. —Puso la mano en el escrito—. Y entonces, entonces él estaría muerto.

—¡Vaya! —exclamó ella—. ¡No me lo diga tan de repente! —Y se dio la vuelta y se hundió en una silla.

El joven se quedó mirándola con un silencio reverencial. Durante un buen rato ella estuvo allí sentada, inmóvil, ocultando el rostro. Él creyó que debía de estar llorando. Al fin se atrevió a decir, tímidamente:

—¿Me dejará volver? ¿Me ayudará a investigar este asunto?

Ella se levantó con calma y le extendió la mano.

—Le ayudaré —declaró.

—Vendré mañana en ese caso. ¿Podemos empezar a trabajar pronto?

—Tan pronto como quiera.

—A las ocho, entonces —dijo con brusquedad—. ¿Tendrá los papeles preparados?

—Lo tendré todo preparado —añadió, con una dubitación en cierto modo juguetona—. Y el fuego estará encendido para usted.

Él se fue con una firme inclinación de cabeza. Ella se acercó a la ventana y observó su figura optimista apresurándose por la alameda. Cuando dejó de mirar y se volvió a la habitación vacía, pareciera que la juventud le hubiese acariciado los labios.

Un documento

LEOPOLDO ALAS «CLARÍN» (1852-1901)

«Clarín», junto a Pardo Bazán y Galdós, es otro de los referentes del realismo literario español. Es autor de *La Regenta,* una obra que juega en la liga de *Madame Bovary* y *Anna Karenina,* y que compone en sí misma un curso completo de escritura creativa con su despliegue de personajes, subtramas y diálogos interiores.

A «Clarín» siempre le interesó el funcionamiento de los mecanismos de la literatura en la cabeza del autor y de ese interés surge este relato, aparentemente romántico y costumbrista, pero que nos dice mucho sobre la manera en que se mueve la mirada del escritor. Este relato data de 1882, un año atareado para Clarín en el que tomó posesión de la cátedra de Prolegómenos, Historia y Elementos de Derecho Romano en la Universidad de Oviedo. La duquesa del Triunfo de esta historia tiene un nombre que no llama a engaño y veremos cómo el fascinado escritor es incapaz de separa sus emociones personales de las literarias.

UN DOCUMENTO

Leopoldo Alas «Clarín»

La ilustre duquesa del Triunfo ha dado a sus criados la orden terminante de no recibir a nadie. No está en casa. En efecto, su espíritu vuela muy lejos de la estrecha cárcel dorada de aquel tocador azul y blanco, que tantas veces llamaron «santuario de la hermosura» los revisteros de la casa. Porque es de notar que la duquesa tiene tan completo el servicio de sus múltiples necesidades, que hay entre su servidumbre muchos que ejercen funciones que el mundo clasifica entre las artes liberales; y así como dispone de amantes de semana, también tiene revisteros de salones, que dedican a los de tan ilustre dama todos los galicismos de su elegante pluma.

Amantes de semana he dicho; ¡ah!, Cristina, el nombre de la duquesa, hace mucho tiempo que ha despedido a todos sus adoradores. A los treinta y seis años se ha declarado fuera de combate la que un día antes coqueteaba con toda la gracia de la más lozana juventud.

Uno de sus apasionados ha tenido la ocurrencia de regalarle una edición diamante de los más poéticos libros de la mística española; otro adorador, este platónico, le ha recomendado las obras de Schleiermacher (la duquesa ha sido embajadora en Berlín, y ha vivido en Viena con un célebre poeta ruso). Entre el adorador platónico, natural de Weimar, los místicos españoles y Schleiermacher han conseguido que la duquesa introduzca en su tocador reformas radicales; y ahora se lava nada más que con agua de la fuente, y gasta apenas una hora en su tocado, pero tan bien aprovechada, que este sol que se declara en decadencia es más hermoso en el ocaso que cuando brillaba en el cenit. Ya no mira la duquesa como quien prende fuego al mundo, sino con ojos lánguidos, que fingen, sin querer fingir, una sencillez y una modestia encantadoras; los más bizarros caballeros de la brillante juventud, a que fue siempre aficionada la duquesa, ya no le merecen más que miradas maternales; parece que les dice con los ojos: «Ya no sois para mí; os admiro, os comprendo y adoro como obras maravillosas de la Naturaleza; pero esta adoración es desinteresada; nada espero, nada esperéis tampoco; veo en vosotros los hijos que no tengo y que echo de menos ahora; si aún os agrado, gozad en silencio del espectáculo interesante de una hermosura que se desmorona; pero callad, no me habléis de amor, seríais indiscretos. Hay algo más que el amor; yo nazco a nueva vida, y el galanteo sería en mí una flaqueza que probaría la ruindad de mi espíritu. Adorad si queréis; pero yo solo puedo pagaros con un cariño de madre».

Todo este discurso, que yo atribuyo a los ojos de Cristina, lo había leído en ellos el joven escritor, periodista y novelista, Fernando Flores, muy aficionado, como la duquesa, a los ejercicios de destreza corporal, y abonado al *paseo* del Circo de Price, en Recoletos. La duquesa asistía a las funciones de moda los viernes de todas las semanas. Rodeábanla amigos que tenían la obligación de no requerirla de amores. Esta nueva fase de la sensibilidad exquisita y ya estragada de Cristina no la conocía el público, que había hecho, como suele, una leyenda escandalosa de la vida de aquella mujer. En esta leyenda la calumnia y la malicia habían puesto lo que les inspirara la pasión política, pues el Duque era un personaje político de importancia, de esos que los demagogos piensan colgar de los faroles, o no hay justicia en la tierra. La admiración, este homenaje que siempre tendrá la belleza, había prestado las tintas suaves del fantástico cuadro en que Cristina aparecía como un Don Juan del sexo débil. La inmoralidad de su vida y la odiosidad que acompañaba al nombre de su reaccionario y un tanto cruel esposo la rodeaban de una especie de aureola diabólica: el pueblo, sobre todo las honradas envidiosas de la clase media, hablaban de la duquesa con un afectado desprecio, como de la personificación del escándalo; pero cuando ella pasaba, donde quiera se abría calle, a veces se hacía corro, y ojos y bocas abiertos daban testimonio de la general admiración; el pasmo que causaba el prestigio de la distinción y la hermosura suspendía en las bocas abiertas las necedades de la hipocresía y de la maliciosa envidia. Muchos con los labios entreabiertos para decir «¡qué escándalo!» acababan por suspirar diciendo «¡qué hermosura!». Los ojos de las damas, que desde la oscuridad de una belleza vulgar y de una corrupción adocenada miraban con las ascuas del rencor a Cristina, pecaban más con solo aquella mirada, que la ilustre señora había pecado en toda su vida, devorando con las llamaradas de sus pupilas cuanto el amor les diera en alimento y en holocausto a su hermosura. Cristina, en público, conociendo cuanto de ella se pensaba y se decía, presentábase como los reyes, que atraviesan una multitud en que hay amigos y enemigos, odio y admiración; o como los grandes artistas del teatro, que saludan a un público que aplaude y silba; estos personajes aprenden un movimiento singular de los ojos; sus miradas son de una discreción que solo se adquiere con la experiencia de estas batallas del favor y de la enemistad de la muchedumbre. Cristina fijaba pocas veces los ojos en los individuos de la multitud, cuyos favores, sin embargo, eran los que más agradecía. El público es siempre el rival más temible; la mujer más fiel se distrae y deja de oír al amante por mirarse en los mil ojos del Argos enamorado, de la multitud que contempla. Cristina amaba como ninguna otra mujer al adorador anónimo; a este amante no había renunciado, ni aun después de leer a San Juan y a Schleiermacher; pero temía mirarle cara a cara en los ojos de una de sus personalidades, porque el descaro estúpido, la envidia grosera y cruel y otras cien malas pasiones le habían devuelto más de una vez miradas de cínica audacia, de repugnante malicia o de irritante desprecio. Esta misma prudencia en el mirar, en el observar el efecto producido, daba más gracia y atractivo a la duquesa.

A lo menos, a Fernando Flores, que había conocido todo esto, le encantaba aquella extraña y misteriosa relación entre la duquesa y la multitud.

Él también era multitud. Apoyado en el antepecho que separa el *paseo* de los palcos, contemplaba todos los viernes a su sabor aquella hermosura célebre, como los verdaderos amantes de la pintura acuden uno y otro día al Museo a contemplar horas y horas, en silencio, una maravilla del pincel de Velázquez o quien sea el pintor favorito.

Fernando llegaba a los treinta, y mirando atrás, no veía en sus recuerdos aventuras en que figurasen duquesas. Dábase por desengañado antes de conocer el mundo, del cual solo sabía por lo que dicen las novelas y por lo poco que le enseñara una observación constante, sobrado perspicaz y hecha a demasiada distancia. Parecíale tan ridícula la idea de enamorarse de Cristina, que sin miedo la miraba y admiraba. No era presumido en cuanto a galanteos, y despreciaba con noble orgullo a los aventureros del amor, que aspiran a subir adonde jamás llegarían por su propio valor, merced a los favores de las damas.

Cierto viernes del mes de mayo llegó a su palco Cristina con su hija única, Enriqueta, de quince años, y dos bizarros generales, que habían sido amantes de la duquesa, a lo menos en la opinión del vulgo. Vestía de negro, como su hija, y su pelo, como la endrina y abundante, recogido en gracioso moño sobre la cabeza, dejaba ver el blanco, fuerte y voluptuoso cuello, tentación irresistible, donde la imaginación del enamorado público daba besos a miles.

La duquesa, al pasar cerca de Flores, tocole en el rostro con los encajes de una manga, y dejole envuelto en una atmósfera de olores tan delicados, intensos y dulcísimos, tan impregnada de lo que se puede llamar «esencia de gran dama», que Fernando expresó así, allá para sus adentros, lo que sintió al aspirar aquella ráfaga de perfumes soñados: «¡Parece que estoy mascando amor!».

Lo cierto es que el pobre muchacho, con gran vergüenza suya, se sintió conmovido hasta los huesos por una nueva clase de emociones, que le indignaba desconocer a sus años, y siendo un novelista acreditado, y acreditado de escribir conforme al arte nuevo, esto es, tomando de la realidad sus obras.

En cuanto Cristina estuvo sentada en su palco, enfrente de Fernando, pero no tan enfrente, que no tuviese que volver un poco la cabeza en el

caso inverosímil, absurdo, de querer mirarle, el novelista consagró todo su espíritu a la contemplación ordinaria, y ¡oh casualidad incomprensible e inexplicable por las leyes naturales y corrientes de la vida! Cristina, no bien hubo sacado de la caja los gemelos, dirigiolos al humilde escritor, que tembló como si le mirase con dos cañones cargados de abrasadora metralla.

Figúrese el lector al amante del arte, que antes suponíamos, enamorado de una virgen de Murillo, y que la contempla embelesado días y días, y uno cualquiera ve que la divina figura le sonríe como sonreiría una virgen de Murillo si, en efecto, pudiera. Pues la impresión de este hombre sintió Fernando al ver que los gemelos de la duquesa se clavaban en él, positivamente en él. El joven contemplaba siempre a la ilustre dama sin más esperanza de correspondencia que la que pudiera tener el que fuera a *hacer el oso* a una de aquellas hermosas y nobles damas que retrató Pantoja, que miran en su limpia sala del Museo, con miradas de lujuria inacabable, al espectador de todos los siglos. No era, por lo común, descarado nuestro héroe para mirar a las mujeres; pero a Cristina sí la miraba tenazmente, sin miedo, creyéndose seguro en la oscuridad de la multitud. «¡Hay tantos ojos que devoran su hermosura! —pensaba— ¿qué importan dos más?» Y miraba, y miraba, sin que en el placer que mirando recibía entrase para nada la vanidad, que suele ser, en tales ocasiones, el principal atractivo. Aunque sabía todos los casos que refieren las novelas, y hasta las historias, de grandes abismos sociales que salta el amor de un brinco, no creía que esto aconteciese en la vida real casi nunca, y la posibilidad lógica de que a él le sucediese encontrarse en una aventura de esta índole parecíale semejante a la de ganar el premio grande de la lotería: jugaba y era posible ganar ese premio; pero ni se acordaba de él. Por más que en Flores protestasen una porción de nobles sentimientos, y hasta el orgullo ofendido con el placer que sentía, antes de que la reflexión pudiera deshacer el encanto, el corazón le latió con fuerza; un sudorcillo tibio, que parecía que le regaba por dentro, le inundó de una voluptuosidad también nueva, y, lo que es peor que eso, sintió en el alma, en el alma espiritual, no en el alma del cuerpo, que dicen que hay algunos filósofos; digo que sintió en lo más íntimo de sí, una ternura caliente, calentísima, que parecía acariciarle las entrañas y aflojar no sé qué cuerdas tirantes que hay en el espíritu de los que se han acostumbrado a sofocar ilusiones, a matar sueños y aspiraciones locas y románticas, decididos a ser unos muy sosos hombres de juicio. De estos era Flores, y esa flojedad que digo sintió, y con ella una alegría que le parecía soplada dentro por los ángeles; y a más de este encanto, en que él era pasivo, notó que, por cuenta propia, se había puesto el corazón a agradecer la mirada de la duquesa, y agradecerla de suerte que todas las entrañas se derretían, y era el agradecimiento aquel nueva fuente de placeres, que diputó celestiales sin ninguna duda. El pobrecito quiso apartar los ojos de aquellos que le miraban detrás de dos oscuros agujeros, en que él veía llamaradas; pero la voluntad ya era esclava, y fuese tras los ojos a abismarse en la boca de los cañones que tenía enfrente.

* * *

Bueno será que se sepa cómo recibieron allá dentro la mirada del *joven del Circo,* que era como le llamaba la duquesa hacía algunas semanas; por supuesto, que se lo llamaba para sus adentros, pues con nadie había hablado de tal personaje.

Cristina, que un mes antes estaba enamorada de San Juan de la Cruz, y hubiera dado cualquier cosa por ser ella la iglesia de Cristo, la esposa mística a quien el santo requiebra tan finamente, había cambiado de ídolo y se había dicho: «Lo que yo necesito es un amor humano; pero verdadero, espiritual, desinteresado, en que no entre para nada el deseo de poseerme como carne, que incita, ni la vanidad de hacerse célebre siendo mi amante». Los adoradores jurados le causaban hastío. Todos le parecían el mismo. Cerraba los ojos y veía un hombre *en habit noir,* como decían ellos, con gran pechera almidonada *(plastrón),* que daba la mano como un *clown,* que era uniformemente escéptico, sistemáticamente glacial, y que decía en francés todas las vulgaridades traducidas a todos los idiomas. La duquesa esperaba a los treinta y seis años algo nuevo, que no fuese un adulterio más, sino un amor puro, como ella no lo había conocido, como lo deseaba para su Enriqueta.

¡Cuántas veces, mirando con su rápida y prudentísima mirada a la multitud que la rodeaba, se había dicho: «¿Estará ahí?»! Una noche, en Price, al decir *bon soir* a un joven aristócrata, a quien llamaban *Pinchagatos* (Dios sabe por qué), flaco, menudo, casi ciego, pero atrevidísimo con las mujeres, Cristina, que le daba la mano con repugnancia, observó que los ojos de un espectador del paseo se fijaban, se clavaban en el sietemesino insolente. Salió del palco *Pinchagatos,* que se fue saludando a todas las damas que encontraba al paso, y la mirada tenaz le seguía. Cuando el joven aristócrata y mal formado se perdió de vista, los *ojos del paseo* volviéronse a Cristina, y suaves, melancólicos, tranquilos ya, fijáronse en ella, como para saborear un deleite habitual interrumpido. Desde aquel momento, aunque Flores no pudo comprenderlo, ni lo soñó siquiera, su contemplación constante fue espiada. Y ¡qué hubiera dicho el infeliz si hubiese sabido que existía en Madrid una gran dama para quien eran todos los placeres de la corte, y que todos los despreciaba, mientras aguardaba ansiosa la noche del viernes, el *día de moda* de Price! Y ¿por qué? Porque esa noche la consagraba ella, hacía algunas semanas, a un espionaje que le causaba una clase de delicias que tenían la frescura y el encanto fortísimo de las emociones nuevas. Cristina no miraba a Fernando cuando sabía que él la miraba; pero gozaba del placer de sentir, sin verle, que sus ojos estaban cebándose en ella. Veíale y no le veía, mirábale y no le miraba; esto ya saben todas las mujeres cómo se hace. Flores no sospechaba nada; creíase a solas en su contemplación y procuraba saciar el apetito de contemplar sin miedo de ser sorprendido. Bien conocía esto la duquesa; veía que el joven del Circo la miraba, como hubiera podido hacerlo un miserable insecto de los que cantan himnos al sol en los prados al mediodía. ¿Qué le importa al insecto que el sol le vea o no? Para gozar de la delicia que le dan sus rayos, y agradecérsela cantando, le basta con la humildad de su oscuro albergue bajo la hierba. Esto del insecto no le había caído a la duquesa en saco roto, como se dice; desde que se le ocurrió tal comparación, tomose ella por sol, al pie de la letra, y Flores fue el insecto enamorado, que le cantaba con los ojos himnos de adoración. ¡Qué delicadeza de sentimiento, qué divina voluptuosidad, qué caridad sublime, qué *distinción,* en suma, había en preferir bajarse a contemplar el mísero gusano y despreciar a las estrellas de su corte interplanetaria! ¡Qué orgullosa estaba Cristina! ¡Cuán por encima de las coquetas vulgares del gran mundo se contemplaba, consagrando entera su alma a aquel purísimo, delicado placer, que a espíritus menos escogidos les parecía insípido e indigno de una grande de España! Las mil invitaciones que cada día la obligaban a dejar tal o cual proyecto de diversión no la obligaron nunca, desde que vio a Flores, a perder su abono de los viernes. Sus amigos habían llegado a sospechar si estaría enamorada de algún clown o de algún atleta. Lo cierto es que ella gozaba, como en su primera juventud, al llegar la hora del espectáculo, al sentirse arrastrada en su coche hacia el circo de Recoletos, al atravesar los pasillos, al sentarse en su palco, saboreando de antemano las delicias de aquella noche. Si Flores aún no estaba en la primera fila del paseo, casi enfrente del palco, la duquesa se alarmaba seriamente. ¿No vendrá? Pero nunca tardó más de un cuarto de hora. Llegaba con su abrigo al brazo, modestamente vestido, pero con una elegancia natural, que era más del cuerpo que del traje; poco a poco iba abriéndose camino entre los espectadores del paseo, llegaba a la primera fila, pues nadie resistía a la insistencia del que *quería estar allí* (como sucede en los demás negocios del mundo), y dejando el abrigo sobre el antepecho, y apoyando el brazo en el abrigo, y en la mano la cabeza, consagrábase a sus religiosos ejercicios de admiración estática. Ya estaba contenta Cristina; parecíale que habían dado más luz a la cinta de gas que festoneaba las columnas; que la música era más alegre y estrepitosa, los alcides más fuertes, los *clowns* más graciosos; el olor acre que subía de la pista le encendía los sentidos; las resonancias del Circo le parecían voces interiores, y como que se restregaba el perezoso espíritu, sintiendo dulcísimo cosquilleo, contra aquella mirada que era firme muralla de acero. Sí, se apoyaba el alma de la duquesa en la mirada de Fernando, como su espalda en el respaldo de la silla, en abandono lánguido. Esto no es amor, se decía la duquesa al acostarse. Yo ya no amo; todo eso ha concluido. Pero es mucho mejor que el amor lo que siento. Ese muchacho no me gusta ni me disgusta *como físico;* es otra cosa lo que me encanta en él; es su adoración tenaz, sin esperanza, torpe para adivinar que está vista y que está agradecida. Algunas veces, aunque temerosa de romper el encanto haciendo dar un paso a la sutil aventura, había arriesgado la duquesa miradas que podían llamar la atención de Flores. De repente, cuando sabía que la miraba, volvía ella los ojos hacia los suyos, como un disparo certero, y las pupilas chocaban, desde lejos, con las pupilas. Pero en vano; los ojos de Flores no revelaban ninguna emoción; parecían los de un ciego que están en una mirada eterna fijos, mirando la oscuridad, cual esas ventanas pintadas, por simetría, en las paredes, por donde no pasa la luz. Cristina, perspicaz, llegó a explicarse esta impasibilidad, y al dar con la verdadera causa, sintió más placer que nunca. El joven, que no ponía ni pizca de vanidad en cuanto hacía, que no iba a *hacer el oso a una duquesa,* era bastante modesto para figurarse que su adoración era conocida; creía que Cristina le miraba sin verle, como a tantos otros, por casualidad. Pero, entretanto, ella comenzaba a impacientarse; todo aquello era delicioso, pero no debía ser eterno; y siguiendo, sin darse cuenta, tácticas antiguas, quiso *adelantar algo,* ya que de él no había que esperar nada. No creía ella que adelantando perdería la aventura su carácter ideal, fantástico, su naturaleza etérea, incomprensible para el vulgo de las grandes señoras. Y entonces fue cuando se resolvió *a clavarle los gemelos* al joven del paseo.

La mirada que Fernando dejó caer, sin quererlo, dentro de aquellos, que se le antojaban dos cañones, debía de ir llena de la expresión de aquellas nuevas, profundas, tiernas y dulces emociones que procuré describir a su tiempo; porque Cristina, al recogerla dentro de sus gemelos, y sentirla pasar por la retina al alma, quedose como espantada de gozar placer tan intenso en regiones de su ser en que jamás había sentido más que unas ligeras cosquillas.

Separó del rostro los gemelos; viéronse y miráronse cara a cara la gran dama y el humilde escritor... Todavía Fernando aferrado a su modestia, miró hacia atrás, dudando que fuese para él mirada en que había ya hasta palabras... Pero no cabía dudar más; a su espalda estaba un segoviano con la boca abierta, y detrás de este las gradas vacías. ¡Le miraba a él! ¡La duquesa del Triunfo miraba a Fernando Flores, autor de dos novelas naturalistas vendidas por seis mil reales cada una!

* * *

La duquesa solía salir del Circo antes de terminar la función. Aquella noche vio hasta el comienzo del último ejercicio; entonces se levantó, se dejó poner

el chal, salió del palco, se acercó a Fernando, que no movía ni pie ni mano, nada; al llegar a tocar con el hombro en los bigotes del muchacho, que estaba inclinado sobre el antepecho del *paseo,* se detuvo para esperar a Enriqueta, que estaba en el palco todavía. Fueron pocos segundos; el hombro de la duquesa tocó en el bigote y en la nariz del novelista; él se incorporó un tanto; los ojos estuvieron frente a los ojos, a un decímetro escaso de distancia; la mariposa cayó en la llama; ¡rayos y truenos! La duquesa dejó que en su rostro se dibujara como la aurora de una sonrisa; Fernando, sin querer, sonrió con el encanto; la sonrisa de la duquesa se definió entonces; se besaron los ojos... y mientras la orquesta tocaba la Marcha Real, porque el Rey salía de su palco, Cristina se perdía a lo lejos entre las otras damas que dejaban el Circo. Fernando, inmóvil, olvidado del mundo de fuera, se dividía en dos por dentro: uno, el que era más que él, gozaba el placer más intenso de su vida, y el otro, avergonzado, sentía la derrota de la orgullosa modestia. «¡Al fin, soy un necio! —decía este censor de la conciencia—. ¡Creo que le he gustado a una duquesa; estoy enamorado de la duquesa del Triunfo; me ha sonreído y he sonreído; soy su adorador y ella lo sabe! ¡Ridículo! ¡Eternamente ridículo!...» Y huyó del teatro; y creía, huyendo, que el sonar del bombo y los platillos era una gran silba que le daba el público, una silba solemne, con los acordes de la Marcha Real, que es, en ocasiones, una gran ironía, un sarcasmo...

* * *

Fernando llegó a su modesta habitación de la fonda, como escritor silbado que huye del público cruel. Sobre el velador de su gabinete estaban esparcidas infinidad de cuartillas, en blanco unas, y otras ennegrecidas por apretados renglones; un *Musset, poesías,* asomaba entre aquel cúmulo de papeles sueltos. En aquel desorden estaba su pensamiento de pocas horas antes, y parecíale que ya le separaban de él siglos: al ver todo aquello, recordó el estado de su espíritu según era antes de haber ido al Circo. ¡Malhadada noche! Adiós el artista, diosecillo egoísta que vivía para sí y de sus propios pensamientos, viendo en el mundo nada más que una serie de hermosas y curiosas apariencias, cuya única razón de ser era servir al novelista de modelo para sus creaciones. Pensó en su libro, en el que estaba esparcido sobre el velador; parecíale obra de otro, insulsa invención, sofistería fría y descarnada sin vida real. Su voluntad le pedía otra cosa ahora: acción, lucha; quería ser actor en la comedia del mundo, y esto era lo que avergonzaba a Flores; al verse caer en un abismo, en el abismo de la vida activa, para la cual sabía perfectamente que no tenía facultades. ¡Esa mujer me arrastrará al mundo; seré un necio más; al rozarme, al chocar con las pasiones vulgares, pero fuertes, de que hoy me burlo, me contagiaré y seré un vanidoso más, un ambicioso más, un farsante más! No temo tanto el desengaño infalible que me espera, no sé cómo ni cuándo, pero que siempre viene como temo el remordimiento, el amargo dejo que traerá consigo, cuando vuelva a buscar en el arte, en la muda y pasiva observación, un consuelo tardío... Y se acostó. No leyó aquella noche para dormirse. Apagó la luz y se quedó pensando: «Allá va don Quijote; esta es la segunda salida...», y se despreciaba y se burlaba de sí propio de todo corazón. Ya se figuraba como su amigo Gómez, eternamente *en habit noir,* mendigando de palco en palco sonrisas de mujeres, apretones de manos de ilustres damas, sufriendo desaires que había de disimular, como Gómez, con una plácida sonrisa de ángel hecho a todo... «¡Oh, sí!, y como ella lo exija, llegaré a escribir crónicas de salones, y describiré trajes de bailes y *bibelots* de chimenea... Después de todo, esa mujer no ha hecho más que mirarme y sonreír. Sí, pero me ha mirado toda la noche y me ha sonreído de un modo... y no atendía a los que la rodeaban; no pensaba más que en mí, esto es seguro. ¿Y yo estoy enamorado? El interés que esa mujer singular, quizá no tan singular como yo imagino, ha despertado en mí, ¿es amor?, ¿merece este nombre? Pero ¿qué es el amor? ¿No sé yo que hay mil maneras de padecer, de creerse enamorado, y ninguna quizá de estarlo de veras? El caso es que yo no sabré resistir si ella insiste... El ridículo es inevitable. A mis ojos ya estoy en plena novela cursi. ¡Conque suceden estas cosas! Y ella se creerá una mujer *aparte,* y a mí me querrá no por mis escasos merecimientos, sino porque soy el amante cero, el amante de la multitud». Y, sin querer, empezó a recordar muchos casos parecidos de novelas idealistas. Pero también recordó algo parecido en Balzac; recordó a la princesa que se enamora de un pobre republicano que la contempla estático desde una butaca del teatro... y recordó también *La Curée,* de Zola, donde *Renée,* la gran dama, cede a la insistencia de un amante de azar, de un transeúnte desconocido, sin más títulos que su audacia... «Yo soy el capricho, quizá el último capricho de esa mujer». Casi dormido, y como si en él funcionase de repente otra conciencia, pensó con tranquilidad: «¿Si lo único ridículo que hay aquí será que he visto visiones?...».

* * *

A la misma hora, reposando en un lecho cuya blandura, suavidad y olores voluptuosos Fernando Flores no podía imaginar siquiera, Cristina pensaba en el joven del Circo, decidida a que fuera el último y el mejor amante: lo principal era que aquel encanto, desconocido hasta entonces, no degenerase en aventura vulgar, como todas las de su vida. Había que huir de la seducción de la materia: Schleiermacher y San Juan, de consuno, exigían que aquel amor fuera por lo divino. Ya se figuraba la duquesa a Fernando acudiendo a misteriosa cita todas las noches; ella le recibiría con un traje que no hablase a la materia; ya discurriría ella cómo puede una bata estar cortada de modo que no hable más que al espíritu: tomaría por figurín algún grabado en que estuviera bien retratada Beatriz, y aún mejor sería recurrir a la indumentaria griega; algo como la túnica de Palas Atenea o de Venus Urania. Y ¿de qué se hablaría en aquellas sesiones de amor místico? La verdad es que a ella no se le ocurría ningún asunto propio de tan altas relaciones amorosas. Pero, en fin, ello diría... ¡El amor espiritual es tan fecundo en grandes ideas!... y en último caso, hablarían los ojos. Este espiritualismo, que hoy apenas se usa, se le representaba a la duquesa como el manjar más escogido del alma, porque ella había vivido en plena realidad, envuelta siempre en aventuras en que predominaba el sentido del tacto; y las quintas esencias del amor ideal, los *matices* delicadísimos de las pasiones excepcionales, con sus encrucijadas de sentimientos inefables, de adivinaciones y medias palabras, eran lo más nuevo que se pudiera ofrecer al gusto de aquel paladar acostumbrado a platos fuertes. Cristina se durmió pensando en el amor de Flores. En sueños tuvo el disgusto de notar que el joven del Circo se propasaba, procurando una mezcla de deleites humanos y divinos, principio de una corrupción sensual que era preciso evitar a toda costa.

A la mañana siguiente, el pensamiento de Cristina y el de Fernando al despertar fue el mismo. Era necesario buscarse.

Y se buscaron y se encontraron. La aventura se pareció, mucho más que la duquesa deseara, a todas las aventuras en que son parte una gran señora y un joven de modesta posición. Tuvo ella que animarle, y luchó no poco entre el encanto que le causaba la vaguedad, la indecisión de los poéticos comienzos, y el miedo de asustar al amante con un fingido retrato. Él, estaba visto, no había de atreverse sin grandes garantías de buen éxito, y fue ella quien tuvo que arriesgar más de lo justo. Al fin se hablaron. Fue en un coche de alquiler. No hubo mejor medio, aunque lo buscó la duquesa, que sentía, en su nueva vida espiritual, una gran repugnancia ante semejantes vehículos. Hubiera sido mucho más a propósito una gruta, con o sin cascada; pero fue preciso contentarse con un simón. Flores pensó: «¿Habrá leído *Mme. Bovary* esta mujer?». No, infeliz, no ha leído tal cosa; Cristina lee a Schleiermacher y a Fray Luis de Granada, no temas. El novelista acudía a las citas de amor como si fuera a fabricar moneda falsa. Estaba avergonzado hasta el fondo de la conciencia. Era un cursi más definitivamente. Gómez, con su gran pechera, su *clack* bajo el brazo, ya le parecía un héroe, no un ente ridículo. ¡También él era Gómez!

Pasaba el tiempo, y los amantes estaban como el Congreso de Americanistas y otros por el estilo, siempre en las cuestiones preliminares. Se había convenido: 1.º, que aquel amor no era como los demás; 2.º, que la duquesa no podía ofrecer a Fernando la virginidad de la materia; pero que, en rigor, hasta la fecha no había amado de veras, y, por consiguiente, podía ofrecerle la virginidad del alma, y váyase la una por la otra; 3.º, que aunque la modestia de Flores protestase, estaba averiguado que él era un hombre superior, excepcional, que tenía en su espíritu tesoros de belleza que no podría comprender ni apreciar jamás una mujer vulgar. Afortunadamente, la duquesa no era una mujer vulgar, sino muy distinguida, singular, única, y leía en el alma de Fernando todas las bellezas que había escrito Dios en ella; 4.º, que no siendo puñalada de pícaro el contacto de los cuerpos, se conservaría el *statu quo* en punto a relaciones carnales, sin que esto fuese comprometerse a una castidad perfecta, toda vez que nadie puede decir de esta agua no beberé.

Fernando estuvo alucinado algún tiempo. Llegó a creer en la verdad de los sentimientos de Cristina y a sí propio se juzgó enamorado; así que, de buena fe, buscó y rebuscó en su imaginación, y hasta en su memoria, alimento para aquellos amores en que tan gran papel desempeñaban la retórica y la metafísica. Días enteros hubo en que no pensó, siquiera una vez, que todo aquello era ridículo. Con toda el alma, sin reservas mentales, acudía a dar *la conferencia* de sus amores, y explicaba un curso de amor platónico, como si no pudiera emplearse la vida en cosa más útil. Cristina estaba en el paraíso; se había creado para ella sola un mundo aparte: sus amigos nada sabían de estos amores. Aquel romanticismo místico-erótico, que es ya en literatura una antigualla, era un mundo nuevo de delicias para la pobre mujer que desertaba de la vida grosera del materialismo hipócrita, de buenas formas y bajos instintos y gustos perversos, del gran mundo de ahora. Mientras él mismo participó del engaño, Flores no pudo ver que era interesante, al cabo, aquella mujer tan experimentada en las aventuras corrientes de la vida mundana, pero tan inexperta y cándida en aquellas honduras espirituales en que se había metido.

Una noche, Fernando oyó en el café a un amigo una historia de amores que, aunque no lo era, se le antojó parecida a la suya. En ella había un amante que jamás llegaba al natural objeto del amor, al fin apetecido (tomando lo de fin, no por lo último, sino por lo mejor). Flores se puso colorado; casi creyó que hablaban de él, y volvió al tormento de verse en ridículo. Si hasta allí había sido tímido y había respetado la base 4.ª del tratado preliminar, porque él mismo creía un poco en la posibilidad de los amores en la luna (aunque como literato y hombre de escuela los negaba), desde aquel momento se decidió a ser audaz, grosero si era necesario. La duquesa había agradecido a Fernando su delicadeza, aquel respeto a la base 4.ª; pero no dejaba de parecerle extraño, quizás un poco humillante, acaso algo sospechoso ese firme cumplimiento de convenciones que, al fin, no eran absolutas, según el mismo texto de la ley; repito que ella agradecía esta conducta tan conforme con su ideal, pero no la hubiera esperado.

Fernando fue todo lo brutal que se había propuesto. Todo antes que el ridículo. Pero la duquesa resistió el primer asedio con una fortaleza que sirvió para encender de veras los sentidos del amante. Mas ¡ay!, al mismo tiempo que en Fernando brotaba el deseo que daba a sus devaneos un carácter más humano, se le cayó la venda de los ojos, y vio que si antes había sido ridículo, menos acaso de lo que él creía, ahora comenzaba a ser un bellaco. ¿Amaba él de veras a aquella mujer? No, decididamente no; ya estaba convencido de ello. En tal caso, ¿tenía derecho a exigir el último favor, a llevarla hasta el adulterio? ¡Bah, la duquesa! Una vez más, ¿qué importaba? —respondía el sofisma—. Pero ¿aquella mujer no estaba arrepentida? ¿No se había arrancado, por espontáneo esfuerzo, a las garras del adulterio material, grosero? ¿No estaba aquella mujer en camino de regeneración? ¡Bah!, era una Magdalena sin Cristo; su arrepentimiento no era moral, era un refinamiento de la corrupción; ¡su espiritualismo, su misticismo eran falsos, eran ridículos! ¡Ridículos!, ¿quién sabe? Lo parecían sin duda; pero ¿no había alguna sinceridad en aquel arrepentimiento, aunque pareciese otra cosa? ¿No había, por lo menos, una buena intención? Si Cristina hubiese tenido un verdadero director espiritual, ¿no hubiera buscado salvación por mejor camino?... Arrastrar otra vez a aquella mujer a la concupiscencia del cuerpo era un crimen; no era un adulterio más; era el peor de todos, peor acaso que el primero. «Sí, sí —acabó por pensar Fernando que mantenía esta lucha con su conciencia—; ¡ahora me vengo con escrúpulos! Lo que tengo yo, que soy un cobarde, que no se me logra nunca nada de puro miedo; todos estos tiquismiquis morales no son más que el miedo de dar el segundo ataque a esa fortaleza restaurada...» Y otra vez el pánico del ridículo le llevó a ser atrevido, brutal, grosero. Cristina sucumbió; el deleite material despertó en ella todos sus instintos de

Montón de carne lasciva,

que dijo el poeta. Schleiermacher y los místicos se fueron a paseo, según expresión brutal de ella misma. Quince días de embriaguez de los sentidos bastaron para que Flores llegara al hastío. Empezaba a saber la gente algo de aquello, y el novelista, apagada ya la sed del placer, y satisfecho como hombre de aventuras, quiso villanamente coger velas y huir del abismo que iba a tragarle. La posición de amante oficial de la duquesa del Triunfo obligaba a mucho. ¡Oh, infamia! Flores hizo, contando por los dedos, el presupuesto

ordinario de los gastos a que aquella vida le obligaba; no daban los libros para tanto. Además, los salones le ocuparían demasiado tiempo, «y él era, ante todo, un artista». Una mañana, que durmió hasta muy tarde, arrojó en un bostezo el resto de su falso amor. «¡Ea! —se dijo, revolviendo las cuartillas desordenadas de la novela, que esperaba en los primeros capítulos al distraído autor de sus páginas—. ¡Ea!, esto se ha concluido; yo no soy un Don Juan, ni un sietemesino, ni un hombre de mundo siquiera; yo soy un artista. Es necesario que lo sepa Cristina. No se ha perdido el tiempo al fin y al cabo. Hágome cuenta que he trabajado en la preparación de un libro; he observado, he recogido datos; creí un momento haber encontrado el amor: ¡no!, es algo mejor; he encontrado un libro... La mujer no es para mí, no podía ser; pero tengo... el documento. Cristina me servirá en adelante como *documento humano.* Hagamos su novela; es un caso de gran enseñanza. Los necios dirán que es inverosímil; pero yo le daré caracteres de verdad cambiando el original un poco.» Y escribió cuatro renglones a la duquesa despidiéndose de ella. «La inspiración le había visitado. Iba a encerrarse con la inspiración algunos meses fuera de Madrid, y en todo ese tiempo no podrían verse. Acaso les convenía. ¿No se acordaba de aquella Dalila de Feuillet, que tanto le gustaba antes de que él, Fernando, le hubiese hecho despreciar a los escritores de la escuela idealista? Pues bien; el ejemplo de Dalila era una lección. El verdadero amor exigía este sacrificio. Ella sería la primera que leyese el libro que le mandaba escribir el *deus in nòbis...*»

Cristina leyó esta carta con pena; pero no con tanta pena como hubiera tenido si el desengaño hubiera precedido a la *caída.* Llamaba ella la «caída» al momento en que sus amores con Fernando dejaron de ser metafísicos. «¡Al fin estas relaciones iban pareciéndose a las otras! ¡Oh, no; ni estas ni otras... Basta... basta... El amor es así!...». ¿Sintió despecho? Eso sí; siempre se siente en tales casos.

Pasó cerca de un año. Cristina no tuvo amante; se dejaba adorar, pero no admitía confesores. Una noche recibió un libro encuadernado en tafilete. Era la novela de Flores, con una dedicatoria del autor: «A mi eterna amiga». Cristina despidió a Clara, su doncella, y sin acostarse, pasó la noche, de claro en claro, devorando el libro. Era la historia de su vida, según ella la había dejado ver, en el abandono del amor ideal, al redomado amante. ¡Qué infamia! Fernando no la había amado, la había estudiado. Cuando sus ojos se clavaban en los de Cristina para anegarse en ellos, el traidor no hacía más que echar la sonda en aquel abismo. Como obra de arte, el libro le pareció admirable. ¡Cuánta verdad! Era ella misma; se figuró que se veía en un espejo que retrataba también el alma. En algunos rasgos del carácter no se reconoció al principio; pero reflexionando, vio que era exacta la observación. El miserable no la había embellecido: cuestión de escuela. Al amanecer se quedó dormida, después de leer dos veces la última página...

A las doce, despierta; arregla apenas su traje desaliñado con el desasosiego de aquel sueño de pocas horas, y vuelve a leer... Pero antes ha dado orden terminante de no recibir a nadie. Quiere estar sola. «Es verdad, sola está; ¡qué sola! Aquel hombre implacable, artista sin entrañas, observador frío como un escalpelo, le ha hecho la autopsia en vida y le ha hecho asistir a ella. ¡Una vivisección de la mujer que se creyó amada!» A las tres almuerza Cristina, y bebe para alegrarse, para animarse. A los postres pide un frasco de *benedictino,* del cual solía probar Fernando. Se sirve una copa; pide a Clara recado de escribir, y manda esta carta a Flores:

> Fernando: He recibido tu libro. Como novela, es una obra maestra; pero, de todas maneras, tú eres un plebeyo miserable. *La duquesa del Triunfo.*

¡Ah, sí, un plebeyo! —se quedó pensando—. ¡La multitud, esa multitud que me admira y me espía! De ahí le saqué... ¡Por algo la miraba yo con miedo!

* * *

El libro de Fernando gustó mucho a los inteligentes; la crítica más ilustrada y profunda le consagró largos análisis psicológicos. Alguien dijo que el tipo de aquella mujer no existía más que en la imaginación del novelista. Fernando contestaba a esta censura con una sonrisa amarga. «¡Oh, sí, existía la mujer; era la que se había vengado de muchas injurias llamándole "plebeyo"!»

Bobok

Fiódor Dostoyevski
(1821-1881)

Dostoyevski convirtió los muchos tropiezos de su vida en materia literaria. Pasó cerca de cinco años en un gulag de Siberia por pertenecer a un grupo de intelectuales críticos con el zar y allí se sacó un doctorado en la condición humana y el sufrimiento que luego veremos en sus grandes obras, como *Crimen y castigo.* De la misma manera que la ludopatía que lo llevó a la ruina (los acreedores no dejaron de aporrear su puerta hasta el final de su vida) tiene un genial reflejo en *El jugador.* E incluso hizo de su epilepsia (una enfermedad maldita en su época) materia libresca, como en *Los endemoniados.*

Su talento y sus múltiples descalabros lo dotaron de un sentido del humor muy negro y muy afilado. En *Bobok,* publicado dentro de *Diario de un escritor* en 1873, da buena muestra de ello. «Bobok» es la última palabra que pronuncian los cadáveres en el momento de llegar a su definitiva disgregación. Despliega en este diálogo de los habitantes del cementerio algunos de los grandes temas de su obra pero desde un punto de vista satírico: ahí está el sentido de la vida o la fina línea que separa la cordura de la locura, pero también la general idiotez humana o la irresistible atracción de la carnalidad, incluso cuando ya la carne se está deshaciendo.

BOBOK

FIÓDOR DOSTOYEVSKI

En esta ocasión incluyo estas «Notas de un individuo». No se trata de mí, sino de otra persona completamente distinta. No creo que se requiera más preámbulo.

NOTAS DE UN INDIVIDUO

Semión Ardalónovich va y me dice hace tres días:

—¿Tú crees que al menos estarás sobrio un día, Iván Ivánich, por el amor de Dios?

Una curiosa petición. Yo no me ofendo, no, que soy un hombre tímido, pero hombre, tampoco es cosa de que me tomen por loco. Un pintor me hizo un retrato por casualidad: «Como quiera que sea, eres un literato», me dijo. Yo me dejé y ahora lo expone. Y leo esto que dicen: «Id a ver ese rostro enfermizo y vecino de la demencia».

No me voy yo a poner... pero, oigan, ¿se puede publicar semejante cosa en un periódico? Los diarios deben traer cosas nobles, transmitir ideales, y de pronto esto...

Dilo al menos con disimulo, que para eso tienes el don de la palabra. Mas no, él ya no quiere disimular. Hoy en día el humor y las palabras bien

escritas van desapareciendo y los improperios son tenidos por ocurrencias. No me doy por ofendido, que no soy un literato como para perder la cabeza. Escribí un relato y no me lo publicaron. Escribí unos folletines y me los rechazaron. He llevado folletines de esos a las redacciones de no sé cuántos periódicos y en todas me los rechazan: «Les falta sal», me dicen.

—¿Qué sal quieres que le eche? —pregunto yo siempre con sorna—. ¿Sal ática?

Y ni se enteran. Lo que más hago son traducciones del francés para los libreros. Escribo anuncios para los comerciantes: «¡Una rareza! Té rojizo de plantaciones propias...». Por el panegírico que escribí a su excelencia el difunto Piotr Matvéyevich me embolsé un dineral. A un librero le escribí por encargo un tomito titulado *El arte de agradar a las damas.* De esos librillos habré escrito unos seis a lo largo de mi vida. Quiero reunir una selección de cosas picantes de Voltaire, pero no sé si nuestro público encontrará potable algo así. ¿Qué les importa hoy Voltaire? ¡Hoy van por ahí con garrotes y no con volterianas sutilezas! ¡Ya se han sacado unos a otros los últimos dientes a golpes! Y esa es toda mi actividad literaria. A no ser que contemos también la de cartas que me paso mandando a las redacciones de los periódicos. Esas las firmo con mi nombre completo. Van llenas de exhortaciones y consejos; critico y señalo el camino correcto. A una de las redacciones envié la semana pasada la carta número cuarenta en dos años. Solo en franqueo llevo gastados cuatro rublos. Yo es que tengo un carácter muy puñetero, eso es lo que pasa.

Me parece que el pintor no me retrató por mi relación con la literatura, sino por las dos verrugas simétricas que tengo en la frente: ¡un fenómeno! Como que ya no hay ideas, todos van a la caza de fenómenos. ¡Y lo logradas que le salieron mis verrugas en el retrato! ¡Parecen vivas! A eso es a lo que ellos llaman «realismo».

Y en cuanto a la demencia, aquí el año pasado declararon loca a un montón de gente. Les decían: «Con ese carácter, digamos original... mira en lo que has acabado... aunque ya se podría haber previsto...». Un derroche de picardía, ciertamente, que visto desde la perspectiva del arte puro, sería

hasta digno de elogio. Y entretanto, los locos aquellos se volvieron aún más inteligentes. ¡Fíjate tú qué cosa! Aquí volver loco, vuelven loco a cualquiera, pero que vuelvan inteligente a la gente, eso todavía no se había visto.

A mi juicio, el más listo de todos es aquel que se llame tonto a sí mismo aunque sea una vez al mes. ¡Una cualidad inédita esa! Antes los idiotas sabían que lo eran al menos una vez al año, pero hoy en día ni por esas. Y lo han puesto todo tan patas arriba que ya no distingues a un listo de un tonto. Lo han hecho a propósito.

Me viene a la memoria una agudeza española de cuando hace dos siglos y medio los franceses levantaron su primer manicomio: «Han encerrado a todos sus idiotas en una casa especial para así convencernos de que ellos están cuerdos». ¡Pero de eso nada! Encerrando a los demás en un manicomio no demuestras tu inteligencia. «K. perdió la razón, así que ahora nosotros somos los cuerdos.» No, eso aún no significa nada.

Pero ¿qué demonios? ¿Qué disertación es esta? No hago más que gruñir y gruñir. Hasta la criada se ha hartado de mí. Ayer vino un amigo y me dijo: «Te está cambiando la manera de discurrir. No paras de interrumpirte a ti mismo. Cortas el hilo, lo cortas otra vez, metes una frase, después en medio de esa frase aún cuelas otra, después metes no sé qué entre paréntesis, y después vuelta a meter frases y más frases...».

Mi amigo lleva razón. Algo raro está pasando conmigo. Me está cambiando el carácter y me duele la cabeza. He comenzado a ver y a oír cosas muy raras. Son, qué sé yo, una suerte de voces que repiten como con malicia: «¡Bobok! ¡Bobok! ¡Bobok!».

¿Qué bobok es ese? Tengo que encontrar alguna distracción.

Fui a despejarme y me vi de repente en un funeral. El de un pariente lejano. Consejero colegial, nada menos. Estaban su viuda y las cinco hijas, solteras todas. ¡Con lo caro que debe costar calzarlas a todas, y no digo más! El difunto proveía, pero ahora tendrán que apañárselas con la pensioncita. Tendrán que apretarse el cinturón. A mí nunca me han recibido con demasiado entusiasmo. Y no habría aparecido hoy por allí de no haber sido por la circunstancia extrema que se daba. Lo acompañé hasta el cementerio junto a los demás. Me ignoran y se dan aires de importancia. A decir verdad, la

chaqueta militar que llevo deja mucho que desear. Hace unos veinticinco años que no pisaba un cementerio. ¡Un lugar la mar de curioso!

Lo primero, el olor del lugar. Han colado a quince muertos a la vez. Entierros de tarifas distintas. Hasta un par de catafalcos trajeron: para un general y para no sé qué señora. Hay mucho semblante compungido, mucha tristeza fingida y alegría también hay mucha y a la vista está. El clero no se quejará, porque ingresos tendrá bastantes. Pero otra cosa es lo que al olor respecta, al olor de los espíritus. No me gustaría llevar las cosas del espíritu aquí.

Me asomé a verles la cara a los muertos con cuidado, sin confiar mucho en mi capacidad para el asombro. Algunos tienen una expresión suave en el rostro; otros, las tienen desagradables. No muestran sonrisas muy inspiradas, la verdad sea dicha. Y las de algunos son lamentables. No me hacen ninguna gracia. Se me aparecen en sueños después.

Antes del servicio religioso salí de la iglesia a tomar el aire. El día era gris, pero seco. También hacía un poco de frío, pero es que ya es octubre. Me di un paseo entre las tumbas. Las hay de diferentes categorías. En la tercera cuesta treinta rublos que te den sepultura. Es decoroso y no resulta muy caro. Los enterramientos de las dos primeras categorías son dentro de la iglesia y bajo el atrio. Esos sí te cuestan un ojo de la cara. En las sepulturas de la tercera categoría enterraron hoy a seis difuntos, entre ellos al general y a la señora.

Me asomé a las tumbas vacías. Había agua en ellas. ¡Y qué agua! Un agua verdosa. ¡Un asco! El enterrador no paraba de achicar el agua ayudado de una pala. Durante la misa salí a dar una vuelta por fuera del cementerio. Hay una capilla y, más allá, un pequeño restaurante. Un garito bastante mono, la verdad, donde se puede comer algo y no solo eso. Estaba lleno de gente de entre los que habían venido a los entierros. Se palpaban claramente la alegría y la sincera vitalidad. Comí y bebí algo.

Después me tocó estar entre los que pusimos el hombro para trasladar el féretro de la iglesia a la tumba. ¿Qué será lo que vuelve a los fiambres tan pesados cuando van en un ataúd? Dicen que si es por no sé qué inercia, que si porque el cuerpo ya perdió el control sobre sí mismo... o por otra insensatez parecida, que contradice tanto a la mecánica como al sentido

común. No me gusta esto de que gente que apenas aprobó la educación general se ponga a pontificar sobre cuestiones particulares. ¡Y de esos tenemos para regalar! Civiles a los que les gusta juzgar asuntos militares y dar lecciones a mariscales de campo, o personas que se han sacado la carrera de ingeniería, pero pontifican sobre asuntos filosóficos o de economía política.

Pasé de ir al banquete fúnebre. Tengo mi orgullo y si solo me reciben en casos de extrema necesidad, no veo por qué tendría que estar metiendo el hocico en sus banquetes, aunque sean de índole funeraria. Lo que no sé es por qué me quedé en el cementerio. Me senté al pie de un monumento y me dejé llevar por mis pensamientos.

Comencé pensando en la exposición de Moscú y acabé meditando sobre el asombro, tomándolo como un tema digno de reflexión. Y esto es lo que saqué en claro de «el asombro»:

«Asombrarse de todo es, naturalmente, una tontería. Mientras que no asombrarse de nada es mucho más bonito y, por alguna razón, se lo tiene por un signo de buen tono. Pero no tendría que ser así, la verdad. A mi juicio, no asombrarse de nada es mucho más tonto que sorprenderse por todo. Porque, encima, no sorprenderse de nada es casi tanto como no manifestar respeto por nada. Y es sabido que los tontos son incapaces de mostrar respeto.»

—Yo lo que más anhelo es respetar, ansío respetar —me dijo el otro día un conocido mío.

¡Ansía respetar! «¡Por Dios, no sé lo que sería de ti si tuvieras la insolencia de publicar eso!», me dije.

Y ahí lo dejé. No me gusta leer las inscripciones de las tumbas. Dicen lo mismo siempre. En una losa sepulcral, al lado mío, había un bocadillo empezado. Una cosa tonta y fuera de lugar allí. Lo arrojé a la tierra, porque no era estrictamente pan, sino apenas un bocadillo. Aunque me parece que echar migas de pan a la tierra no es pecado. Lo es arrojarlo al suelo. Tendré que revisar esto en el calendario de Suvorin.

Cabe suponer que estuve un largo rato sentado allí. Demasiado largo, diría. De hecho, me tumbé sobre una alargada losa de mármol que cubría una suerte de ataúd de mármol. ¿Qué pudo pasar para que comenzara a oír distintas voces de repente? Al principio, no les presté atención y hasta las percibí con recelo. Pero la conversación no paraba. Presté oídos: eran sonidos sordos, como salidos de bocas tapadas con almohadas, y, sin embargo, eran claramente distinguibles y provenían de muy cerca. Me repuse del sueño y agucé el oído.

—Esto no es admisible de ninguna manera, excelencia. Usted dijo que tenía corazones, yo le acepto la mano con mis dedos como gusanos, y se me aparece con un siete de diamantes como un ramillete de flores. ¡Teníamos que haber acordado antes que tenía diamantes, caray!

—¿Qué propone? ¿Jugar con las cartas a la vista? ¿Qué gracia tendría entonces?

—Es que sin garantías no se puede de ninguna manera, excelencia. Tendríamos que servir cartas a un tercer jugador en una sola tirada.

—¿Dónde íbamos a encontrar un tercer jugador vivo aquí?

¡Cuánto engreimiento, oye! Cosa sorprendente e inesperada. La primera es una voz de peso, categórica. Y la otra, es una voz suave y melosa. Si no las estuviera escuchando yo mismo, no me lo habría creído. Al banquete no fui, que yo sepa. ¿Cómo es que aparezco entonces en medio de un juego de cartas con un general en la sala? De que las voces salían de las tumbas no había dudas. Me incliné y leí la inscripción al pie del monumento:

«Aquí yace el general mayor Pervoyedov... Caballero de las órdenes tal y tal...» Ejem. «Falleció en agosto de tal año... a los cincuenta y siete... ¡Descansa, buen amigo, hasta la venturosa mañana de la Resurrección!»

¡Caramba con el general! En la otra tumba, de la que brotaba la voz lisonjera, todavía no habían puesto el monumento funerario y solo había una placa. Sería de un recién llegado. Y a juzgar por la voz, de un consejero de la corte.

—¡Ja, ja, ja, ja! —se oyó decir a otra voz a unas cinco brazas más allá de la tumba del general que salía de otra completamente nueva. Era una voz masculina, con la manera coloquial de la gente de pueblo, aunque atenuada por un tono obsequioso y piadoso—. ¡Ja, ja, ja, ja!

—¡Otra vez con esos hipos! —exclamó de repente la voz aprensiva y arrogante de una dama que a todas luces pertenecía a la alta sociedad y que no disimulaba su irritación—. ¡Qué castigo me ha tocado este de acabar junto al tendero este!

—¡Que no es hipo, ni he comido nada! Esta es mi naturaleza y punto. Parece, señora, que no consigue usted librarse de sus caprichos de ninguna manera.

—Bueno, ¿y usted por qué ha venido a tumbarse aquí?

—No fui yo el que se tumbó, oiga. Me trajeron mi mujer y mis hijos, que no me habría metido aquí yo solo. ¡Ah, el misterio de la muerte! Y a su lado no me habría acostado yo ni por todo el oro del mundo. Pero me ha tocado tumbarme de acuerdo con mi capital, visto el precio abonado. Porque eso sí podemos permitirnos siempre: sepulcros de la tercera categoría.

—¿Cómo reunió el dinero? Sacándoselo a la gente, ¿no?

—No sé cómo se lo iba a sacar a usted, cuando desde enero no se ha visto un solo rublo que llegue de su bolsillo. Tiene una buena cuentecita ya bien sumada esperándola en la tienda.

—¡Vaya tontería! ¡Me da a mí que ponerse a reclamar deudas aquí es una soberana tontería! Suba allá arriba. Y pídale el dinero a mi sobrina, mi heredera.

—¿A quién le voy a reclamar ahora? ¿Y a dónde voy a ir? Ya hemos llegado al límite usted y yo y llegamos parejos en pecados ante el juicio divino.

—¡En pecados! —repitió con rabioso recelo la difunta—. ¡Y no se atreva a dirigirme más la palabra!

—¡Ja, ja, ja, ja!

—Con todo, habrá usted notado, excelencia, que el tendero hace caso a la señora.

—¿Y por qué no iba a hacérselo?

—Bueno, excelencia, sabido es que aquí rige un orden distinto.

—¿Qué nuevo orden es ese?

—Es que aquí estamos, por decirlo así, muertos, excelencia.

—¡Ah, eso es cierto! Pero aun así hay un orden...

Pues nada, es un préstamo. ¡Qué consuelo! Y si ya se han arreglado aquí abajo, ¿qué sentido tiene preguntar en la planta de arriba? ¡Qué manera de

complicarse la vida! Con todo, seguí escuchando, aunque tremendamente repugnado.

—¡Yo estaría vivo, eh! Ya le digo, oiga... ¡Yo estaría vivo! —se escuchó de repente decir a otra voz que partía de algún punto entre el general y la señora enojadiza.

—Nuestro hombre vuelve con su cantinela, excelencia, ¿lo oye? Se tira tres días bien calladito y de repente suelta otra vez su «¡Yo estaría vivo!». Y con el apetito que vuelve, ¡ji, ji!

—Y la frivolidad.

—Es que es más fuerte que él, excelencia, y ya ve: se va quedando dormido, se duerme ya casi, desde abril que lleva ya aquí, y de repente suelta su: «¡Yo estaría vivo!».

—Esto es aburrido, como quiera que sea —apuntó su excelencia.

—Aburrido sí que es, excelencia, ¿quiere que volvamos a buscarle las cosquillas a Avdotia Ignátievna? ¡Ji, ji!

—¡Eso sí que no! A esa gritona buscapleitos no la aguanto.

—Pues yo no os soporto a ninguno de los dos —replicó la gritona con desdén—. Sois tremendamente aburridos e incapaces de contar algo entretenido. Y usted, excelencia, calme esos humos, que me sé la historia aquella del lacayo que lo sacó a escobazos de debajo de cierta cama de matrimonio.

—¡Qué mujer tan desagradable! —protestó el general entre dientes.

—Avdotia Ignátievna, madrecita —aulló de nuevo el tendero—: dígame, señora mía, y no me guarde rencor, ¿cómo es que sigo padeciendo estos tormentos, o es esto otra cosa...?

—¡Y dale! Ya vuelve otra vez, como yo había previsto, y hasta aquí me llega su olor. Será que se está agitando.

—No me agito, madrecita, ni despido olor alguno, porque tal como traje mis olores, así los conservo dentro de mi cuerpo. Usted sí que está desatada, señora, y su olor es insoportable incluso en un lugar como este. Si me callo es por educación.

—¡Ah, infame y miserable provocador! Con la peste que tiene y me acusa a mí...

—¡Ja, ja, ja, ja! A ver si nos celebran el funeral que toca a los cuarenta días de muertos y escucho por encima de mí las voces llorosas, los sollozos de mi mujer y el llanto en tono menor de los niños.

—¡Tú créetelo! ¡Se hartarán de comer papilla de arroz y con la misma se irán! ¡Si al menos despertara alguien!

—Avdotia Ignátievna —dijo de repente el funcionario amigo de las lisonjas—, espere usted un poquito, que ya verá como los nuevos empezarán a hablar.

—Por cierto, ¿hay jóvenes entre ellos?

—Sí que los hay, Avdotia Ignátievna, y hasta jovencísimos.

—¡Oh, a ver si dicen algo ya!

—¿Qué pasa? ¿Todavía callan? —se interesó su excelencia.

—Ni siquiera los del otro día han despertado aún, excelencia. Ya sabe usted que a veces se están toda una semana calladitos. Por suerte, a los de ayer, los de hace tres días y los de hoy nos los han traído todos de golpe, porque casi todo lo que tenemos en estas diez brazas son del año pasado.

—Curioso, ciertamente.

—Hoy, excelencia, han enterrado al consejero privado Tarásevich, que aún ejercía. Lo supe por las voces que oía. Conozco a su sobrino, que estaba ahí bajando el féretro.

—¡Fíjate! ¿Y dónde es que dice que está?

—A cinco pasos de usted tirando a la izquierda, excelencia. Casi a sus pies lo tiene, señor. Podrías conoceros, excelencia...

—Hum, no, no me toca a mí dar el primer paso...

—Lo dará él, excelencia. Se sentirá honrado de hacerlo, ya verá. Déjeme que me ocupe, excelencia, que yo...

—Oh, oh, oh, ¿qué es esto que me está pasando? —graznó de repente una vocecita asustada que no se había escuchado allí antes.

—¡Es de los nuevos, excelencia! ¡De los nuevos, por Dios se lo juro y vaya prisa que se ha dado en abrir la boca! Estos a veces se tiran una semana callados...

—¡Ay, parece que es un joven mozo! —exclamó Avdotia Ignátievna excitada.

—A mí es que se me complicó... Se me complicó, ¡se me complicó así de repente, sí...! —balbuceó el mismo joven—. El doctor Schultz me había dicho la noche antes que tenía una complicación y a la mañana siguiente la palmé... ¡Ay, ay, qué pena!

—Bueno, ya no hay nada que hacer, joven —observó el general en tono piadoso y a todas luces contento de la presencia del novato—. ¡Consuélese! Y le damos la bienvenida en nuestro valle de Josafat, por decirlo así. Somos buena gente, como ya tendrá ocasión de comprobar y valorar. Soy el general mayor Vasili Vasílievich Pervoyedov, a su servicio.

—¡Ay, no, no! ¡Esto no podía pasarme a mí, qué va! Me visité con Schultz. Y, cómo decirlo, sufrí una complicación, ¿sabe? Primero me agarró todo el pecho, después vino la tos y acabé todo resfriado. Y con el pecho y la gripe... Y ahí de pronto, inesperadamente... Eso es lo más fuerte, oiga: ¡inesperadamente!

—Dice que le agarró primero el pecho, ¿no? —intervino suavemente el funcionario, como si quisiera dar ánimos al novato.

—Sí, el pecho y la flema, primero, pero después se fue la flema y el pecho lo que no conseguía era respirar... ¿Entiende?...

—Entiendo, entiendo. Pero si el problema estaba en el pecho debió visitarse con Ek y no con Schultz.

—Si yo estaba a punto ya de ir a que me viera Bótkin, cuando de repente...

—Bueno, pero con Bótkin hay que andarse con mucho cuidado, eh... —observó el general.

—¡Oh, no! Si es un médico estupendo y he oído decir que es un hombre muy atento y que te da el diagnóstico completo enseguida...

—Su excelencia lo decía por lo que cobra —le apuntó el funcionario.

—¡¿Qué dice?! Si solo te cobra tres rublos y a cambio te hace un examen completo y te da la receta... Yo quería mucho que me visitara, porque dicen que... Pero bueno, señores, díganme de una vez a quién voy a ver: ¿a Ek o a Bótkin?

—¿Qué? ¿A dónde? —se sacudió el cadáver del general riendo gozosamente. El funcionario lo secundó con su risa de falsete.

—¡Qué niño más mono! ¡Y la alegría que trae! ¡Te adoro, chiquillo! —exclamó Avdotia Ignátievna alborozada—. ¡Ay, si me lo hubieran puesto un poquito más cerca!

¡Bueno, eso ya me pareció demasiado! ¡Y con un muerto acabado de tender allí! Pero podía escuchar un rato más, antes de precipitarme con las conclusiones. Ese mocoso, al que recordaba haber visto antes en el ataúd, tenía en el semblante la expresión de un pollo asustado, ¡la cosa más desagradable del mundo! Veamos qué vino después.

Lo que comenzó después fue tal barahúnda, que no lo pude retener todo en la memoria, porque se empezaron a despertar muchos de golpe: se despertó un funcionario, consejero de Estado, e inmediatamente se puso a discutir con el general el proyecto para crear una nueva subcomisión en el ministerio tal, y el probable traslado de muchos responsables a dicha comisión, algo que entretuvo muchísimo al general. He de reconocer que su conversación me sirvió para enterarme de un montón de novedades, y me sorprendió descubrir los increíbles caminos por los que uno puede acceder a noticias de la administración de esta capital. Seguidamente, despertó un ingeniero, pero se pasó todavía un buen rato diciendo tales insensateces, que nadie le dirigió la palabra a la espera de que volviera a sus cabales. Por último, se advirtieron signos de reanimación sepulcral en la ilustre señora enterrada aquella mañana bajo un catafalco. Lebeziatnikov, que así resultó llamarse el adulador y odioso consejero áulico enterrado junto al general Pervoyedov, no paraba de agitarse y mostrar su asombro por la rapidez con la que esta vez se estaba despertando todo el mundo allí. Debo reconocer que también yo me sorprendí. Con todo, algunos de los que se despertaron llevaban ya enterrados tres días, como una muchacha muy joven, dieciséis años tendría, que no se ahorraba risitas desagradables y lascivas.

—Excelencia, ¡el consejero secreto Tarasevich se está despertando! —anunció de pronto Lebeziatnikov con extraordinaria presteza.

—¿Sí? ¿Qué pasa? —preguntó en tono aprensivo y entre susurros el consejero secreto vuelto en sí. En el tono de su voz se apreciaban notas que se movían entre el capricho y el abuso de autoridad. Yo presté oídos a lo que

iba a decir, porque en los últimos días me habían llegado noticias tan seductoras como preocupantes del tal Tarasevich.

—Soy yo, excelencia, solo soy yo por ahora.

—¿Qué petición lo trae? ¿Qué es lo que quiere?

—Tan solo quería interesarme por la salud de su excelencia. Aquí nos sentimos un poco estrechos al principio. ¡Es la falta de costumbre, ¿sabe?! Al general Pervoyedov le gustaría tener el honor de ser presentado a su excelencia y confía en...

—No sé de quién habla...

—Permítame, excelencia, decirle que se trata del general Vasili Vasílievich Pervoyedov...

—¿Es usted el general Pervoyedov?

—No, excelencia, yo solo soy el consejero áulico Lebeziatnikov, a sus pies, mientras que el general Pervoyedov...

—¡Qué absurdo todo esto! Déjeme en paz de una vez, ¿quiere?

—Déjelo —intervino el general Pervoyedov con dignidad para poner fin a la repugnante impaciencia de su sepulcral representante.

—Eso es que no se ha despertado aún por completo, excelencia. Es por la falta de costumbre. En cuanto se despierte se lo tomará todo de otro modo...

—Déjelo —insistió el general.

—¡Vasili Vasílievich! ¡Oiga, excelencia! —apareció de repente una nueva voz, alta y excitada, que brotó al lado de Avdotia Ignátievna. Era una voz con un punto de señorío e insolencia y el deje de hastío que estaba tan de moda, acompañado de una nota de impudicia—: Hace dos horas que os observo a todos y ya llevo tres días aquí tumbado, como sabréis. ¿Me recuerda, Vasili Vasílievich? Soy Klinevich, nos vimos en casa de los Volokonski, a donde no sé por qué fuisteis invitado también.

—¡Oh! El conde Piotr Petróvich... ¿Qué hace usted aquí? ¡Tan joven! ¡Le presento mis condolencias!

—Yo me conduelo conmigo mismo también, claro, pero ya me da igual y lo que busco es sacar todo lo que pueda de aquí. Y no soy conde, sino barón, solo barón. Somos unos barones de poca monta, algo tiñosos, que salimos del cuarto de los lacayos. Ni sé cómo llegamos a barones, ni me importa un

pimiento, la verdad. No soy más que un truhan falsamente adscrito a las clases altas y me considero un «amable polizón». Mi padre fue un generalete de nada, mientras que a mi madre alguna vez la recibieron *en haut lieu*. El año pasado moví 50.000 rublos en billetes falsos con el judío Zieffel y después lo denuncié yo mismo, mientras la joven Yulka Charpentier de Lusignan se llevaba todo el dinero a Burdeos. Imagínense ustedes que para entonces yo estaba firmemente comprometido. Con Schevalévskaya, tres meses le faltaban para cumplir dieciséis años, todavía estudiante; noventa mil traía de dote. Avdotia Ignátievna, ¿se acuerda de cómo hace quince años me pervirtió siendo yo entonces un paje de catorce?

—Ah, bribón, ¡así que eres tú! Menos mal que Dios te ha mandado aquí, porque esto está...

—Por cierto, culpó en vano a su vecino, el tendero, de oler mal... Me mantuve con la boca bien cerrada y riendo por lo bajo. Soy yo quien apesta. Tenían que haberme metido en un féretro blindado.

—¡Ah, qué asqueroso! Y aun así estoy feliz. ¡No sabe la falta de vida y de ingenio que se padece en este lugar, Klinevich!

—Bien, bien, porque estoy pensando en montar aquí una buena. ¡Su excelencia! No es con usted, Pervoyedov: es con el otro. ¡Su excelencia!, el señor Tarasevich, consejero secreto, ¿me oye? Aquí Klinevich, el que os condujo a casa de madeimoselle Furie durante el ayuno, ¿me sigue?

—Lo escucho, Klinevich, y créame si le digo que me complace mucho...

—No me creo nada de su complacencia, ni me importa un rábano. Si yo, viejito, querría darte dos besos, pero por suerte no puedo. ¿Sabéis, señores, la que ha organizado este *grand-père*? Murió hace tres o puede que cuatro días, ¿y sabéis que dejó un agujero de cuatrocientos mil rublos en las arcas del Estado? Un dinero que estaba destinado a las viudas y los huérfanos, y que por alguna razón él manejaba a su antojo. ¡Hace como ocho años que nadie le hacía una auditoría! ¡Me puedo imaginar la de caras largas que tienen ahora allá arriba y la manera en que recuerdan al difunto! ¡Una idea muy golosa esa, ¿no?! He estado todo este último año preguntándome de dónde este viejo setentón, acosado por la gota y el reumatismo, sacaba tantas energías para la disipación. ¡Y ahora ya tenemos la respuesta! ¡De las viudas y los huérfanos! ¡Solo de pensar en ellos ya el hombre se nos ponía a cien! Yo sabía esto desde hace tiempo, era el único que lo sabía. Me lo dijo Charpentier y en cuanto me enteré corrí amistosamente a ver a este santo: «O me das veinticinco mil ahora o te cierran el grifo mañana». El caso es que solo tenía trece mil, de modo que parece que murió muy a tiempo. *Grand-père, grand-père,* ¿me oye?

—*Cher* Klinevich, coincido absolutamente con usted y no sé por qué ha compartido tantos detalles. Hay tantos sufrimientos y tormentos en esta vida y son tan escasas las recompensas... Yo solo quise ganar un poco de sosiego por fin y, por lo que llevo visto, también confío en sacar de aquí todo lo que pueda...

—¡Ya ha olido a Katish Berestova! ¡Ya lo creo que sí!

—¿De qué Katish habla? ¿Katish, dice? —dijo el viejo con voz lasciva y temblorosa.

—¿Que cuál Katish? La que está aquí a cinco pasos de mí y a diez de usted. Cinco días lleva ya aquí y si usted supiera, *grand-père*, la granuja que es... De buena familia, bien educada, y un monstruo, ¡un verdadero monstruo la chiquilla! Allá arriba yo nunca se la mostré a nadie, la usaba yo solito... ¡Eh, Katish, di algo!

—¡Ji, ji, ji! —replicó una voz como quebrada, voz de muchacha. En su timbre había algo que hacía pensar en el pinchazo de una aguja—. ¡Ji, ji, ji!

—¿No será también ru-bi-ta? —se interesó el *grand-père* separando las sílabas con voz temblorosa.

—¡Ji, ji, ji!

—Si es que... Si es que yo hace mucho que acaricio el sueño de una rubita —balbuceó, ahogándose, el anciano —. De quince añitos... Y más en esta situación de ahora...

—¡Vaya animal! —exclamó Avdotia Ignátievna.

—¡Basta! —zanjó Klinevich—. Ya se ve que el material es de excelente calidad. Vamos a organizarnos muy bien aquí ahora mismo. Lo principal es que pasemos a gusto el tiempo que nos quede. ¿Cuánto tempo será? Oiga, usted, el funcionario... Lebeziatnikov, se llama, ¿no? Creo haber escuchado que así le llaman...

—Lebeziatnikov, Semión Yevseich, consejero áulico, a su servicio y muy, muy, muy feliz de servirlo.

—Me importa un pepino su felicidad, oiga, pero parece que es usted el único que entiende algo en este lugar. En primer lugar, dígame cómo es que somos capaces de hablar aquí, que desde ayer no dejo de sorprenderme de ello. Estamos muertos y sin embargo hablamos y hacemos como que nos movemos, cuando ni hablamos ni nos movemos. ¿Qué trucos son estos?

—Eso, barón, si usted quisiera, lo mejor sería que se lo explicara Platón Nikoláyevich.

—¿Y quién es el Platón Nikoláyevich ese? Deje ya de mascullar y aclárese.

—Platón Nikoláyevich es nuestro filósofo casero, particular. Es filósofo de la naturaleza y maestro de ciencias diversas. Escribió varios librillos en vida, pero lleva ya tres meses muy dormido, así que no será posible sacarle nada. Una vez a la semana balbucea unas cuantas palabras sin ton ni son y eso es todo.

—¡Vamos! ¡Hable usted!

—A ver, nuestro filósofo lo explica de una manera muy sencilla. Él sostiene que lo que considerábamos que era la muerte allá arriba, cuando estábamos vivos, no es la muerte en realidad. Aquí abajo el cuerpo cobra vida de nuevo y los últimos restos de vida se juntan, aunque solo en el nivel de la consciencia. Es como si, a ver cómo se lo explico... como si la vida continuara por pura inercia. Según Platón Nikoláyevich, todo se concentra en algún punto de la consciencia y la vida se prolonga otros dos o tres meses y a veces hasta medio año... Tenemos a un tipo aquí, por ejemplo, que ya está casi descompuesto, pero una vez cada seis semanas más o menos murmura una sola palabrita, una que no tiene ningún sentido, como es natural, y menciona no sé qué bobok: «Bobok, bobok», dice y eso significa que también en él todavía hay una chispa de vida...

—Vaya idiotez. A ver, ¿y cómo es que he perdido el olfato, pero percibo malos olores?

—¡Ah, eso! ¡Ji, ji! Cuando de discurrir acerca de esa materia se trata, nuestro filósofo se adentra en la bruma. Y del olfato, precisamente, dijo que aquí lo que se huele es un hedor, por así decirlo, moral. ¡Je, je! Sería, dice, el hedor de las almas a las que se les han concedido dos o tres meses para enmendar lo mal hecho... y eso, digamos, como un postrero acto de clemencia... Aunque tengo para mí, barón, que metido ahí nuestro filósofo se entregaba a un delirio místico muy comprensible dado su estado...

—Bueno, basta, estoy seguro de que todo eso es un absurdo. Lo importante aquí son esos dos o tres meses de vida después de los que viene el bobok. Lo que yo propongo es que todos pasemos esos meses como mejor podamos y para ello tenemos que asentarnos sobre principios nuevos. ¡Señores! ¡Lo que os propongo es que digamos adiós al pudor!

—¡Oh, sí, venga! ¡No tengamos vergüenza de nada! —se oyó decir a múltiples voces de las que, cosa curiosa, muchas eran completamente nuevas, así que provenían de difuntos que se habían despertado de repente. El ingeniero, ahora ya bien despierto, proclamó su conformidad con voz de tenor. La jovencita Katish regaló otra vez sus risitas.

—¡Oh, las ganas que tengo de olvidarme del pudor! —exclamó Avdotia Ignátievna con entusiasmo.

—Oíd eso: si hasta Avdotia Ignátievna quiere olvidarse de todo pudor...

—No, no, Klinevich, yo tenía pudor. Allá lo tenía, como quiera que fuese, pero aquí tengo unas ganas, ¡unas ganas tremendas de no sentir vergüenza de nada!

—Por lo que yo entiendo, Klinevich —retumbó el vozarrón del ingeniero—, lo que usted nos propone es que fundemos aquí un modo de vida nuevo basado en principios racionales.

—¡A mí me da igual, oiga! Para eso esperemos por Kudeyárov, a quien trajeron ayer. En cuanto se despierte, os lo explica todo. ¡Es un tipo peculiar! ¡Un gigante! Parece que mañana traerán a otro filósofo naturalista, probablemente también a un oficial y, si no ando errado, en tres o cuatro días llegará un columnista de diarios con su jefe de redacción convoyado. ¡Al demonio con ellos! Tenemos un magnífico grupo aquí y lo pasaremos la mar de bien. Por lo pronto, lo que quiero es que renunciemos a la mentira. Es lo único que quiero, porque eso es lo principal. Allá en la tierra resulta imposible vivir sin mentir, porque vida y mentira son sinónimos. Pero aquí nos vamos a abstener de la mentira, siquiera por diversión. ¡De algo nos

tendrían que servir estas tumbas, ¿no?! Vamos a contar en voz alta nuestras historias, sin guardarnos nada por vergüenza. Empezaré yo contando la mía. Yo soy amigo de la lascivia, como es sabido. Allá arriba, mis pulsiones estaban sujetas con sogas podridas. ¡Deshagámonos de esas sogas y vivamos estos dos meses inmersos en la verdad más descarnada! ¡Desnudemos nuestros cuerpos y nuestras almas!

—¡Desnudémonos, sí! —chillaron todas las voces.

—¡Tengo unas ganas locas de desnudarme! —chilló Avdotia Ignátievna.

—Ay, ay... ¡Esto va a ser muy divertido aquí! ¡Yo no quiero ir a ver a Ek!

—¡Si es que yo estaría vivo! ¡Yo estaría vivo!

—¡Ji, ji, ji! —reía Katish sin parar.

—Lo más importante es que aquí nadie nos puede prohibir nada y aunque Pervoyedov se enoje, como veo, no me podrá alcanzar con sus brazos. ¿Qué le parece, *grand-père*?

—Yo estoy completa y absolutamente de acuerdo y lo estoy con sumo placer, pero exijo que sea Katish la que comience contándonos su biografía.

—¡Protesto! ¡Protesto con todas mis fuerzas! —exclamó el general Pervoyedov con firmeza.

—¡Excelencia! —intervino enseguida y bajando la voz temblorosa el bribón de Lebeziatnikov con ánimo de convencer—: Piense, excelencia, que nos puede convenir mostrarnos conformes. Es una muchacha muy joven, ya sabe... Y, después, están todas esas cosillas...

—Supongamos que es una muchacha, pero...

—¡Nos va a convenir, excelencia! ¡Ya lo creo que sí! Aunque sea por algún ejemplito que nos regale... ¡Va, probemos a ver!

—¡No lo dejan tranquilo a uno ni en la tumba!

—En primer lugar, general, usted se la pasa jugando a las cartas en la tumba, y, en segundo lugar, ¡usted nos importa un rábano! —protestó enfático Klinevich.

—Le ruego que mantenga las maneras debidas, señor mío.

—Ah, ¿sí? Pero si aquí no conseguirá alcanzarme, mientras le busco las cosquillas como al caniche de Yulka. Y, además, señores míos: ¿qué clase de general es ese hombre aquí? General lo fue allá arriba, aquí no es más que un pelele...

—No soy ningún pelele... Yo aquí soy igualmente un...

—Usted aquí se va a pudrir en ese ataúd hasta que no queden más que seis botones de cobre...

—¡Bravo, Klinevich! Ja, ja, ja —corearon las voces.

—Yo serví a mi Soberano... Y tengo una espada...

—Esa espada solo sirve para ensartar ratones... Y, encima, usted nunca la empuñó.

—Da igual, porque yo formaba parte de un todo.

—¡Esos todos tienen cada parte!

—¡Bravo, Klinevich, bravo! Ja, ja, ja.

—Yo no entiendo qué significa la espada —declaró el ingeniero.

—¡Saldremos huyendo de los prusianos como ratones y nos harán polvo! —gritó con manifiesta alegría una voz alejada y desconocida.

— ¡La espada es honor, señor mío! —trató de gritar el general, pero solo lo escuché yo, porque se levantó un frenético rugido, acompañado de una bulla y un jaleo tremendos, donde lo único que se distinguía eran los desaforados chillidos de Avdotia Ignátievna.

—¡Vamos, deprisa! ¡Deprisa! ¿Cuándo es que comenzaremos a despojarnos de la vergüenza de una vez?

—¡Oh, oh, oh! ¡Mi alma ha entrado de veras en el Purgatorio! —clamó una voz plebeya...

Y en ese momento estornudé. Fue un estornudo repentino e involuntario, pero su efecto fue sorprendente: se hizo un total silencio, como de cementerio, y todo se esfumó como un sueño. Se hizo un silencio genuinamente sepulcral. No creo que mi presencia los hiciera avergonzarse. ¿Acaso no habían decidido no sentir vergüenza de nada? Esperé unos cinco minutos, pero nada: ni una palabra, ni un sonido. No cabe suponer que temieran ser denunciados a la policía: ¿qué podría hacer la policía ante una situación así? He de concluir, y muy a mi pesar, que deben poseer algún secreto desconocido para los mortales y que a los mortales ocultan con celo.

«Ya pasaré a veros otro día, amigos», pensé y, sin más, abandoné el cementerio.

No puedo aceptar esto. ¡No y no! El bobok no me intimida (¡fíjate lo que ha acabado siendo el tal bobok!)

La depravación en un lugar como este, la depravación de las últimas esperanzas, la depravación de los cadáveres marchitos en descomposición ¡sin tener piedad ni por los últimos instantes de consciencia! Les han sido concedidos, donados, esos instantes y ellos... ¡Y en ese lugar! ¡En ese lugar, nada menos! No, yo eso no puedo permitirlo...

Visitaré otras «categorías», prestaré oídos a lo que allí escuche. Eso es lo que hay que hacer: escuchar por todos lados y no en un solo rincón, para así formarse un juicio. Va y encuentro algún motivo de consuelo.

Pero a aquellos les haré otra visita, ya lo creo. Prometieron contar sus biografías y toda suerte de anécdotas. ¡Puaf! Pero iré, sí, seguro que iré, porque es una cuestión de consciencia.

Y lo llevaré a la redacción de *Grazhdanin*. Tienen un redactor allí al que también le han hecho un retrato. ¡Va y me lo publica!

Berenice

EDGAR ALLAN POE
(1809-1849)

Poe ha pasado a la historia como el maestro del relato breve de terror y misterio, pero él siempre quiso ser poeta. Perdió a sus padres, actores de teatro itinerantes, cuando tenía dos años de edad y fue educado por un acaudalado hombre de negocios de Richmond. No le faltó dinero pero sí afecto, un déficit que arrastró siempre. La boda con su joven prima de 14 años (él tenía 26) pareció encender una luz de amor en su oscuridad, que se plasmaba en los relatos que fue publicando con notable éxito. Sin embargo, la enfermedad y muerte de su joven esposa lo hundieron más en la tristeza y las adicciones al alcohol y las drogas.

Al filo de los cuarenta años, en un momento en que su vida personal estaba al borde del precipicio, se reencontró con su amor de juventud y ella aceptó casarse con él. Todo parecía encarrilarse, pero a pocas semanas de la boda, Poe desapareció unos días y apareció inconsciente en una calle de Baltimore con una ropa distinta de la que llevaba al salir de casa y ya agonizante. Falleció, sin haber podido pronunciar una palabra, pocos días más tarde y nunca ha sido posible aclarar su muerte. Un episodio final digno de sus propios relatos.

Berenice es un cuento clásico de Poe cuyo estilo delicado nos va empujando suavemente hacia al horror. Fue publicado por primera vez en el periódico *Southern Literary Messenger* en el año 1835 y hubo indignadas cartas de protesta de los lectores horrorizados con lo macabro de la historia.

BERENICE

EDGAR ALLAN POE

> Me decían mis camaradas que si visitaba el sepulcro de mi amada mis penas se aliviarían un poco.
>
> IBN ZAIAT

El dolor es diverso. La desdicha es multiforme. Extendiéndose por todo el horizonte como el arco iris, sus matices son tan variados como los matices de ese arco, y a la vez tan distintos, aunque tan íntimamente se confundan. Se extiende por todo el horizonte como el arco iris. ¿Es inexplicable que de la belleza haya derivado un tipo de fealdad?, ¿de su símbolo de paz, una imagen del dolor? Pero así como en ética el mal es una consecuencia del bien, en realidad, de la alegría ha nacido la tristeza. Ya porque el recuerdo de la pasada felicidad es angustia para hoy, ya porque las angustias de ahora tienen su origen en los deliquios que *pueden haber sido.*

Mi nombre de pila es Egeo; el de mi familia no quiero mencionarlo. Sin embargo, no hay castillo en este país de más antigua nobleza que mi melancólica, sombría residencia señorial. Nuestro linaje ha sido llamado «raza de visionarios», y en algunos detalles sorprendentes, en el carácter de la mansión familiar, en los frescos de su sala principal, en los tapices de los dormitorios, en las tallas de algunos estribos de la sala de armas, pero más especialmente en la galería de pinturas antiguas, en el estilo de la biblioteca y, finalmente, en el carácter tan singular del contenido de la biblioteca, hay pruebas más que suficientes para garantizar esta creencia.

Los recuerdos de mis primeros años se relacionan con esta última sala y con sus libros, de los cuales ya no hablaré más. Allí murió mi madre. Allí nací yo. Pero sería en mí pura necedad suponer que yo no había vivido antes, que mi alma no había tenido una existencia anterior. ¿Vosotros lo negáis? No discutamos acerca de esto. Puesto que yo estoy convencido de ello, no me propongo convencer a nadie. Queda, sin embargo, en mí un recuerdo de formas etéreas, de ojos espirituales y llenos de significado, de sonidos melodiosos, aunque tristes, un recuerdo como una sombra, vaga, variable, indefinida, inconsistente, y parecido a una sombra también por mi imposibilidad de poderme librar de ella mientras la luz solar de mi razón exista.

En aquella cámara nací yo. Y al despertar de la larga noche que parecía, aunque no era, la nada, de pronto, en las propias regiones del país de las hadas, en un palacio de fantasía, en los singulares dominios del pensamiento y la erudición monástica, no es extraño que yo mirase a mi alrededor con ojos maravillados y ardientes, que malgastase mi infancia en los libros, y disipase mi juventud en fantasías; pero es singular que pasaran los años y el mediodía de la virilidad me hallara todavía en la mansión de mis padres, es asombrosa aquella paralización que se produjo en los resortes de mi vida y maravillosa la transmutación total que se produjo en el carácter de mis pensamientos más comunes. Las realidades del mundo me afectaban como visiones, y solo como visiones, mientras que las delirantes ideas del mundo de los sueños se tornaban a su vez no en lo principal de mi existencia cotidiana sino real y efectivamente en mi existencia misma, única y totalmente.

* * *

Berenice y yo éramos primos, y crecimos juntos en mi casa paterna. Pero crecimos de modo muy diferente: yo, de salud quebrantada y sepultado en melancolía; ella, ágil, graciosa y desbordante de energía; para ella, el vagar por la ladera, para mí, los estudios del claustro; yo, viviendo dentro de mi propio corazón, y dado en cuerpo y alma a la meditación más intensa y dolorosa; ella, cruzando descuidadamente por la vida sin pensar en las sombras del camino, o en el vuelo silente de las alas de cuervo de las horas. ¡Berenice! —yo invoco su nombre—. ¡Berenice! ¡Y de las pálidas ruinas de la memoria millares de recuerdos despiertan de pronto a su son! ¡Ah, cuán vívida se me presenta su imagen ahora, como en los días tempranos de sus regocijos y alegrías! ¡Ah, magnífica, y, con todo, fantástica belleza! ¡Ah, sílfide por las florestas de Arnheim! ¡Ah, náyade junto a sus fuentes! Y después..., después, todo es misterio y terror, y una historia que no debiera ser contada. La enfermedad —una fatal enfermedad— cayó como el simún sobre su cuerpo, y aun mientras yo la estaba mirando, el espíritu de la transformación se cernía pálido encima de ella, invadía su espíritu, sus costumbres y su carácter, y del modo más sutil y terrible perturbaba hasta la identidad de su persona. ¡Ay de mí! La destructora iba y venía, y la víctima... ¿Dónde estaba? Yo no la conocía o, al menos, ya no la reconocía como Berenice.

Entre la numerosa serie de enfermedades que promovió aquella fatal y primera, produciendo una revolución de tan horrible género en el ser moral y físico de mi prima, debe mencionarse como la más angustiosa y encarnizada contra su naturaleza una especie de estado epiléptico, el cual con bastante frecuencia terminaba en catalepsia, catalepsia que apenas se diferenciaba en su aspecto de la muerte verdadera, y el despertar de la cual se efectuaba, casi siempre, de modo brusco y sobresaltado. Mientras tanto, mi propia enfermedad —porque ya he dicho que no podría llamarla de otra manera—, mi propia enfermedad entonces crecía en mí rápidamente, y al fin adquiría un carácter monomaníaco de nueva y extraordinaria forma, de hora en hora y de momento en momento ganando intensidad, y al fin obteniendo sobre mí el más incomprensible dominio. Aquella monomanía, si puedo así llamarla, consistía en una morbosa irritabilidad de esas facultades del espíritu que la ciencia metafísica llama de la *atención*. Es más que probable que yo no sea comprendido, pero me temo, en efecto, que no hay manera posible de comunicar al espíritu del lector corriente una adecuada idea de aquella nerviosa *intensidad de interés* con la que en mi caso mis facultades de meditación (para no hablar técnicamente) se afanaban y enfrascaban en la contemplación de los objetos más ordinarios del universo.

Reflexionar durante largas, infatigables horas con mi atención clavada en algún frívolo diseño en el margen, o en la tipografía de un libro; quedarme absorto durante la mayor parte de un día de verano ante una delicada sombra que caía oblicuamente sobre la tapicería, o sobre la puerta; perderme durante una noche entera observando la tranquila llama de una lámpara, o el rescoldo de una lumbre; soñar días enteros con la fragancia de una flor; repetir monótonamente alguna palabra común, hasta que su sonido, por la frecuencia de la repetición, cesaba de significar para la mente una idea cualquiera; perder todo sentido de movimiento o de existencia física, por medio de una absoluta quietud del cuerpo larga y obstinadamente mantenida; tales eran unas pocas de las más comunes y menos perniciosas extravagancias producidas por un estado de las facultades mentales, no, efectivamente, del todo nuevas, pero que sin duda resisten a todo lo que sea análisis o explicación.

No quiero que se me comprenda mal. La desmedida, vehemente y morbosa atención excitada de este modo por objetos insignificantes en su propia naturaleza no debe confundirse por su carácter con esa propensión cavilosa común a toda la humanidad, y a que se dan más especialmente las personas de ardiente imaginación. No solo no era, como podría suponerse al primer pronto, un estado extremo o exagerado de esa propensión, sino esencialmente distinto y diferente. En el primer caso, el soñador, o exaltado, al interesarse por un objeto generalmente *no* trivial imperceptiblemente va perdiendo la vista de ese objeto en una maraña de deducciones y sugestiones que brotan de él, hasta que a la terminación de este soñar despierto *muy a menudo henchido de placer* halla que el *excitador* o primera causa de sus divagaciones se ha desvanecido completamente o ha sido olvidado. En mi caso el objeto primario era *invariablemente insignificante,* aunque adquiría, en la atmósfera de mi perturbada visión, una importancia refleja, irreal. Se hacen en tal caso, si se hacen, muy pocas deducciones; y aun estas pocas vuelven a recaer en el objeto original como en su centro. Aquellas meditaciones no eran nunca placenteras; y al término de aquella absorción su objeto y primera causa, lejos de haberse perdido de vista, había alcanzado el interés sobrenatural exagerado que era el carácter predominante de aquella

enfermedad. En una palabra, las facultades mentales más particularmente ejercitadas en ello eran en mi caso, como ya he dicho antes, las de la *atención,* y en el que sueña despierto son las de la *meditación.*

Mis libros, por aquella época, si bien no puede decirse con exactitud que servían para irritar aquel desorden, participaban, como se comprenderá, largamente, por su naturaleza imaginativa e incongruente, de las cualidades mismas de aquel desorden. Recuerdo bien, entre otros, el tratado del noble italiano Coelius Secundus Curio *De Amplitudine Beati Regni Dei,* la magna obra de san Agustín *La ciudad de Dios* y la de Tertuliano *De Carne Christi,* en la cual se halla esta paradójica sentencia: *«Mortuus est Dei filius; credibile est quia ineptum est: et sepultus resurrexit; certum est quia impossibile est»,*[1] que ocupaba sin interrupción todo mi tiempo, durante muchas semanas de laboriosa e infructuosa investigación.

Así se comprenderá que, turbada en su equilibrio únicamente por cosas triviales, mi razón llegase a parecerse a aquel peñasco marino de que habla Tolomeo Hefestio que resistía firmemente los ataques de la humana violencia, y los más furiosos embates de las aguas y los vientos, y solo temblaba al contacto con la flor llamada «asfódelo». Y aunque para un pensador poco atento pueda parecer fuera de duda que la alteración producida por su desdichada enfermedad en el carácter *moral* de Berenice debía de procurarme muchos motivos para el ejercicio de aquella intensa y anormal cavilación cuya naturaleza tanto me ha costado explicar, con todo no era ese en modo alguno mi caso. En los intervalos lúcidos de mi enfermedad, su desgracia, verdad es, me causaba dolor, y me apenaba profundamente aquel naufragio total de su hermosa y dulce vida; y no dejaba yo de meditar frecuentemente y con amargura acerca de los poderes misteriosos por los cuales se había podido producir tan súbitamente aquella extraña revolución. Pero aquellas reflexiones no participaban de la idiosincrasia de mi enfermedad, y eran tal como se les hubieran ocurrido en semejantes circunstancias a la inmensa

1 Estas palabras vienen a significar la confianza absoluta, la fe ciega en Dios que se expresa en la frase atribuida a san Agustín: *Credo quia absurdum* («Lo creo por absurdo»). Las palabras de Tertuliano que cita Poe dicen: «Ha muerto el Hijo de Dios; esto es creíble porque es una inepcia [esto es, que pueda morir el Hijo de Dios]: y luego de sepultado resucitó; esto es cierto por ser imposible.» (N. del T.)

mayoría de los hombres. Fiel a su propio carácter, mi trastorno gozaba con los cambios menos importantes aunque más impresionantes producidos en la persona *física* de Berenice, en la singular y aterradora deformación de su identidad individual.

Durante los más brillantes días de su incomparable hermosura, es cosa cierta que no la amé nunca. En la extraña anormalidad de mi existencia, los sentimientos no me *habían jamás venido* del corazón, y mis pasiones *procedían siempre* del espíritu. En la luz pálida del amanecer, entre las enlazadas sombras del bosque a mediodía y en el silencio de mi biblioteca por la noche, ella había pasado ante mis ojos, y yo la había mirado, no como a una Berenice viva y respirante, sino como a la Berenice de un sueño, no como a un ser de la tierra, material, sino como a la abstracción de aquel ser vivo, no como cosa para ser admirada, sino para ser analizada, no como objeto de amor, sino como tema para la más abstrusa aunque incongruente especulación. Y *ahora,* ahora yo me estremecía en su presencia, y palidecía cuando se me acercaba; y, sin embargo, mientras lamentaba amargamente su decaída y desolada condición, me acordaba de que ella me había amado mucho tiempo y, en un mal momento, le hablé de matrimonio.

Ya, por fin, el momento de nuestras nupcias se aproximaba, cuando una tarde de invierno, una de esas tardes fuera de razón, tibias, serenas y brumosas, que son las nodrizas del bello Alción,[2] yo estaba sentado (y solo según yo pensaba) en la habitación del fondo de la biblioteca. Pero alzando los ojos vi que Berenice estaba delante de mí.

¿Fue mi imaginación excitada, o la brumosa influencia de la atmósfera, o el incierto crepúsculo de la biblioteca, o los ropajes oscuros que le caían por el rostro lo que le daba un contorno tan vacilante e indistinto? No puedo decirlo. No dijo palabra, y yo por nada del mundo hubiera podido pronunciar ni una sílaba. Un glacial escalofrío sacudió todo mi cuerpo, una sensación de insufrible congoja me oprimía, una devoradora curiosidad invadía mi alma y, hundiéndome en mi sillón, me quedé durante algún tiempo sin

2 «Porque, como Júpiter, durante la estación del invierno, da dos veces siete días de calor, los hombres han dado a aquel tiempo, clemente y templado, el nombre de nodriza del bello Alción.» Simónides. (N. de E. A. Poe)

respiración ni movimiento, con los ojos clavados en su persona. ¡Ay! Su extenuación era extremada, y ni el vestigio más leve de su ser primero se vislumbraba en ninguna línea de su contorno. Mi ardiente mirada se posó, finalmente, en su rostro.

Era la frente alta y muy pálida, y singularmente serena, y los cabellos, un tiempo azabachados, caían en parte sobre ella, y sombreaban las hundidas sienes con innumerables rizos que eran ahora de vívido y rubio color en desacuerdo, por su aspecto fantástico, con la predominante melancolía de su rostro. Los ojos aparecían sin vida, sin brillo y, al parecer, sin pupilas, y yo aparté involuntariamente la mirada de aquella vidriosa fijeza, para contemplar sus labios delgados y contraídos. Se abrieron, y con una sonrisa extrañamente significativa, los dientes de la transformada Berenice se descubrieron lentamente ante mi vista. ¡Quisiera Dios que jamás los hubiese contemplado, o que luego de hacerlo me hubiese muerto!

* * *

El ruido de cerrarse una puerta me distrajo, y al volver a levantar los ojos, hallé que mi prima se había ido ya de la habitación. Pero de la desordenada habitación de mi cerebro, ¡ay de mí!, no había partido, y no quería ser echado, el blanco y horrible espectro de sus dientes. Ni una mancha en su superficie, ni una sombra en su esmalte, ni una mella en sus bordes había en los dientes de esa sonrisa fugaz que no se grabara en mi memoria. *Ahora* los veía más inequívocamente aún que los había *contemplado* entonces. ¡Aquellos dientes! ¡Aquellos dientes estaban aquí y allí, y en todas partes, y visible y palpablemente delante de mí, largos, estrechos y excesivamente blancos, con los pálidos labios retorciéndose a su alrededor, como en el mismo instante de su primera y terrible presentación! Entonces vino la extremada furia de mi *monomanía* y luché en vano contra su extraña y terrible influencia. En medio de los innumerables objetos del mundo exterior yo no tenía pensamientos sino para aquellos dientes. Por ellos yo anhelaba, con frenético deseo. Todos los demás asuntos y todos los diversos intereses quedaron absorbidos en su exclusiva contemplación. Ellos, ellos solos, estaban presentes a mi vista mental, y ellos, en su única individualidad, se convirtieron en esencia de mi vida mental. Los contemplaba en todos sus aspectos. Los volvía en todos los sentidos. Escudriñaba sus caracteres. Me espaciaba acerca de sus particularidades. Estudiaba su conformación. Divagaba acerca del cambio de su naturaleza. Me estremecía al atribuirles en la imaginación una facultad sensitiva y consciente, y, aun cuando no les ayudasen los labios, una capacidad de expresión moral. De mademoiselle Sallé se ha dicho *«que tous ses pas étaient des sentiments»*[3] y de Berenice yo creía más formalmente aún *«que toutes ses dents étaient des idees»*,[4] *Des idees!* ¡Ah! ¡Aquí estaba el estúpido pensamiento que me mataba! *Des idees!* ¡Ah! ¡*Por eso* yo las codiciaba tan locamente! Yo comprendía que solo su posesión podía devolverme la tranquilidad, restituyéndome la razón.

Y así se cerró la tarde sobre mí, y luego vino la noche, y demoró y pasó, y el día otra vez amaneció, y las brumas de la otra noche se iban acumulando en derredor, y todavía yo permanecía sentado, inmóvil en aquella habitación solitaria, y todavía estaba yo sentado y sumergido en meditación, y todavía el *fantasma* de los dientes mantenía su terrible dominio, mientras, con la más vívida y horrorosa perceptibilidad, flotaba en derredor, por entre las luces y las sombras cambiantes de la habitación. Al fin, estalló por encima de mis ensueños un grito como de horror y angustia; y luego, tras un silencio, siguió el rumor de voces agitadas mezclado con algunos sordos gemidos de pena o de dolor. Me levanté de mi asiento, y, abriendo violentamente una de las puertas de la biblioteca, vi parada en la antecámara a una sirvienta, anegada en lágrimas, quien me dijo que Berenice ya no existía. Había sido arrebatada por la epilepsia aquella mañana temprano, y ahora, al cerrar de la noche, la tumba estaba dispuesta para su ocupante, y todos los preparativos para el entierro estaban terminados.

* * *

Me hallé sentado en la biblioteca, otra vez, sentado y solo. Me parecía como si acabara de despertar de un sueño confuso y exaltado. Comprendí que

3 «Que todos sus pasos eran sentimientos.» (N. del T.)

4 «Que todos sus dientes eran ideas.» (N. del T.)

ya era medianoche, y estaba muy seguro de que, desde la puesta del sol, Berenice había quedado enterrada. Pero de aquel doloroso intervalo que había pasado yo no tenía real —al menos definida— comprensión. Y, con todo, mi memoria estaba repleta de horror, horror más horrible por ser vago y terror más terrible por su ambigüedad. Era una espantosa página en el registro de mi existencia, escrita toda ella de confusos recuerdos. Me esforzaba por descifrarlos, pero en balde, mientras que, de cuando en cuando, como el espíritu de un sonido muerto, el agudo y penetrante chillido de una voz de mujer parecía estar resonando en mis oídos. Yo había hecho algo. ¿Qué había sido? Me lo preguntaba a mí mismo en voz alta, y los susurrantes ecos de la habitación me contestaban: «¿Qué habrá sido?».

En la mesa que estaba junto a mí ardía una lámpara y junto a ella había una cajita. Su estilo no ofrecía nada de particular, y yo la había visto muchas veces antes, porque era propiedad del médico de la familia, pero ¿cómo había ido a parar *allí,* sobre mi mesa? ¿Y por qué me estremecí al mirarla? Todo aquello no merecía la pena explicármelo, y mis ojos, al fin, se posaron en las páginas abiertas de un libro, y en una sentencia subrayada en él. Las palabras eran las singulares, aunque sencillas, del poeta Ibn Zaiat: *«Dicebant mihi sodales, si sepulchrum amicae visitarem, curas meas aliquantulum fore levatas».*[5] ¿Por qué, entonces, mientras yo las leía atentamente, los cabellos de mi cabeza se pusieron de punta, y la sangre de mi cuerpo se congeló en mis venas?

Y se oyó llamar levemente a la puerta de la biblioteca y, pálido como un habitante de la tumba, un criado entró de puntillas. Su mirada estaba enloquecida de terror, y me hablaba con voz trémula, ronca y muy queda. ¿Qué me decía? Oí algunas frases sueltas. Me hablaba de un grito salvaje que había turbado el silencio de la noche, de que todos los criados se habían reunido, ¡de un registro siguiendo la dirección de aquel grito!, y entonces las inflexiones de su voz se me hicieron espantosamente perceptibles al susurrar a mi oído que había sido violada una tumba, que un amortajado cadáver había sido desfigurado, y hallado respirando todavía, todavía palpitando, ¡*vivo* todavía!

5 Repite el lema de esta narración, que ya hemos traducido. (N. del T.)

Señaló mis vestidos; estaban manchados de barro y de coágulos de sangre. Yo no dije nada, y él tomó suavemente mi mano: presentaba las señales de unas uñas humanas. Dirigió mi atención hacia un objeto apoyado en la pared; lo miré durante unos minutos; era un azadón. Di un grito, me precipité hacia la mesa y agarré la caja que estaba en ella. Pero no pude forzar su tapadera, y con el temblor de mis manos se deslizó de ellas, y cayó pesadamente, y se hizo pedazos; y de ella, con un ruido sonajeante, rodaron por el suelo algunos instrumentos de cirugía dental, entremezclados con treinta y dos cositas blancas, y parecidas a trocitos de marfil, que se habían esparcido por el suelo.

Carta a Eduarda

ROSALÍA DE CASTRO (1837-1885)

Escribir en el siglo XIX siendo mujer y, además, hacerlo en gallego, era una doble pirueta de trapecista sin red que logró Rosalía de Castro con un talento y un tesón extraordinarios. A mediados del siglo XIX, el idioma gallego no tenía ningún prestigio intelectual y parecía caído en el olvido sin nadie que reivindicara la rica tradición, especialmente en poesía y fábulas, de la literatura galaico-portuguesa. Rosalía de Castro lo hizo de manera sobresaliente, muy especialmente con sus poemas, pero también con su obra en prosa.

Esta *Carta a Eduarda* no tiene las pretensiones y alcance de otros trabajos suyos, pero sí muestra la viva inteligencia de su mirada. La escritora nos pone en esta carta ficcionada frente a un problema que creemos de nuestro tiempo, pero que tiene ya muchas décadas: la sensación de que hay más gente escribiendo que leyendo. «Todos escriben y de todo. Las musas se han desencadenado. Hay más libros que arenas tiene el mar, más genios que estrellas tiene el cielo y más críticos que hierbas hay en los campos.»

CARTA A EDUARDA

Rosalía de Castro

Mi querida Eduarda: ¿seré demasiado cruel, al empezar esta carta, diciéndote que la tuya me ha puesto triste y malhumorada? ¿Iré a parecerte envidiosa de tus talentos, o brutalmente franca, cuando me atrevo a despojarte, sin rebozo ni compasión, de esas caras ilusiones que tan ardientemente acaricias? Pero tú sabes quién soy, conoces hasta lo íntimo mis sentimientos, las afecciones de mi corazón, y puedo hablarte.

No, mil veces no, Eduarda; aleja de ti tan fatal tentación, no publiques nada y guarda para ti sola tus versos y tu prosa, tus novelas y tus dramas: que ese sea un secreto entre el cielo, tú y yo. ¿No ves que el mundo está lleno de esas cosas? Todos escriben y de todo. Las musas se han desencadenado. Hay más libros que arenas tiene el mar, más genios que estrellas tiene el cielo y más críticos que hierbas hay en los campos. Muchos han dado en tomar esto último por oficio; reciben por ello alabanzas de la patria, y aunque lo hacen lo peor que hubiera podido esperarse, prosiguen entusiasmados, riéndose, necios felices, de los otros necios, mientras los demás se ríen de ellos. Semejantes a una plaga asoladora, críticos y escritores han invadido la tierra y la devoran como pueden. ¿Qué falta hacemos, pues, tú y yo entre ese tumulto devastador? Ninguna y lo que sobra siempre está demás. Dirás

que trato esta cuestión como la del matrimonio, que hablamos mal de él después que nos hemos casado; mas puedo asegurarte, amiga mía, que si el matrimonio es casi para nosotros una necesidad impuesta por la sociedad y la misma naturaleza, las musas son un escollo y nada más. Y, por otra parte, ¿merecen ellas que uno las ame? ¿No se han hecho acaso tan ramplonas y plebeyas que acuden al primero que las invoca, siquiera sea la cabeza más vacía? Juzga por lo que te voy a contar.

Hace algún tiempo, el barbero de mi marido se presentó circunspecto y orgullosamente grave. Habiendo tropezado al entrar con la cocinera, le alargó su mano y la saludó con la mayor cortesía, diciendo: «A los pies de usted, María: ¿qué tal de salud?». «Vamos andando —le contestó muy risueña—, ¿y usted, *Guanito*?» «Bien, gracias, para servir a usted.» «¡Qué fino es usted, amigo mío! —añadió ella, creyéndose elevada al quinto cielo porque el barberillo le había dado la mano al saludarla y se había puesto a sus pies—. ¡Cómo se conoce que ha pisado usted las calles de La Habana! Por aquí, apenas saben los mozos decir más que buenos días.»

—¡Cómo se conoce que vienes de aquella tierra! —exclamé yo para mí—. Tú ya sabes, Eduarda, cuál es aquella tierra..., aquella feliz provincia en donde todos, todos (yo creo que hasta las arañas) descienden en línea recta de cierta antigua, ingeniosa y artística raza que ha dado al mundo lecciones de arte y sabiduría.

—¿Cómo no ha venido usted más antes? —le preguntó mi marido algo serio—. ¿No sabía usted que le esperaba desde las diez?

—Cada cual tiene sus ocupaciones particulares —repuso el barbero con mucho tono y jugando con el bastón— Tenía que concluir mi libro y llevarlo a casa del impresor, que ya era tiempo.

—¿Qué libro?—repuso mi marido lleno de asombro.

—Una novela moral, instructiva y científica que acabo de escribir, y en la cual demuestro palpablemente que el oficio de barbero es el más interesante entre todos los oficios que se llaman mecánicos, y debe ser elevado al grado de profesión honorífica y titulada, y trascendental por añadidura.

Mi marido se levantó entonces de la silla en que se sentara para ser inmolado, y cogiendo algunas monedas, se las entregó al barbero, diciendo:

—Hombre que hace tales obras no es digno de afeitar mi cara —y se alejó riendo fuertemente; pero no así yo, que, irritada contra los necios y las musas, abrí mi papelera y rompí cuanto allí tenía escrito, con lo cual, a decir verdad, nada se ha perdido.

Porque tal es el mundo, Eduarda: cogerá el libro, o, mas bien dicho, el aborto de ese barbero, a quien Dios hizo más estúpido que una marmota, y se atreverá a compararlo con una novela de Jorge Sand.

—Yo tengo leídas muchas preciosas obras— me decía un día cierto joven que se tenía por instruido—. *Las tardes de la Granja* y el *Manfredo* de Byron; pero, sobre todo, *Las tardes de la Granja* me han hecho feliz.

—Lo creo — le contesté y mudé de conversación.

Esto es insoportable para una persona que tenga algún orgullo literario y algún sentimiento de poesía en el corazón; pero sobre todo, amiga mía, tú no sabes lo que es ser escritora. Serlo como Jorge Sand vale algo; pero de otro modo, ¡qué continuo tormento!; por la calle te señalan constantemente, y no para bien, y en todas partes murmuran de ti. Si vas a la tertulia y hablas de algo de lo que sabes, si te expresas siquiera en un lenguaje algo correcto, te llaman «bachillera», dicen que te escuchas a ti misma, que lo quieres saber todo. Si guardas una prudente reserva, ¡qué fatua!, ¡qué orgullosa!; te desdeñas de hablar como no sea con literatos. Si te haces modesta y por no entrar en vanas disputas dejas pasar desapercibidas las cuestiones con que te provocan, ¿en dónde está tu talento?; ni siquiera sabes entretener a la gente con una amena conversación. Si te agrada la sociedad, pretendes lucirte, quieres que se hable de ti, no hay función sin tarasca. Si vives apartada del trato de gentes, es que te haces la interesante, estás loca, tu carácter es atrabiliario e insoportable; pasas el día en deliquios poéticos y la noche contemplando las estrellas, como don Quijote. Las mujeres ponen en relieve hasta el más escondido de tus defectos y los hombres no cesan de decirte siempre que pueden que tina mujer de talento es una verdadera calamidad, que vale más casarse con la burra de Balaam, y que solo una tonta puede hacer la felicidad de un mortal varón.

Sobre todo los que escriben y se tienen por graciosos, no dejan pasar nunca la ocasión de decirte que las mujeres deben dejar la pluma y repasar los

calcetines de sus maridos, si lo tienen, y si no, aunque sean los del criado. Cosa fácil era para algunas abrir el armario y plantarle delante de las narices los zurcidos pacientemente trabajados, para probarle que el escribir algunas páginas no le hace a todas olvidarse de sus quehaceres domésticos, pudiendo añadir que los que tal murmuran saben olvidarse, en cambio, de que no han nacido más que para tragar el pan de cada día y vivir como los parásitos.

Pero es el caso, Eduarda, que los hombres miran a las literatas peor que mirarían al diablo, y este es un nuevo escollo que debes temer tú que no tienes dote. Únicamente alguno de verdadero talento pudiera, estimándote en lo que vales, despreciar necias y aun erradas preocupaciones; pero... ¡ay de ti entonces!, ya nada de cuanto escribes es tuyo, se acabó tu numen, tu marido es el que escribe y tú la que firmas.

Yo, a quien sin duda un mal genio ha querido llevar por el perverso camino de las musas, sé harto bien la senda que en tal peregrinación recorremos. Por lo que a mí respecta, se dice muy corrientemente que mi marido trabaja sin cesar para hacerme inmortal. Verso, prosa, bueno o malo, todo es suyo; pero, sobre todo, lo que les parece menos malo y no hay principiante de poeta ni hombre sesudo que no lo afirme. ¡De tal modo le cargan pecados que no ha cometido! Enfadosa preocupación, penosa tarea, por cierto, la de mi marido que costándole aún trabajo escribir para sí (porque la mayor parte de los poetas son perezosos), tiene que hacer además los libros de su mujer, sin duda con el objeto de que digan que tiene una esposa poetisa (esta palabra ya llegó a hacerme daño) o novelista, es decir, lo peor que puede ser hoy una mujer.

Ello es algo absurdo si bien se reflexiona, y hasta parece oponerse al buen gusto y a la delicadeza de un hombre y de una mujer que no sean absolutamente necios... Pero ¿cómo cree que ella pueda escribir tales cosas? Una mujer a quien ven todos los días, a quien conocen desde niña, a quien han oído hablar, y no andaluz, sino lisa y llanamente como cualquiera, ¿puede discurrir y escribir cosas que a ellos no se les han pasado nunca por las mentes, y eso que han estudiado y saben filosofía, leyes, retórica y poética, etc.? Imposible; no puede creerse a no ser que viniese Dios a decirlo. ¡Si siquiera hubiese nacido en Francia o en Madrid! Pero ¿aquí mismo?... ¡Oh!...

Todo esto que por lo general me importa poco, Eduarda, hay veces, sin embargo, que me ofende y lastima mi amor propio, y he aquí otro nuevo tormento que debes añadir a los ya mencionados.

Pero no creas que para aquí el mal, pues una poetisa o escritora no puede vivir humanamente en paz sobre la tierra, puesto que, además de las agitaciones de su espíritu, tiene las que levantan en torno de ellas cuantos la rodean.

Si te casas con un hombre vulgar, aun cuando él sea el que te atormente y te oprima día y noche, sin dejarte respirar siquiera, tú eres para el mundo quien le maneja, quien le lleva y trae, tú quien le manda; él dice en la visita la lección que tú le has enseñado en casa, y no se atreve a levantar los ojos por miedo a que le riñas y todo esto que redunda en menosprecio de tu marido, no puede menos de herirte mortalmente si tienes sentimientos y dignidad, porque lo primero que debe cuidar una mujer es de que la honra y la dignidad de su esposo rayen siempre tan alto como sea posible. Toda mancha que llega a caer en él cunde hasta ti y hasta tus hijos: es la columna en que te apoyas y no puede vacilar sin que vaciles, ni ser derribada sin que te arrastre en su caída.

He aquí, bosquejada deprisa y a grandes rasgos, la vida de una mujer literata. Lee y reflexiona; espero con ansia tu respuesta.

Tu amiga, Nicanora.

* * *

Paseándome un día por las afueras de la ciudad, hallé una pequeña cartera que contenía esta carta. Parecióme de mi gusto, no por su mérito literario, sino por la intención con que ha sido escrita, y por eso me animé a publicarla. Perdóneme la desconocida autora esta libertad, en virtud de la analogía que existe entre nuestros sentimientos.

La palinodia

EMILIA PARDO BAZÁN (1851-1921)

Una mujer de una fuerza arrolladora que, en una época de un machismo cerrado, fue escritora de éxito, traductora, catedrática y abanderada del feminismo en España. Fue una representante del naturalismo literario, pero con un estilo personal, sin renunciar tampoco a los ecos y leyendas, a veces fantasiosas, de su Galicia natal. Escribió una serie de cuentos históricos y legendarios que fueron apareciendo en diarios y revistas, agrupados en 1902 en el volumen *Cuentos antiguos.*

Palinodia se publicó en la revista *Blanco y Negro* en 1897. No es representativo del estilo costumbrista del norte de Pardo Bazán, que tiene en *Los pazos de Ulloa* su obra de referencia, pero precisamente nos muestra que era una escritora mucho más versátil de lo que creen quienes la sitúan únicamente en el realismo. Es interesante cómo a través de una leyenda fantasiosa en forma de fábula, reivindica, contra el machismo más soez, a Helena de Troya, que lo único que hizo fue enamorarse. La cruenta y larguísima guerra que vino después, es —como aquel anuncio de coñac de los setenta— cosa de hombres.

LA PALINODIA

EMILIA PARDO BAZÁN

El cuento que voy a referir no es mío, ni de nadie, aunque corre impreso; y puedo decir ahora lo que Apuleyo en su *Asno de oro: Fabulam groecanica incipimus:* es el relato de una fábula griega. Pero esa fábula griega, no de las más populares, tiene el sentido profundo y el sabor a miel de todas sus hermanas; es una flor del humano entendimiento, en aquel tiempo feliz en que no se había divorciado la razón y la fantasía, y de su consorcio nacían las alegorías risueñas y los mitos expresivos y arcanos.

Acaeció, pues, que el poeta Estesícoro, pulsando la cuerda de hierro de su lira heptacorde y haciendo antes una libación a las Euménides con agua de pantano en que se habían macerado amargos ajenjos y ponzoñosa cicuta, entonó una sátira desolladora y feroz contra Helena, esposa de Menelao y causa de la guerra de Troya. Describía el vate con una prolijidad de detalles que después imitó en la *Odisea* el divino Homero, las tribulaciones y desventuras acarreadas por la fatal belleza de la Tindárida: los reinos privados de sus reyes, las esposas sin esposos, las doncellas entregadas a la esclavitud, los hijos huérfanos, los guerreros que en el verdor de sus años habían descendido a la región de las sombras, y cuyo cuerpo ensangrentado ni aun lograra los honores de la pira fúnebre; y trazado este

cuadro de desolación, vaciaba el carcaj de sus agudas flechas, acribillando a Helena de invectivas y maldiciones, cubriéndola de ignominia y vergüenza a la faz de Grecia toda.

Con gran asombro de Estesícoro, los griegos, conformes en lamentar la funesta influencia de Helena, no aprobaron, sin embargo, la sátira. Acaso su misma virulencia desagradó a aquel pueblo instintivamente delicado y culto; acaso la piedad que infunde toda mujer habló en favor de la culpable hija de Tíndaro. Su detractor se ganó fama de procaz, lengüilargo y desvergonzado; Helena, algunas simpatías y mucha lástima. En vista de este resultado, Estesícoro, con las orejas gachas, como suele decirse, se encerró en su casa, donde permaneció atacado de misantropía y abrazado a su fea y adusta musa vengadora.

El sueño había cerrado sus párpados una noche, cuando a deshora creyó sentir que una diestra fría y pesada como el mármol se posaba en su mejilla. Despertó sobresaltado y, a la claridad de la estrella que refulgía en la frente de la aparición, reconoció nada menos que al divino Pólux, medio hermano de Helena. Un estremecimiento de terror serpeó por las venas del satírico, que adivinó que Pólux venía a pedirle estrecha cuenta del insulto.

—¿Qué me quieres? —exclamó alarmadísimo.

—Castigarte —declaró Pólux—; pero antes hablemos. Dime por qué has lanzado contra Helena esa sátira insolente; y sé veraz, pues de nada te serviría mentir.

—¡Es cierto! —respondió Estesícoro—. ¡En vano trataría un mortal de esconder a los inmortales lo que lleva en su corazón! Como tú puedes leer en él, sabes de sobra que la indignación por los males que ocasionó tu hermana y el dolor de ver a la patria afligida me dictaron ese canto.

—Porque leo en lo oculto sé que pretendes engañarme —murmuró con desprecio Pólux—. Y sin poseer mi perspicacia divina, los griegos han sabido también conocer tus móviles y tus intenciones. No existe ejemplo, ¡oh, poeta!, de satírico que tenga por musa el bien general: siempre esta hipócrita apariencia oculta miras personales y egoístas. Tú viste la belleza de mi hermana; tú la codiciaste, y no pudiste sufrir que otro cogiese las rosas cuyo aroma te enloquecía.

—Tu hermana ha ultrajado a la santa virtud —declaró enfáticamente Estesícoro.

—Mi hermana no recibió de los dioses el encargo de representar la virtud, sino la hermosura —replicó Pólux, enojado—. Si hubiese un mortal en quien se encarnasen a un mismo tiempo la virtud, la hermosura y la sabiduría, ese sería igual a los inmortales. ¿Qué digo? Sería igual al mismo Jove, padre de los dioses y los hombres; porque entre los demás que se nutren de la ambrosía, los hay, como la sacra Venus, en quienes solo se cifra la belleza, y otros, como la blanca Diana, en quienes se diviniza la castidad. Si tanto te reconcomía el deseo de zaherir a los malos, debiste hacer blanco de tu sátira a algunas de las infinitas mujeres que en Grecia, sin poder alardear de la integridad y pureza de Diana, carecen de las gracias y atractivos de Venus. La hermosura merece veneración; la hermosura ha tenido y tendrá siempre altares entre nosotros; por la hermosura, Grecia será celebrada en los venideros siglos. Ya que has perdido el respeto a la hermosura, pierde el uso de los sentidos, que no sirven para recrearte en ella por la contemplación estética.

Y vibrando un rayo del astro resplandeciente que coronaba su cabeza, Pólux reventó el ojo derecho de Estesícoro. Aún no se había extinguido el ¡ay! que arrancó al poeta el agudo dolor, y apenas había desaparecido Pólux, cuando apareció el otro Dióscuro, Cástor, medio hermano también de Helena, hijo de Leda y del sagrado cisne; y pronunciando palabras de reprobación contra el ofensor de su hermana, con una chispa desprendida de la estrella que lucía sobre sus cabellos, quemó el ojo izquierdo del satírico, dejándole ciego. Alboreó poco después el día, mas no para el malaventurado Estesícoro, sepultado en eterna y negra noche. Levantándose como pudo, buscó a tientas un báculo, y pidiendo por compasión a los que cruzaban la calle que le guiasen, fue a llamar a la puerta de su amigo el filósofo Artemidoro, y derramando un torrente de lágrimas, se arrojó en sus brazos, clamando, entre gemidos desgarradores:

—¡Oh, Artemidoro! ¡Desdichado de mí! ¡Ya no la veré más! ¡Ya no volveré a disfrutar de su dulce vista!

—¿A quién dices que no verás más? —interrogó sorprendido el filósofo.

—¡A Helena, a Helena, la más hermosa de las mujeres! —gritó el satírico llorando a moco y baba.

—¿A Helena? ¿Pues no la has rebajado tú en tus versos? —pronunció Artemidoro, más atónito cada vez—. ¿No la has estigmatizado y flagelado en una sátira quemante?

—¡Ay! ¡Por lo mismo! —sollozó Estesícoro, dejándose caer al suelo y revolcándose en él—. Ahora comprendo que mi sátira era un himno a su hermosura... un himno vuelto del revés, pero al fin un himno. Los celestes gemelos me han castigado privándome de la vista, y las tinieblas en que he de vivir son más densas, porque no veré a la encarnación humana de la forma divina, al ideal realizado en la tierra.

—No te aflijas y espera —dijo Artemidoro—; tal vez consiga yo salvarte.

Cuando la incomparable Helena supo de Artemidoro que su detractor Estesícoro solo lamentaba estar ciego por no poder admirar sus hechizos, sonrió, halagada la insaciable vanidad femenil, y murmuró con deliciosa coquetería:

—Realmente, Artemidoro, ese vate es un infeliz, un ser inofensivo; nadie le hace caso en Grecia y yo, menos que nadie. No merece tanto rigor y tanta desventura. Anúnciale que voy a sanarle los ojos.

Y tomando en sus manos ebúrneas una copa llena de agua de la fuente Castalia, bañó con su linfa las pupilas hueras del satírico, que al punto recobró la luz. Como el primer objeto que vio fue Helena, se arrodilló transportado prorrumpiendo en una oda sublime de gratitud y arrepentimiento, que se llamó Palinodia.

Y va de cuento

MIGUEL DE UNAMUNO (1864-1936)

Unamuno es un intelectual singular que alternó la rotundidad de su pensamiento con sus dudas interminables, que le hicieron zigzaguear hasta su muerte: estuvo en política con los conservadores y con los socialistas, apoyó el levantamiento de Franco y, a las pocas semanas, lo condenó.

Al igual que a otros autores de la llamada generación del 98 (como Azorín o Pío Baroja) le gustaba mucho la fuerza del relato corto. Los suyos suelen ser historias que encierran ideas o parábolas en las que aflora su faceta de filósofo. Lo cual no quiere decir que estuvieran exentos de ironía. Es el caso de *Y va de cuento* (publicado en el volumen *El espejo de la muerte,* de 1913). Se pone de manifiesto que el debate sobre literatura pura o literatura de entretenimiento estaba ya en ebullición: lamenta que para escribir un cuento que los editores consideren interesante haya que echar mano de mucha intriga, el «Y ahora, ¿qué vendrá?» o el «¿Cómo acabará esto?».

Y VA DE CUENTO

MIGUEL DE UNAMUNO

A Miguel, el héroe de mi cuento, habíanle pedido uno. ¿Héroe? ¡Héroe, sí! ¿Y por qué? —preguntará el lector—. Pues primero, porque casi todos los protagonistas de los cuentos y de los poemas deben ser héroes, y ello por definición. ¿Por definición? ¡Sí! Y si no, veámoslo.

P.— ¿Qué es un héroe?

R.— Uno que da ocasión a que se pueda escribir sobre él un poema épico, un epinicio, un epitafio, un cuento, un epigrama, o siquiera una gacetilla o una mera frase.

Aquiles es héroe porque le hizo tal Homero, o quien fuese, al componer la *Ilíada*. Somos, pues, los escritores —¡oh, noble sacerdocio!— los que para nuestro uso y satisfacción hacemos los héroes, y no habría heroísmo si no hubiese literatura. Eso de los héroes ignorados es una mandanga para consuelo de simples. ¡Ser héroe es ser cantado!

Y, además, era héroe el Miguel de mi cuento porque le habían pedido uno. Aquel a quien se le pida un cuento es, por el hecho mismo de pedírselo, un héroe, y el que se lo pide es otro héroe. Héroes los dos. Era, pues, héroe mi Miguel, a quien le pidió Emilio un cuento, y era héroe mi Emilio, que pidió el cuento a Miguel. Y así va avanzando este que escribo. Es decir, burla, burlando, van los dos delante.

Y mi héroe, delante de las blancas y agarbanzadas cuartillas, fijos en ellas los ojos, la cabeza entre las palmas de las manos y de codos sobre la mesilla de trabajo —y con esta descripción me parece que el lector estará viéndole mucho mejor que si viniese ilustrado esto—, se decía: «Y bien, ¿sobre qué escribo ahora yo el cuento que se me pide? ¡Ahí es nada, escribir un cuento quien, como yo, no es cuentista de profesión! Porque hay el novelista que escribe novelas, una, dos, tres o más al año, y el hombre que las escribe cuando ellas le vienen de suyo. ¡Y yo no soy un cuentista!...».

Y no, el Miguel de mi cuento no era un cuentista. Cuando por acaso los hacía, sacábalos, o de algo que, visto u oído, habíale herido la imaginación, o de lo más profundo de sus entrañas. Y esto de sacar cuentos de lo hondo de las entrañas, esto de convertir en literatura las más íntimas tormentas del espíritu, los más espirituales dolores de la mente, ¡oh, en cuanto a esto!... En cuanto a esto, han dicho tanto ya los poetas líricos de todos los tiempos y países, que nos queda ya muy poco por decir.

Y luego los cuentos de mi héroe tenían para el común de los lectores de cuentos —los cuales forman una clase especial dentro de la general de los lectores— un gravísimo inconveniente, cual es el de que en ellos no había argumento, lo que se llama argumento. Daba mucha más importancia a las perlas que no al hilo en que van ensartadas, y para el lector de cuentos lo importante es la hilación, así, con hache, y no ilación, sin ella, como nos empeñamos en escribir los más o menos latinistas que hemos dado en la flor de pensar y enseñar que ese vocablo deriva de *infero, fers, intuli, illatum.* (No olviden ustedes que soy catedrático, y de yo serlo comen mis hijos, aunque alguna vez merienden de un cuento perdido.)

Y estoy a la mitad de otro cuarteto.

Para el héroe de mi cuento, el cuento no es sino un pretexto para observaciones más o menos ingeniosas, rasgos de fantasía, paradojas, etc., etc. Y esto, francamente, es rebajar la dignidad del cuento, que tiene un valor sustantivo —creo que se dice así— en sí mismo y por sí mismo. Miguel no creía que lo importante era el interés de la narración y que el lector se fuese

diciendo para sí mismo en cada momento de ella: «Y ahora, ¿qué vendrá?», o bien: «¿Y cómo acabará esto?». Sabía, además, que hay quien empieza una de esas novelas enormemente interesantes, va a ver en las últimas páginas el desenlace y ya no lee más.

Por lo cual creía que una buena novela no debe tener desenlace, como no lo tiene, de ordinario, la vida. O debe tener dos o más, expuestos a dos o más columnas, y que el lector escoja entre ellos el que más le agrade. Lo que es soberanamente arbitrario. Y mi este Miguel era de lo más arbitrario que darse puede.

En un buen cuento, lo más importante son las situaciones y las transiciones. Sobre todo estas últimas. ¡Las transiciones, oh! Y respecto a aquellas, es lo que decía el famoso melodramaturgo d'Ennery: «En un drama (y quien dice drama dice cuento), lo importante son las situaciones; componga usted una situación patética y emocionante, e importa poco lo que en ella digan los personajes, porque el público, cuando llora, no oye». ¡Qué profunda observación esta de que el público, cuando llora, no oye! Uno que había sido apuntador del gran actor Antonio Vico me decía que, representando este una vez *La muerte civil,* cuando entre dos sillas hacía que se moría, y las señoras le miraban con los gemelos para taparse con ellos las lágrimas y los caballeros hacían que se sonaban para enjugárselas, el gran Vico, entre hipíos estertóricos y en frases entrecortadas de agonía, estaba dando a él, al apuntador, unos encargos para contaduría. ¡Lo que tiene el saber hacer llorar!

Sí; el que en un cuento, como en un drama, sabe hacer llorar o reír, puede en él decir lo que se le antoje. El público, cuando llora o cuando se ríe no se entera. Y el héroe de mi cuento tenía la perniciosa y petulante manía de que el público —¡su público, claro está!— se enterase de lo que él escribía. ¡Habrase visto pretensión semejante!

Permítame el lector que interrumpa un momento el hilo de la narración de mi cuento, faltando al precepto literario de la impersonalidad del cuentista (véase la *Correspondance* de Flaubert, en cualquiera de sus cinco volúmenes *Œuvres completes,* París, Louis Conard, libraire—éditeur, MDCCCXX), para protestar de esa pretensión ridícula del héroe de mi cuento de que su público se interesa de lo que él escribía. ¿Es que no sabía que las

más de las personas leen para no enterarse? ¡Harto tiene cada uno con sus propias penas y sus propios pesares y cavilaciones para que vengan metiéndole otros! Cuando yo, a la mañana, a la hora del chocolate, tomo el periódico del día, es para distraerme, para pasar el rato. Y sabido es el aforismo de aquel sabio granadino: «La cuestión es pasar el rato»; a lo que otro sabio, bilbaíno este, y que soy yo, añadió: «Pero sin adquirir compromisos serios». Y no hay modo menos comprometedor de pasar el rato que leer el periódico. Y si cojo una novela o un cuento no es para que de reflejo suscite mis hondas preocupaciones y mis penas, sino para que me distraiga de ellas. Y por eso no me entero de lo que leo, y hasta leo para no enterarme...

Pero el héroe de mi cuento era un petulante que quería escribir para que se enterasen, y, es natural, así no puede ser, no le resultaba cuanto escribía sino paradojas.

¿Que qué es esto de una paradoja? ¡Ah!, yo no lo sé, pero tampoco lo saben los que hablan de ellas con cierto desdén, más o menos fingido; pero nos entendemos, y basta. Y precisamente el chiste de la paradoja, como el del humorismo, estriba en que apenas hay quien hable de ellos y sepan lo que son. La cuestión es pasar el rato, sí, pero sin adquirir compromisos serios; y ¿qué serio compromiso se adquiere tildando a algo de paradoja, sin saber lo que ella sea, o tachándolo de humorístico?

Yo, que, como el héroe de mi cuento, soy también héroe y catedrático de griego, sé lo que etimológicamente quiere decir eso de paradoja: de la preposición *para,* que indica lateralidad, lo que va de lado o se desvía, y *doxa, opinión,* y sé que entre paradoja y herejía apenas hay diferencia; pero...

Pero ¿qué tiene que ver todo esto con el cuento? Volvamos, pues, a él.

Dejamos a nuestro héroe —empezando siéndolo mío y ya es tuyo, lector amigo, y mío; esto es, nuestro— de codos sobre la mesa, con los ojos fijos en las blancas cuartillas, etc. (véase la precedente descripción) y diciéndose: «Y bien, ¿sobre qué escribo yo ahora?...».

Esto de ponerse a escribir, no precisamente porque se haya encontrado asunto, sino para encontrarlo, es una de las necesidades más terribles a que se ven expuestos los escritores fabricantes de héroes, y héroes, por lo tanto, ellos mismos. Porque, ¿cuál, sino el de hacer héroes, el de cantarlos, es el supremo heroísmo? Como no sea que el héroe haga a su hacedor, opinión que mantengo muy brillante y profundamente en mi *Vida de don Quijote y Sancho, según Miguel de Cervantes Saavedra,* Madrid, librería de Fernando Fe, 1905[1] —y sirva esto, de paso, como anuncio—, obra en que sostengo que fue don Quijote el que hizo a Cervantes y no este a aquel. ¿Y a mí quién me ha hecho, pues? En este caso, no cabe duda que el héroe de mi cuento. Sí, yo no soy sino una fantasía del héroe de mi cuento.

¿Seguimos? Por mí, lector amigo, hasta que usted quiera; pero me temo que esto se convierta en el cuento de nunca acabar. Y así es el de la vida... Aunque, ¡no!, ¡no!, el de la vida se acaba.

Aquí sería buena ocasión, con este pretexto, de disertar sobre la brevedad de esta vida perecedera y la vanidad de sus dichas, lo cual daría a este cuento un cierto carácter moralizador que lo elevara sobre el nivel de esos otros cuentos vulgares que solo tiran a divertir. Porque el arte debe ser edificante. Voy, por lo tanto, a acabar con una moraleja. Todo se acaba en este mundo miserable: hasta los cuentos y la paciencia de los lectores. No sé, pues, abusar.

Tesoro extraído de una novela

RAIMON CASELLAS (1855-1910)

Casellas es uno de los representantes destacados del modernismo en lengua catalana. Fue amigo de Ramón Casas y Santiago Rusiñol, con los que viajó a París y destacó como crítico literario y crítico de arte. Escribió una sola novela *(Els sots ferèstecs)* pero muchos relatos. Este *Tesoro extraído de una novela* se publicó en 1895, en la etapa más risueña de Casellas.

Resulta de lo más ingeniosa la defensa que hace de la literatura, no solo como placer y alimento del alma, sino también como fuente de riqueza. Mucho podemos entender sobre las maneras de ver las relaciones entre Cataluña y el resto de España de los catalanistas conservadores en este texto que, aunque puramente literario, no deja de tener también esas derivadas interesantes. Casellas estuvo comprometido con las Lliga Regionalista de Enric Prat de la Riba y llegó a ser redactor jefe de su diario, *La Veu de Catalunya*.

TESORO EXTRAÍDO DE UNA NOVELA

RAIMON CASELLAS

Cuando el joven historiador Marc Palau llegó a la peña a las diez y media, muchos de los presentes le preguntaron por su tío, el millonario Pere Serra, apodado *Serra de les unces* que, según contaban los diarios, estaba enfermo de gravedad.

—Los médicos han pronosticado que no durará más de ocho días —respondió.

—Entonces, prepárate para heredar —comentó un concurrente.

—No creas. Mi pobre tío, digo, mi rico tío, me ha tenido siempre pocas simpatías para dejarme catar sus millones. A sus ojos tengo una tara demasiado grande para que un hombre como él me la pueda perdonar.

—Una tara... ¿qué tara?

—Sí, la tara de ser un *intelectual,* como nos titulamos nosotros mismos, modestamente. Los hombres que han salido de la nada, que se han abierto paso a trompicones hasta llegar a hacerse ricos, angustiados como están siempre por la lucha del negocio, por lo general, miran con cierto rencor a los contemplativos que malversan la vida entretenidos en soñar o desentrañar cosas que no generan ningún beneficio palpable, ningún beneficio de los que se pueda hacer un asiento en los libros de contabilidad. Mi tío

siempre dice que, sabiendo entender las partidas del libro de contabilidad, no hacen falta más lecciones de lectura y que, respecto a escribir, ya hay bastante cuando se sabe poner la firma en un recibo.

»Siempre me acordaré de la graciosa escena que sucedió en casa un día que vino, cuando se casó mi hermana. Lo hicieron entrar en mi estudio, no sé por qué, y en cuanto vio la librería, adoptó un aire cómicamente severo, una actitud agridulce de indignación, como si de repente se imaginara los dineros malgastados que representaba la biblioteca y el tiempo perdido que suponía la lectura de tanto papel. Después de recorrer con la vista las paredes cubiertas de volúmenes, me clavó la mirada con la misma severidad que si me hubiera pillado *in fraganti* en una escena de desenfreno.

»"¿Y para qué quieres todos estos libros?", me preguntó serio y solemne como un juez.

»¿Queréis creer que no supe qué decir? A un hombre como aquel, que ni tiempo había tenido de niño de pasar del libro escolar de aprender a leer, no le iba a ir a contar que de aquellos volúmenes sacaba, por ejemplo, el *Estudio Social de los agricultores de remensa en Cataluña,* que era el asunto que entonces me tenía absorto. El hombre no me habría entendido y tal vez hubiera creído que me mofaba. Así que le respondí: "¿Con estos libros? Me entretengo".

»Entonces mi tío estuvo un largo rato contemplándome con lástima, con profunda lástima, con una lástima en la que, más que piedad, había desprecio, tal vez incluso odio, el odio del hombre luchador que, habiendo tenido que bregar toda la vida para conseguir un triunfo siempre discutido, siempre disputado, se indignaba contra quien creía que estaba disfrutando tranquilamente de la existencia, acurrucado en la satisfacción que proporciona el gozo egoísta y solitario de la intelectualidad. Pero, finalmente se le pasó la indignación y triunfó la ironía... porque mostrando una media risita, ¿sabéis qué terminó diciéndome? Pues acabó por decir: "¡Seguro que entre todos estos libros no debe haber ni uno que enseñe cómo se ha de hacer para ganar una peseta!".

Al escuchar esa ocurrencia utilitarista, todos los de la peña estallaron en unas risas.

—¡Y tenía razón, el hombre! —exclamó uno.

—¡Claro que sí! —dijeron otros.

—Las letras no son alimento para el cuerpo...

—¡Las letras son para el alma!

Y mientras todos estaban de acuerdo en que, enfocado desde el punto de vista utilitario en que lo miraba el tío Serra, era una verdad monumental que la literatura, tanto sea histórica como imaginaria, ningún provecho inmediato y tangible puede llegar a producir, se levantó un señor de entre la concurrencia, diciendo con vivacidad y aplomo:

—Pues para mí, todo eso es falso y no hay concepto más equivocado que el que aquí se sostiene. Como mínimo, yo lo puedo decir exactamente al revés, basándome en mi historia.

Todo el mundo se quedó un poco extrañado ante esa interrupción fogosa. Pau Torres, que con tanta energía contradecía la opinión general, era tenido por un hombre rico; si no millonario como el tío Serra, amo y señor de una fortuna muy respetable. Se le conocían posesiones en Andalucía, fincas en Barcelona y en el Ampurdán y se rumoreaba que era el alma y el brazo de todas ellas. Resultaba ciertamente extraño que replicase con tal viveza un hombre que generalmente se mostraba frío y serio, más amigo de los hechos que de las palabras. Se notaba claramente que aquel asunto le había tocado de lleno. Por eso todas las caras se giraron con curiosidad hacia aquel sujeto robusto, desenvuelto y enérgico, como esperando una explicación.

Entonces, Pau Torres continuó:

—Sí, mi historia es la más completa negación de que la literatura, incluso aquella que denominamos «amena», no pueda ser para sus devotos una fuente de riqueza material. Para demostrarlo, voy a contar ahora lo que nunca he contado antes a nadie... y es que mi fortuna y mi posición se las debo a la lectura de un libro, y no creáis que se trata de un libro científico, que eso no constituiría ninguna rareza, sino de imaginación, una novela famosa, conocida por todo el mundo.

El auditorio estaba en suspenso, expectante.

—¡La cosa promete ser interesante! —exclamaban unos.

—¡Que se revele ese prodigio! —pedían otros.

—¡Rogamos que la historia se cuente! —insistían los demás.

—Lo contaré —respondió el interpelado—. La mayoría de los de aquí saben perfectamente que soy del Ampurdán, hijo de una casa de Sant Feliu dedicada al comercio del corcho desde hace un montón de generaciones. Los tapones y las panas de corcho son en mi familia una tradición casi nobiliaria transmitida de padres a hijos. Sin embargo, yo no era el primogénito, era el tercero de los hermanos, un segundón, y aunque en casa nunca me habría faltado de nada y, en caso de morir mi padre me habría podido asociar con mi hermano mayor con lo que me hubiera tocado de la legítima, ¿que os voy a decir? Creo que no me habría acostumbrado a ir pasando, eternamente apoltronado en casa y supeditado siempre al hermano mayor.

»Prefería ser independiente y vivir libremente por mi propia cuenta. Tenía ambición y quería hacer las cosas a mi manera. ¿Por qué razón no podía independizarme, como se habían independizado tantos otros segundones de buena familia de por allí, dedicados todos al negocio del corcho? Uno había conseguido establecer en Londres la representación de algunas casas ampurdanesas; otro había ido de comisionista de tacos de corcho a Francia; un íntimo amigo mío dirigía unas explotaciones de corcho en Portugal. ¿Por qué no había yo de hacer como ellos si me sentía con espíritu emprendedor y ganas de trabajar? Pero ¿qué haría, qué tecla podría tocar que, dando rienda suelta a mis iniciativas, concordase con mis conocimientos adquiridos sobre la industria de casa?

»En semejantes cavilaciones andaba metido cuando, un día, estando en casa leyendo, me hicieron dar un salto de emoción ciertos capítulos del libro que tenía entre las manos. Eran los capítulos que, con el tiempo, habían de hacerme rico. Muchos de los que me escuchan ya saben que yo he compaginado siempre las obligaciones del negocio con la afición literaria y que incluso, ¡Dios me perdone!, he hecho mis propias tentativas en verso y en prosa. Así que mil veces había yo leído aquel libro que tanta impresión me causaba como si fuera una revelación repentina, pero nunca en la vida me había impactado como en aquellos instantes. En medio de la emoción que me embargaba llegué a exclamar: “¡La he encontrado! ¡He encontrado la piedra filosofal!”.

»¿Y no sabéis lo que había en esos capítulos que tanto me agitaban el espíritu? Estaba la descripción de un terreno inmenso, roto, abrupto, casi inaccesible, poblado de bosques centenarios de alcornocales vírgenes que la mano del hombre no había descorchado todavía. Ya estaba decidido, mi suerte lo quería. Había un país inexplorado que me ofrecía sus tesoros forestales... y yo tenía que ser el Colón de aquel mundo por descubrir.

»Llamé a mi padre y, en pocas palabras, lo puse al corriente de mi hallazgo y de mis planes. De entrada, me miró con desconfianza, como si tuviera miedo de que me hubiera vuelto loco. Pero le enseñé el libro, le expliqué mis razones y le expuse mis argumentos y, al final, aquel hombre que tenía una gran intuición de las cosas y una fe ciega en mi espíritu de iniciativa acabó por interesarse vivamente en mis proyectos. Me dio dinero para un viaje de exploración y salí de Cataluña hacia el país salvaje y virgen, tan bien descrito en el libro.

—Vale, ¿pero cuál es ese libro misterioso que revela en nuestros días países ignorados llenos de tesoros desconocidos para todo el mundo? —interrumpió uno de los oyentes.

—Pido un compás de espera. Todo se sabrá —replicó serenamente el ampurdanés, como si encontrara una íntima delectación en la excitada curiosidad de los presentes—. Al cabo de tres meses y medio o cuatro, volvía a estar de vuelta en el Ampurdán y mi padre salía a recibirme.

»“Padre, lo del libro es todo verdad. He visto ese mundo agreste repleto de encinas retratado en la novela y el cuadro no podía ser más exacto de principio a fin. Es imposible encontrar en otra parte unas montañas más ricas y una población más pobre. En medio de aquella riqueza por explotar, vive la gente más miserable de la tierra. Antes prefieren morir de hambre que sacar provecho de aquellos inmensos alcornocales, espesos, impenetrables y enmarañados como si nunca nadie hubiera puesto el pie allí. Los propietarios los tienen abandonados desde siempre, por su natural dejadez y por miedo a los bandoleros que infestan el país. Por un pedazo de pan se pueden adquirir extensiones inacabables de terreno en ese mundo desconocido cubierto de un boscaje inextricable. Yo voy a

ir allí, padre, voy a ir a hacerme con ellos. Con una docena de hombres resueltos que me llevaré de aquí, impondré respeto a los bandoleros, limpiaré aquellos bosques y con la primera pelada que se haga en los alcornoques habrá suficiente para pagar las tierras que haya comprado." Y el programa se cumplió al pie de la letra, y desde hace veintiún años soy dueño y señor de una gran parte de aquel inmenso territorio que un libro me descubrió.

—¿Y aún no se puede saber de qué libro se trata? —exclamó uno de la peña desesperado.

—¿No he dicho que era la novela más famosa del mundo? Pues si se trata de la novela más famosa, ¡qué otra puede ser sino *El Quijote*?

—*¿El Quijote?* —estallaron todos.

—Sí, *Don Quijote de la Mancha.* ¿No tenéis presentes aquellos capítulos de la primera parte —yo los sé de memoria, línea por línea— en que el caballero de la triste figura, después de liberar a los galeotes y de verse maltratado, apedreado y robado por aquellos ladrones y bandoleros, se adentra con Sancho en la espesura de Sierra Morena? ¿No os acordáis de la descripción de aquellas peñas, de aquellas montañas, de aquellas espesas soledades, de aquel lugar sombrío «pocas o ningunas veces pisados sino de pies de cabras o lobos», ni de aquellas sierras ásperas y escondidas «sin senda ni camino donde si entráis media legua más adentro quizá no acertaréis a salir»? ¿Habéis olvidado aquellos «alcornoques» descomunales que pueblan las montañas, entre los cuales los hay tan «gruesos y valientes» que un hombre se puede esconder en el tronco vacío?

»Pues ese salvaje y montaraz país es el que me he hecho mío. Y podéis creer que la cosa me ha costado un poco. Como en España desde los tiempos heroicos de Don Quijote nada se ha innovado enteramente, ni en las personas, ni en las cosas, ni en la naturaleza ni en los habitantes, yo encontré aquella Sierra Morena tal como Cervantes la pintó, no solo con sus zonas boscosas vírgenes y sus alcornocales colosales, sino con toda su pintoresca comparsa de ladrones y bandoleros. Confieso que esos señores eran un peligro nada despreciable. El país los consideraba como dominadores tradicionales y agachaba la cabeza para satisfacer puntualmente las contribuciones que les imponían.

»Yo no me dejé acobardar y, al frente de mis chicos ampurdaneses, llegué a atemorizar a los propios bandoleros. Un día, al principio de nuestra estancia, vinieron a exigirme el secular tributo, pero los recibimos con las cabinas encaradas y que bastante teníamos ya con pagar la contribución del Gobierno de España como para pagar otra a los ladronzuelos. Desde aquel momento todo fue una balsa de aceite. La tranquilidad se abrió paso y hasta volvieron a establecerse en las fincas abandonadas algunos propietarios que se habían ido lejos por miedo a los malhechores. Nosotros enseñamos cómo trabajar a los hijos del país... todo lo que puede enseñarse a esa gente, que es la más perezosa de la tierra. Y sí, para terminar he de deciros la verdad, os confiaré que he sentido a veces cierto orgullo de que haya sido un catalán el que, además de hacer su propia fortuna y asegurar el futuro de sus hijos, ha llevado a esas tierras un poco de civilización y prosperidad.

—Como catalán había de ser —recalcó el historiador— el que supiera sacar en nuestros días provecho positivo de la obra literaria más ensalzada que ha producido el ingenio de los castellanos.

Best seller

O. Henry (William Sydney Porter, 1862-1910)

Porter no tuvo una vida fácil. Pertenece a ese grupo, asombrosamente numeroso, de escritores que en vez de pasar por un taller de escritura pasaron por la cárcel. Fue encerrado acusado de desfalco en el banco donde había empezado a trabajar y es en prisión donde empieza a escribir cuentos para conseguir algún dinero extra con el teletrabajo. Al salir de la cárcel decidió firmar como O. Henry (en honor a un gato de un amigo). Se trasladó a Nueva York y, pese a su ritmo estajanovista de publicar relatos en las revistas, nunca consiguió llevar una vida desahogada, en parte porque su minuta de la licorería era muy elevada y le acabaría pasando una factura terrible en forma de cirrosis.

El costumbrismo de los relatos de O. Henry siempre tiene unas dosis de ironía que lo salpimientan. Aquí hace su propia reflexión sobre los denostados *best sellers,* que ya eran mirados con desdén más de cien años atrás. El protagonista, un vendedor curtido en el pragmatismo de la vida, no está dispuesto a tragarse todas esas ridículas historias de americanos medio palurdos que enamoran a bellas aristócratas europeas.

BEST SELLER

O. Henry

El verano pasado fui un día a Pittsburgh... bueno, tuve que ir allí por negocios.

Mi vagón de primera clase estaba rentablemente lleno del tipo de personas que uno suele encontrarse en los vagones de primera clase. La mayor parte de ellas eran mujeres con vestidos de seda de color marrón con canesús cuadrados, con inserciones de encaje y velos punteados, que se negaban a que abrieran las ventanas. Luego estaba el número habitual de hombres con pinta de poder desempeñar casi cualquier negocio y de dirigirse hacia casi cualquier lugar. Hay, entre los estudiosos de la naturaleza humana, quien puede mirar a un hombre en un vagón de primera clase y decirte de dónde procede, su ocupación y cuáles han sido las estaciones de su vida, ya en presencia de la bandera, ya las de carácter privado. Pero yo nunca he sido capaz. La única manera en que puedo juzgar correctamente a un compañero dc viajc cs si unos ladrones atracan el tren a punta de pistola, o si él hace ademán de tomar al mismo tiempo que yo la última toallita del vestidor del coche cama.

Vino un mozo y, al pasar el cepillo por el hollín que se había acumulado en el alféizar de la ventana, me manchó la rodilla izquierda de los pantalones.

Me los limpié dirigiéndole una expresión de desagravio. La temperatura era de treinta y un grados. Una de las señoras con velo punteado exigió que cerraran otros dos respiradores, y dijo algo en voz alta acerca de Interlaken. Yo me recosté tranquilamente en el asiento número 7 y observé con la menos entusiasta de las curiosidades la pequeña cabeza negra salpicada de calvas que asomaba apenas sobre el asiento número 9.

De repente, número 9 dejó caer un libro al suelo, entre su asiento y la ventana, y al fijarme vi que se trataba de *Trevelyan y la dama de las rosas,* una de las novelas más vendidas de aquel momento. Y a continuación el crítico o filisteo, fuera lo que fuese, hizo girar su asiento hacia la ventana y reconocí de inmediato en él a John A. Pescud, de Pittsburgh, viajante de comercio de una empresa que fabricaba vidrieras... un viejo conocido al que no había visto en dos años.

A los dos minutos ya estábamos el uno frente al otro, nos habíamos dado la mano y habíamos agotado temas tales como la lluvia y nuestra prosperidad, salud, residencia y destinación. Lo siguiente podría haber sido la política, pero no tuve tan mala fortuna.

Me gustaría que conocierais a John A. Pescud, un tipo hecho de una pasta que los héroes a menudo no tienen la suerte de exhibir. Es un hombre pequeño de sonrisa amplia, con una mirada que parece permanecer clavada en esa manchita roja que tiene en la punta de la nariz. Nunca le vi llevar más que un tipo de corbata, y cree en los gemelos y en los zapatos de botón. Es tan duro y auténtico como cualquier objeto que haya salido de la planta siderúrgica de Cambria y cree que, en cuanto Pittsburgh haga obligatorio el uso de fumívoros, San Pedro bajará a sentarse al pie de la calle Smithsfield y dejará que algún otro se encargue de atender la puerta allá arriba, en la sucursal divina. Considera que «nuestras» vidrieras son la mercancía más importante del mundo, y que cuando un hombre se encuentra en su ciudad natal debe comportarse con decencia y ser respetuoso con la ley.

Durante la etapa en la que tuve trato con él en la Ciudad de la Noche Diurna nunca llegué a conocer sus opiniones sobre la vida, el amor, la literatura y la ética. En el transcurso de nuestros encuentros explorábamos temas locales, y nos separábamos después de un Chateau Margaux, un estofado irlandés, unos *pancakes,* un pastel de crema y un café (¡eh, ojo! con la leche aparte). Me dispuse a recibir más ideas de su parte. En términos informativos, me contó que el negocio había remontado desde las convenciones políticas y que se iba a bajar en Coketown.

II

—Dime —dijo Pescud, sacudiendo el libro que había desechado con la punta del zapato derecho—, ¿alguna vez has leído uno de estos *best seller*? Me refiero al tipo de libros donde el héroe es un norteamericano fabuloso (a veces hasta procede de Chicago) que se enamora de una princesa de la realeza europea que viaja bajo seudónimo, y la sigue hasta el reino o el principado de su padre. Supongo que sí. Son todos iguales. A veces, el donjuán viajero es corresponsal de un periódico de Washington, y a veces es un Van Algo de Nueva York, o un corredor de bolsa de Chicago especializado en trigo y con una cartera de valores de cincuenta millones. Pero siempre se muestra dispuesto a asaltar las casillas cercanas al rey de cualquier país extranjero que haya enviado a sus reinas y princesas a probar los nuevos asientos afelpados de los Cuatro Grandes[1] o de la B&O.[2] En el libro no parece haber ninguna otra razón para que estén allí.

»Bueno, como he dicho, el tipo sigue a la calientasillas real hasta su hogar y allí descubre quién es. Se encuentra con ella en el *corso* o la *strasse* una tarde y nos regala diez páginas de conversación. Ella le recuerda la diferencia de posición social que existe entre ambos y eso le concede a él la oportunidad de colar tres páginas seguidas sobre los soberanos sin corona de Estados Unidos. Si tomaras sus observaciones y les añadieras música, y a continuación les quitaras esa música, sonarían exactamente igual que una canción de George Cohan.

»Bueno, ya sabes cómo sigue, si es que has leído alguna de estas novelas... se libra a bofetadas como si nada de los guardaespaldas suizos del rey

1 Nombre con el que se conocía a la compañía ferroviaria que operaba entre las ciudades de Cleveland, Cincinnati, Chicago y Saint Louis (N. del T.).

2 La Baltimore and Ohio Railroad, la línea de ferrocarril más antigua de Estados Unidos (N. del T.).

cada vez que se cruzan en su camino. Además, es un gran esgrimista. He conocido a algunos infames navajeros procedentes de Chicago, pero nunca he oído hablar de un esgrimista que hubiera salido de allí. Se planta en el primer descansillo de la escalera regia del Castillo Schutzenfestenstein con una reluciente espada ropera en la mano, y te monta un asado de Baltimore con los seis pelotones de traidores que habían venido a masacrar al rey de antes. Y entonces tiene que batirse en duelo con un par de cancilleres y frustrar el complot de cuatro archiduques austriacos para apoderarse del país por una gasolinera.

»Pero la escena principal tiene lugar cuando el conde Feodor, su rival por la mano de la princesa, le ataca entre la verja levadiza y la capilla en ruinas armado con una ametralladora, un yatagán y un par de sabuesos siberianos. Esta escena es la que hace que el *best seller* llegue a la vigésimo novena edición antes de que el editor haya tenido tiempo de firmar el cheque por el avance de los derechos de autor.

»El héroe americano se desprende del abrigo y lo arroja sobre las cabezas de los sabuesos, le da una bofetada a la ametralladora con su mitón, le dice "¡ya!" al yatagán y aterriza al mejor estilo Kid McCoy sobre el ojo izquierdo del conde. Por supuesto, ahí mismo nos encontramos con una simpática pequeña pelea por el título. El conde (a fin de que la cosa resulte posible) parece ser también un experto en el arte de la autodefensa, y ahí tenemos el combate Corbett-Sullivan hecho literatura. El libro termina con el corredor de bolsa y la princesa componiendo una portada a lo John Cecil Clay bajo los tilos del paseo de la Gorgonzola. Eso da por terminada la historia de amor de manera muy digna. Pero me doy cuenta de que la obra esquiva la cuestión final. Incluso un *best seller* tiene el sentido común suficiente como para cohibirse a la hora de mostrar al corredor de cereales de Chicago en el trono de Lobsterpotsdam, o para traerse a una princesa de verdad a comer pescado y ensalada de patatas en un chalet italiano de la avenida Michigan. ¿Qué piensas sobre el tema?

—Bueno —dije—, apenas puedo saberlo, John. Hay un dicho: «El amor todo lo iguala», ya sabes.

—Sí —dijo Pescud—, pero en este tipo de historias de amor la igualdad es muy justita. Aunque me dedique al negocio de las vidrieras, algo sé de literatura. Estos libros son malos y aun así nunca me subo a un tren sin llevarlos a montones. Nada bueno puede surgir de un achuchón internacional entre la aristocracia del Viejo Mundo y el descaro de un americano. Cuando la gente se casa en la vida real, generalmente buscan a alguien de su misma clase. El hombre suele elegir a una chica que fuera a su mismo instituto y que perteneciera al mismo coro que él. Cuando un joven millonario se enamora, siempre elige a aquella corista a la que le gustaba el mismo tipo de salsa para la langosta que a él. Los corresponsales de los periódicos de Washington se casan siempre con viudas diez años mayores que ellos y que regentan pensiones. No, señor, no conseguirá usted que me suene bien una novela cuando hace que uno de esos brillantes jóvenes de C. D. Gibson se marche al extranjero y ponga un reino patas arriba solo porque es un norteamericano de Taft e hizo un cursillo en un gimnasio. ¡Y fíjese en cómo hablan!

Pescud tomó el *best seller* y fue a la caza de una página.

—Escucha esto —dijo—. Trevelyan está charlando con la princesa Alwyna en la parte trasera de un jardín de tulipanes. Y la cosa va así: «No digas eso, mi queridísima y dulcísima flor, de las más bellas que en la tierra son. ¿Acaso podría aspirar a ti? Tú eres una estrella y estás muy por encima de mí, en lo más alto del firmamento monárquico. Yo solo soy... yo mismo. Pero sigo siendo un hombre, y el mío es un corazón hacendoso y atrevido. No tengo otro título que el de soberano sin corona, pero dispongo de un brazo y de una espada que quizá acaben liberando Schutzenfestenstein de los complots de los traidores».

»Imagínate a un hombre de Chicago armado con una espada, hablando de liberar algo con ese tono artificial. ¡Sería mucho más creíble que se peleara para aplicarle un arancel de importación!

—Creo que te comprendo, John —dije yo—. Quieres que los escritores de ficción creen escenas y personajes coherentes. No deberían mezclar a un pachá turco con un granjero de Vermont, ni a un duque inglés con un buscador de almejas de Long Island, ni a una condesa italiana con un vaquero de Montana, ni a un representante cervecero de Cincinnati con los rajás de la India.

—Ni a un hombre de negocios normal y corriente con una aristócrata tan por encima de él —añadió Pescud—. No me estoy burlando. Lo admitamos o no, la gente se divide en clases y todo el mundo siente el impulso de mantenerse apegado a la clase que le ha tocado. Y además eso es lo que hacen. No veo el motivo para que la gente se vaya a trabajar y compre cientos de miles de libros como ese. En la vida real ni se ven ni se oyen chanzas y aventuras de ese tipo.

III

—Bueno, John —dije—, llevo mucho tiempo sin leer un *best seller.* Quizá las ideas que tengo sobre ellos sean de algún modo parecidas a la tuyas. Pero cuéntame más de ti. ¿La compañía te trata bien?

—Extraordinariamente —dijo Pescud, animándose de inmediato—. Me han subido el sueldo dos veces desde la última vez que te vi y también tengo una comisión. Me he comprado una bonita propiedad en el East End y he levantado una casa en ella. El año que viene la empresa me venderá algunas acciones. Oh, ¡voy camino de la Prosperidad General, sin importar quién salga elegido!

—¿Has encontrado ya a tu media naranja, John? —le pregunté.

—Oh, no te he hablado de eso, ¿verdad? —contestó Pescud con una sonrisa aún más ancha.

—¡Ajá! —dije—. ¿Así que te has alejado lo suficiente de las vidrieras como para vivir un romance?

—No, no —dijo John—. Ningún romance, ¡nada de eso! Pero te lo voy a contar.

»Hará dieciocho meses, estaba yo en un tren con dirección sur, camino de Cincinnati, cuando me fijé en que en el otro lado del pasillo estaba la chica más sofisticada que había visto nunca. No era nada espectacular, ya sabes, simplemente era el tipo de chica que a uno le gustaría tener para siempre. Bueno, a mí nunca se me dio bien el asunto del flirteo, ya con un pañuelo, automóvil, sello de correos o puerta a puerta, y ella no era del tipo que fuera a tomar la iniciativa. Leía un libro y se ocupaba de sus asuntos, que consistían en hacer que el mundo fuera un lugar mejor y más hermoso solo por estar en él. Yo no dejaba de mirarla de reojo y al final comencé a verla no ya en aquel vagón de primera clase, sino en una especie de casita de campo con jardín y enredaderas atravesando el porche. En ningún momento pensé en dirigirme a ella, pero dejé que el negocio de las vidrieras quedara hecho trizas durante un rato.

»Cambió de tren en Cincinnati y se subió a un coche cama de la L. y N.[3] en dirección a Louisville. Allí compró otro billete y siguió por Shelbyville, Frankfort y Lexington. Por entonces comencé a tener problemas para seguirle el ritmo. Los trenes pasaban cuando les daba la gana y no parecían dirigirse a ningún lugar en particular, solo buscaban mantenerse en la vía y conservar el derecho de paso tanto tiempo como les fuera posible. Entonces comenzaron a detenerse en los empalmes en vez de en los pueblos, y a continuación se detuvieron del todo. Me apuesto algo a que en Pinkerton no dudarían en pujar por mis servicios más que la gente de las vidrieras si supieran la manera en que me las arreglé para seguir a aquella joven. Logré permanecer fuera de su vista todo lo posible, pero nunca le perdí la pista.

»La última estación en la que se bajó estaba bien entrado Virginia, a eso de las seis de la tarde. Había unas cincuenta casas y cuatrocientos negratas a la vista. El resto era barro rojo, mulas y sabuesos moteados.

»Había ido a recibirle un hombre alto, bien afeitado y de cabello blanco, con el aspecto orgulloso que lucirían Julio César y Roscoe Conkling si compartieran una misma postal. Su ropa estaba muy gastada, pero de eso no me di cuenta hasta más tarde. Él tomó su bolsito y atravesaron las planchas de madera y comenzaron a subir por una carretera que reseguía una colina. Yo me mantuve detrás de ellos a poca distancia mientras fingía buscar en la arena el anillo de granate que mi hermana hubiera perdido durante el pícnic del sábado anterior.

»En lo alto de la colina cruzaron una cancela. Cuando levanté la mirada estuve a punto de quedarme sin aliento. Allí arriba, entre la arboleda más inmensa que yo hubiera visto, había una casa enorme con unas

3 La Louisville and Nashville Railroad (N. del T.).

columnas blancas y redondas que tendrían unos trescientos metros de altura, y su jardín estaba tan lleno de rosales y setos de boj y lilas que te habrían impedido ver la casa si esta no hubiera tenido el mismo tamaño que el Capitolio de Washington.

»"Aquí es donde debo hacer un alto —me dije a mí mismo—. Antes pensaba de ella que pertenecería a la clase media, por lo menos. Pero esto debe de ser la mansión del gobernador, o el pabellón agrícola de una nueva exposición universal quizá. Será mejor que vuelva al pueblo y le pida al cartero o al boticario que me informen".

»En el pueblo encontré un agradable hotel llamado Bay View House. La única excusa para tal nombre era un alazán[4] que pastaba en el jardín delantero. Dejé el maletín de muestras en el suelo e intenté hacerme notar. Le dije al propietario que estaba tomando pedidos de vidrieras.

»—No quiero ninguna vidriera —dijo él—, pero lo que sí necesito es otra jarra de cristal para la melaza.

»Poco a poco logré que me contara los chismorreos del lugar y respondiera a mis preguntas.

»—Pues pensaba que todo el mundo sabía quién vive en la mansión blanca de la colina —dijo—. Es el coronel Allyn, el hombre más importante de Virginia y también el más cualificado, aquí o en cualquier otra parte. Son la familia más antigua del estado. Esa que se ha bajado del tren es su hija, que ha estado en Illinois para ver a su tía enferma.

»Me registré en el hotel y al tercer día pillé a la joven paseando por el jardín delantero, junto a la cerca. Me detuve y me levanté el sombrero... no me quedó otra opción.

»—Disculpe —le dije—, ¿puede indicarme dónde vive el señor Hinkle?

»Ella me miró con la misma frialdad que le dedicaría al hombre encargado de arrancar las malas hierbas de su jardín, pero me pareció ver un ligero destello de diversión en sus ojos.

»—En Birchton no vive nadie con ese nombre —dijo—. Al menos hasta donde yo sé —prosiguió—. ¿El caballero al que busca es blanco?

4 En el original, «a bay horse» (N. del T.).

»Bueno, eso me picó.

»—Ni en broma —dije—. Aunque venga de Pittsburgh, no busco a ningún ahumado.

»—Está bastante lejos de casa —dijo ella.

»—Y mil quinientos kilómetros más habría recorrido —dije yo.

»—No si no se hubiera despertado cuando el tren arrancó en Shelbyville —dijo, y a continuación se puso casi tan colorada como una de las rosas de las matas del jardín. Recordé que, mientras esperaba a ver qué tren tomaba ella, me había tumbado a dormir sobre un banco de la estación de Shelbyville, y que desperté justo a tiempo.

»Y entonces le conté por qué había ido hasta allí, con todo el respeto y la honestidad que pude reunir. Y le conté todo acerca de mí, y de lo que hacía, y que lo único que le pedía era que me dejara conocerla e intentar ser de su agrado.

»Ella sonrió ligeramente, se sonrojó algo más, pero sus ojos no se despistaron en ningún momento. Miraban directamente a la persona a la que se dirigía.

»—Nadie me había hablado antes de esta manera, señor Pescud —dijo—. ¿Cómo me ha dicho que se llamaba... John?

»—John A. —dije yo.

»—Y también estuvo muy cerca de perder el tren en el empalme de Powhatan —dijo con una risa que me sonó tan bien como una buena venta.

»—¿Cómo se dio cuenta? —le pregunté.

»—Los hombres son muy patosos —dijo ella—. Supe que estaba usted en cada uno de esos trenes. Pensé que vendría a hablar conmigo, y me alegro de que no lo hiciera.

»Conversamos un poco más, y al final en su rostro apareció una expresión seria y orgullosa, y se volvió para señalar la enorme casa con el dedo.

»—Los Allyn llevamos cien años viviendo en Elmcroft —dijo—. Somos una familia respetable. Mire esa mansión. Tiene cincuenta habitaciones. Mire las columnas y los porches y los balcones. Los techos de las salas de visitas y del salón de baile tienen diez metros de altura. Mi padre es descendiente directo de condes que el rey nombraba con un cinturón y una espada.

»—Yo usé el cinturón con uno de ellos. Fue en el hotel Duquesne —dije—, y no hizo asomo de molestarse. Se quedó allí tan ancho, dividiendo sus atenciones entre el whisky de Monongahela y algunas herederas.

»—Evidentemente —prosiguió ella—, mi padre no permitiría que un comercial pusiera los pies en Elmcroft. Si supiera que estoy hablando con uno por encima de una cerca me encerraría en mi habitación.

»—¿Usted me permitiría ir? —dije—. ¿Hablaría conmigo si la llamara? Porque —proseguí—, si me dijera que puedo ir a visitarla, en lo que a mí respecta esos condes ya pueden llevar cinturón, tirantes o sujetarse los pantalones con imperdibles.

»—No debo hablar con usted —dijo ella— porque no nos han presentado. No es precisamente apropiado. Así que voy a despedirme de usted, señor...

»—Diga el nombre —dije yo—. No lo ha olvidado.

»—Pescud —dijo ella, un tanto enojada.

»—¡El resto! —exigí yo con toda la tranquilidad que pude reunir.

»—John —dijo ella.

»—¿John qué? —pregunté.

»—John A. —dijo ella con la cabeza alta—. ¿Ya ha terminado?

»—Mañana vendré a ver al noble y a su cinturón —dije.

»—Le usará para dar de comer a sus sabuesos —dijo ella, riéndose.

»—En tal caso correrán mejor —dije—. Yo mismo soy una especie de cazador.

»—Tengo que irme —dijo ella—. No debería haber hablado con usted de buen principio. Espero que tenga un buen viaje de regreso a Minneapolis... o a Pittsburgh, ¿no era eso? ¡Adiós!

»—Buenas noches —dije—. Y no era Minneapolis. ¿Cómo se llama, cuál es su nombre de pila, por favor?

»Ella dudó. Entonces arrancó una hoja de un seto y dijo:

»—Me llamo Jessie.

»—Buenas noches, señorita Allyn —dije yo.

»A la mañana siguiente, a las once en punto estaba llamando al timbre del edificio principal de la exposición universal. Al cabo de tres cuartos de hora apareció un anciano negro de unos ochenta años y me preguntó qué quería. Le di mi tarjeta de visita y le dije que deseaba ver al coronel. Me hizo entrar.

»Dime, ¿alguna vez has abierto una nuez que estuviera agusanada? Pues a eso se parecía aquella casa. No había muebles suficientes en ella para llenar un piso de ocho dólares. Algunos viejos divanes de pelo de caballo, algunas sillas de tres patas y algunos ancestros enmarcados en las paredes... no se veía nada más. Pero, cuando entró el coronel Allyn, el lugar pareció iluminarse. Casi oí tocar a una banda mientras veía a un grupo de ancianos con pelucas y medias blancas bailando una cuadrilla. Tal era su estilo, por más que vistiera la misma ropa raída que le había visto en la estación.

»Su presencia me puso de los nervios durante unos nueve segundos, y estuve muy cerca de dejarme llevar por el miedo y venderle alguna vidriera. Pero no tardé en recuperar el coraje. Me dijo que me sentara y yo se lo conté todo. Le conté que había seguido a su hija desde Cincinnati y por qué lo había hecho, y todo lo relacionado con mi salario y perspectivas, y le expliqué mi pequeño código vital —que hay que mostrarse siempre decente y correcto en tu ciudad de nacimiento, y que cuando estás lejos de ella nunca has de tomar más de cuatro vasos de cerveza al día ni jugar por encima del límite de los veinticinco centavos—. Al principio pensé que me iba a tirar por la ventana, pero continué hablando. Al poco rato tuve la oportunidad de contarle el chiste del congresista del Oeste que perdió la cartera y la divorciada —te acordarás de esa historia—. Bueno, eso hizo que se riera, y me juego algo a que fueron las primeras carcajadas que los ancestros y los sofás de pelo de caballo habían escuchado en muchos días.

»Estuvimos dos horas hablando. Le conté todo lo que sabía, y a continuación él comenzó a hacerme preguntas, y yo le conté todo lo demás. Lo único que le pedí fue que me diera una oportunidad. Si no conseguía impresionar a la señorita, me largaría y no les molestaría más. Al final él me dijo:

»"—Hubo un sir Courtenay Pescud en tiempos de Carlos I, si no recuerdo mal".

»—Si lo hubo —dije yo—, no puede reclamar ningún parentesco con nuestra rama. Siempre hemos vivido en Pittsburgh o sus alrededores.

Tengo un tío que se dedica al negocio inmobiliario y otro en dificultades en algún punto de Kansas. Puede preguntarle sobre el resto de nosotros a cualquier persona de la vieja Ciudad Humosa y recibirá respuestas satisfactorias. ¿Le han contado alguna vez el chiste del capitán de un barco ballenero que intentó que uno de sus marineros dijera sus oraciones? —le pregunté.

»—Me parece que nunca he tenido esa suerte —dijo el coronel.

»Así que se lo conté. ¡Risas! Para mis adentros comencé a desear que fuera un cliente. ¡El pedido de vidrieras que me iba a hacer! Y entonces me dijo:

»—Siempre me ha parecido, señor Pescud, que el relato de anécdotas y ocurrencias humorísticas es una manera especialmente agradable de promover y perpetuar los momentos agradables entre amigos. Con su permiso voy a relatarle la historia de una jornada de caza de zorros con la que tuve conexión directa y que quizá le proporcione un rato de entretenimiento.

»Así que me la contó. Cuarenta minutos de reloj. ¿Me reí? ¡Pues vaya que sí! Cuando mi cara recuperó la seriedad, él llamó al viejo Pete, el negro súperveterano, y lo envió al hotel a por mi maleta. Mientras estuviera en la ciudad, iba a quedarme en Elmcroft.

»Dos días después, por la tarde, tuve la oportunidad de intercambiar unas palabras con la señorita Jessie, solos los dos en el porche, mientras el coronel se inventaba una nueva historia.

»—Va a ser una tarde muy agradable —dije.

»—Viene para aquí —dijo ella—. Esta vez te va a contar la historia del viejo negro y las sandías verdes. Siempre llega a continuación de la de los Yankees y el gallo de pelea. Hubo otro momento —prosiguió ella— en que estuviste a punto de quedarte atrás. Fue en Pulaski City.

»—Sí —dije yo—. Lo recuerdo. Se me resbaló el pie al saltar sobre el escalón del tren, y estuve a punto de caerme.

»—Lo sé —dijo ella—. Y... y tuve miedo de que así fuera, John A. Tuve miedo de que así fuera.

»Y a continuación se metió de un salto en la casa por uno de sus grandes ventanales.

IV

—¡Coketown! —dijo con voz monótona el mozo mientras atravesaba el vagón, que ya iba frenando.

Pescud reunió su sombrero y su equipaje con la prontitud pausada del viajero viejo.

—Me casé con ella hace un año —dijo John—. Te he dicho que mandé construir una casa en el East End. El conde... quiero decir el coronel también está allí. Cada vez que regreso de un viaje me lo encuentro esperando en la cerca para escuchar cualquier chiste nuevo que haya aprendido en el camino.

Eché un vistazo por la ventana. Coketown no era más que una ladera irregular puntuada por una veintena de deprimentes cabañas de color negro, apuntaladas sobre sombríos montículos de basura y escoria de hulla. También llovía a raudales, y los riachuelos atravesaban espumosos el barro negro hasta desembocar en las vías del tren.

—Aquí no vas a vender muchas vidrieras, John —dije—. ¿Por qué te bajas en este confín del mundo?

—Pues —dijo Pescud— porque el otro día llevé a Jessie a hacer un viajecito a Filadelfia, y de regreso le pareció ver petunias en una maceta de una de esas ventanas de ahí que eran iguales a las que solía plantar en su viejo hogar de Virginia. Así que pensé que pasaría la noche aquí y vería si puedo cortar algunos esquejes o capullos para ella. Ya hemos llegado. Buenas noches, amigo. Ya te he dado mi dirección. Vente a visitarnos cuando tengas tiempo.

El tren comenzó a avanzar. Una de las señoras vestidas de marrón y con velo insistió en que las ventanas debían seguir cerradas, ahora que la lluvia golpeaba contra ellas. El mozo llegó con su misteriosa varita y se puso a iluminar el vagón.

Al bajar la mirada vi el *best seller.* Lo tomé para colocarlo más lejos, sobre el suelo dcl vagón pero en un lugar donde las gotas de lluvia no cayeran sobre él. Y entonces sonreí de repente, y me pareció comprender que la vida carece de límites geográficos.

—Buena suerte tenga usted, Trevelyan —dije—. ¡Y ojalá consiga esas petunias para su princesa!

El último libro

ALPHONSE DAUDET (1840-1897)

El autor de *Tartarín de Tarascón* fue un escritor reconocido en su época, que se trató con los escritores más influyentes de su tiempo, de Victor Hugo a Zola o los hermanos Goncourt, y también tenía trato con pintores del momento como Renoir o Monet. En esta pieza publicada en 1876 en el volumen *Cuentos del lunes* pone la lupa sobre un personaje crucial del mundillo del libro demasiadas veces olvidado: el lector. Los escritores adoran, o eso dicen, a los lectores, que son los que los mantienen en pie. Pero si en esta antología no escapan de la saludable ironía los editores, libreros, bibliotecarios o los propios autores, tampoco iban a salir indemnes los lectores. Al menos, cierta tipología: el coleccionista compulsivo de libros.

Es un personaje que, por mucho que a alguien pueda parecer exagerado o caricaturesco, tal vez no lo sea tanto cuando uno ha visto en acción a ciertos especímenes de la obsesión fetichista por los libros. Lo que hace antipático a ese cansino de los libros es que lo que le fascina es el libro como objeto, sin interesarle nada el autor o las motivaciones que le han llevado a concebir esa obra. Aunque para el escritor, la peor tipología es el lector obsesivo fetichista que encima quiere que le regalen el libro.

EL ÚLTIMO LIBRO

ALPHONSE DAUDET

«¡Ha muerto!», me anunciaron en la escalera.

Hacía dos días que presentía la trágica noticia. Sabía que en cualquier momento la recibiría en el umbral de la puerta; aun así, me conmocionó como si fuera algo imprevisto.

Con el corazón encogido y los labios temblorosos entré en la humilde vivienda de un hombre de letras. En ella, el gabinete de trabajo ocupaba la mayor parte de espacio, el estudio despótico se había apoderado de todo el bienestar, de todo el brillo de la casa.

Allí estaba, sobre una cama de hierro a ras del suelo, con la mesa sobrecargada de papeles, su gran escritura interrumpida a mitad de la página. Su pluma aún dentro del tintero mostraba cómo la muerte lo había golpeado súbitamente. Detrás de la cama, un alto armario de roble, desbordado de manuscritos, de papeles, se entreabría casi sobre su cabeza.

Por todas partes libros, nada más que libros: en estantes, en sillas, en el escritorio, apilados en el suelo por los rincones hasta el pie de la cama. Cuando allí escribía, sentado a su mesa, este cúmulo, este desorden sin polvo, podía agradar a la vista: era algo vivo donde se percibía el ajetreo del trabajo. Pero en la habitación mortuoria, el ambiente era lúgubre. Todos esos

pobres libros, como columnas desmoronadas, parecían dispuestos a salir, a perderse en esta gran biblioteca del destino, a dispersarse por los puntos de venta, en los muelles, en los puestos callejeros, hojeados por el viento y la errancia.

Acababa de besarlo en su cama y permanecí de pie, mirándolo, sobrecogido por el contacto de esa frente fría y dura como una piedra. La puerta se abrió de golpe. Un dependiente de librería, cargado, jadeante, entró alegremente y dejó sobre la mesa un paquete de libros recién salidos de la imprenta.

—¡Envío de Bachelin! —gritó. Luego, al ver la cama, retrocedió, se quitó la gorra y se retiró discretamente.

Había algo terriblemente irónico en este envío del librero Bachelin que llegaba con un mes de retraso, que con tanta impaciencia había esperado el enfermo y que ahora recibía el muerto... ¡Pobre amigo!

Se trataba de su último libro, en el que tenía puestas todas sus esperanzas. ¡Con qué cuidado minucioso sus manos, ya temblorosas a causa de la fiebre, habían corregido las pruebas! ¡Qué ansioso estaba por recibir el primer ejemplar! En los últimos días, cuando ya no hablaba, sus ojos permanecían fijos mirando la puerta. Si los impresores, los cajistas, los encuadernadores, toda aquella gente empleada para la obra de un solo individuo, hubieran podido ver esa mirada angustiada de espera, las manos se habrían dado prisa, las letras se habrían colocado en su sitio correctamente sobre las páginas y las páginas en sus volúmenes para llegar a tiempo, es decir, un día antes, y dar al moribundo la alegría de reencontrarse, fresco junto al perfume del libro nuevo y la limpidez de los caracteres, con aquel pensamiento que él ya sentía huir y oscurecerse en su interior.

Incluso en plena vida, hay una felicidad para el escritor de la que nunca se cansa.

Abrir el primer ejemplar de su obra, verla fijada, como en relieve, libre de esa gran ebullición del cerebro donde siempre es algo confusa, ¡qué deliciosa sensación! Cuando se es joven, causa un deslumbramiento: las letras relucen, tintadas de azul, de amarillo, como si se tuviera la cabeza llena de sol. Más adelante, a esta alegría de crear se mezcla un poco de tristeza, el

pesar de no haber dicho todo lo que se quería decir. La obra que uno tenía dentro de sí parece siempre más bella que la que se realiza. ¡Se pierden tantas cosas en ese viaje de la cabeza a la mano! En las profundidades de los sueños, la idea del libro se parece a esas hermosas medusas del Mediterráneo que vagan por el mar luciendo sus matices flotantes; sobre la arena, no son más que agua, unas gotas desteñidas que, al instante, seca el viento.

¡Lástima! De estas alegrías y desilusiones nada supo el joven muchacho con su última obra. Era triste ver esa cabeza inerte, pesada, dormida sobre la almohada y junto a ella un flamante libro nuevo que se exhibiría en los escaparates, se mezclaría con los ruidos de la calle, con la vida diaria, y cuyo título la gente leería mecánicamente al pasar, para quedar en su memoria, en lo más profundo de sus ojos, junto al nombre del autor, ese mismo nombre inscrito en la desoladora página de los obituarios, pero tan jovial en la portada de color claro. El problema del alma y del cuerpo parecía estar ahí en su totalidad, entre ese cuerpo rígido que iban a enterrar y olvidar y ese libro que se desprendía de él, como un alma visible, viva y quizás inmortal...

—Me había prometido un ejemplar —dijo suavemente cerca de mí una voz lacrimosa. Me giré y vi, tras unas gafas doradas, unos ojos vivaces y curiosos que, tanto yo como vosotros, conocéis. Son los ojos del amante de los libros, ese que aparece cuando se acaba de anunciar la publicación de un libro vuestro, que llama a la puerta con golpes tímidos pero persistentes, golpes que tanto se le parecen. Entra sonriente con la cabeza gacha, se agita a vuestro alrededor, os llama «querido maestro» y no se irá de vuestra casa hasta que no haya conseguido vuestro último libro. ¡El último! Los otros ya los tiene; solo ese le falta. ¿Cómo negárselo? Llega tan oportunamente. Sabe que os encuentra en medio de esa alegría de la que hablábamos, cuando uno se entrega a los envíos y a las dedicatorias. ¡Ah! A ese hombrecillo nada lo desalienta, ni las puertas sordas, ni los recibimientos glaciales, ni el viento, ni la lluvia, ni las distancias. Por la mañana te lo encuentras en la calle de la Pompe, rascando la puerta del patriarca de Passy; por la tarde va de regreso de Marly con el nuevo drama de Sardou bajo el brazo. Y así, siempre de arriba para abajo, siempre a la caza, llena su vida sin hacer nada, y su biblioteca sin pagarla.

Ciertamente, la pasión de este hombre por los libros debía ser muy intensa para llevarlo hasta el lecho de un muerto.

—¡Venga, tome su ejemplar! —le dije con impaciencia. Su gesto no fue el de asir un libro, sino el de tragárselo. Luego, con el libro ya bien hundido en el bolsillo, se quedó quieto, sin hablar, con la cabeza vuelta sobre un hombro, limpiándose las gafas con aire emocionado. ¿Qué estaba esperando? ¿Qué lo retenía? ¿Quizás algo de vergüenza, de apuro, por irse de inmediato como si no hubiera venido solo buscando el libro?

¡No!

Sobre la mesa, entre el papel del envoltorio medio abierto, acababa de ver algunos ejemplares de coleccionista. El lomo grueso, las páginas sin cortar, con amplios márgenes, florones, ornamentos. A pesar de su actitud de recogimiento, su mirada, su pensamiento, todo lo tenía allí puesto. ¡No podía quitarle el ojo, el infeliz!

¡La manía de observar! Yo mismo me había distraído de mi emoción para seguir, a través de mis lágrimas, aquella comedia lamentable que se representaba ante el lecho del muerto. Poco a poco, con avances sigilosos, el aficionado se acercó a la mesa, su mano se posó, casualmente, encima de uno de los volúmenes, le dio vueltas, lo abrió, palpó las hojas. Sus ojos se iluminaron a la par que la sangre afluía a sus mejillas. La magia del libro estaba actuando... Al fin, sin poder reprimirse, tomó uno:

—Es para el señor de Saint-Beuve —me dijo a media voz. Y, en su fiebre, en su turbación, sintiendo miedo a que se lo arrebataran, o quizás también para convencerme de que realmente era para el señor de Saint-Beuve, añadió con seriedad y un tono de compunción intraducible—: ¡De la Academia Francesa! Y acto seguido, desapareció.

El librero asesino de Barcelona

Ramón Miquel i Planas (1874-1950)

Fue historiador de la lengua catalana, traductor, poeta, empresario, ensayista... pero sobre todo fue bibliófilo, un apasionado de la busca y captura de libros valiosos. Era hombre de convicciones inquebrantables y nunca aceptó la veneración hacia el admirado Pompeu Fabra, el gran reformador de la gramática catalana, al que consideraba un hereje lingüístico. Sus enfados en la comunidad de filólogos los curaba zambulléndose en su colección de libros.

Una de las historias que más lo fascinaban era un extraño informe de firma anónima aparecido en una revista jurídica francesa, *La Gazette des Tribunaux,* en 1836. En ese informe se contaba la escalofriante historia de un librero asesino en la ciudad de Barcelona, que actuaba con una despiadada nocturnidad empujado por su febril obsesión libresca. En 1927, justo cien años después de la visita a Barcelona de otro bibliófilo, mucho más pacífico e insigne, Ramón Miquel i Planas explica con toda precisión en el texto que viene a continuación el origen de la singular leyenda del «librero asesino de Barcelona».

CARTA PRÓLOGO AL SEÑOR RAFEL PATXOT I JUBERT, INICIADOR DE LA OBRA DEL LEGENDARIO CATALÁN

Honorable señor y amigo: exactamente acaban de cumplirse cien años —era hacia el atardecer del día 28 de julio de 1827— desde que unos viajeros distinguidos, de nacionalidad francesa, descendieron de la diligencia de Perpiñán en la parada del Hotel de las Cuatro Naciones, situada en la Rambla de Barcelona. Se trataba de dos damas, una señora y una señorita (quizá sería mejor decir una niña) a las que hacía de acompañante un señor de cierta edad, si bien todavía ágil y decidido. Era el señor Charles Nodier, escritor eminente, miembro de la Academia Francesa y bibliotecario del Arsenal, de París, que viajaba con su esposa y su hija.

La llegada a nuestra ciudad de aquellas tres personas, en las circunstancias de aquel momento, en que eran muy pocos los que se aventuraban a viajar por Cataluña, infestada por los facciosos que mantenían la intranquilidad en el país, hubo de ser notada inmediatamente por el general Conde de Raiset, comandante de las tropas francesas de ocupación que había aquellos días en Barcelona. Y, sin perder un momento, se presentó aquella misma tarde al hotel para saludar a los ilustres viajeros, compatriotas suyos, que apenas habían tenido tiempo de quitarse el polvo del camino, después de dos fatigosas jornadas de carruaje por malas carreteras.

El señor de Raiset habría querido que los señores Nodier hubiesen aceptado su invitación de pasar a alojarse en su mismo palacio, donde se les brindaba la buena compañía de la esposa y la hija del general, que se habrían sentido muy honradas recibiendo en su casa a unos huéspedes tan distinguidos. Pero la delicada oferta solo en parte fue atendida, porque, sin dejar de residir en el hotel, durante los tres días que los forasteros pasaron en Barcelona las señoras no se separaron casi ni un momento, y se estableció entre ellas una amistad que había de durar toda la vida.

En cuanto al señor Nodier, sin dejar de hacer el honor debido a las atenciones del general y su familia, tuvo que atribuirse un régimen de independencia que le permitiera dedicarse a sus negocios. Pero ¿qué negocios eran estos? Sencillamente: la búsqueda de libros viejos, como correspondía a un bibliófilo de la especie de Nodier. Así, dando curso a su fantasía, pudo recorrer la ciudad de un extremo a otro, sin dejar tienda ni parada de libros por visitar. Las Voltes dels Encants, que hoy ya casi no existen, le pudieron ofrecer un amplio campo de exploración, gracias a las tiendas de libreros que se cobijaban bajo aquellas arcadas y a las paradas de libros viejos que, un día sí y otro no (o sea, los días llamados «de encante»), se extendían por toda la anchura de la calle, delante de las arcadas que le daban nombre. Tampoco dejaría de visitar a muchos de los libreros-impresores de la ciudad (siguiendo en eso el buen ejemplo de Don Quijote) mientras establecía amistad personal con alguno de ellos.

Pero, a pesar de sus diligentes investigaciones, y contra lo que se podría esperar de su instinto de coleccionista, parece que nuestro colega en bibliofilia no pudo, ni de lejos, considerarse afortunado. No pudo adquirir nada que le compensara de las molestias de un viaje tan largo.

La decepción de Nodier tuvo que ser muy viva, teniendo en cuenta las ilusiones que se había podido hacer respecto a las riquezas bibliográficas de nuestro país. Precisamente el año anterior, en 1826, Vicente Salvà, librero de Valencia, emigrado y establecido en Londres, acababa de darse a conocer con la publicación de un primer catálogo de los libros españoles antiguos que tenía a la venta. Este catálogo, verdaderamente tentador, tanto por el número como por las circunstancias de los libros que figuraban en él (manuscritos,

incunables, ediciones góticas y de los siglos XVI a XVIII, impresiones raras y preciosas), tuvo que llegar a manos del bibliófilo parisiense, que, además de regentar una de las principales bibliotecas de París, era el redactor más destacado del *Bulletin du Bibliophile.* Solo le faltaba eso, pues, para decidirse a emprender la aventura que le llevó a Barcelona, a pesar de la distancia y de la guerra civil que tenía profundamente alterado al país. Pero la señora Nodier, que conocía los puntos débiles de su marido, no le dejó venir solo, y la precaución no era del todo inoportuna, sabidas las distracciones del literato y la pasión desenfrenada del bibliófilo. Por eso, pues, le obligó a aceptar su compañía y la de su hija, aquella graciosa María Nodier que ya entonces era el atractivo más poderoso del Arsenal, donde el romanticismo, según la frase de Alfred de Musset, había establecido su tienda. María era llamada por sus adoradores, que no eran pocos, «Nôtre-Dame de l'Arsenal» y, como todo el mundo sabe, Arvers, más adelante, compuso en su honor aquel soneto celebradísimo que los tratadistas consideran el mejor que posee la lengua francesa:

Mon âme a son secret, ma vie a son mystère...

Así pues, Charles Nodier regresó a su querido París y a su añorada biblioteca y se llevó de su viaje a Barcelona, si no los cancioneros y romanceros góticos que había soñado, el recuerdo de un país de naturaleza espléndida y de una ciudad exuberante de sol. Hija de esa visión imborrable fue, años después, *Inés de las Sierras,* en la que el novelista alió su fantasía y sus recuerdos de viaje en una narración a la manera de Hoffmann, que era la fórmula literaria entonces vigente.

Esta curiosa efeméride barcelonesa no es, respetable amigo, el verdadero objeto de la presente carta prologal: es únicamente una incidencia previa y tal vez la clave interpretativa del libro que encabeza, si mis deducciones no resultan erradas o temerarias. Quiera, pues, continuar dispensándome su atención un rato más.

* * *

La composición de *Inés de las Sierras* ocupó a Nodier parte del año 1836 y, en cierto modo, esta obra, al ver la luz, constituyó un trabajo de actualidad.

En efecto, el año 35 había sido para Barcelona y, en general, para España, un año trágico: fue el año de la matanza de frailes y la quema de conventos, episodios vergonzosos a los que siguió la exclaustración de los religiosos y otras consecuencias de orden político y social no menos graves. Y todo eso, visto desde París y con la amplificación que la distancia impone a los acontecimientos de esta clase, hubo de producir verdadera sensación e hizo recaer sobre nuestro país la curiosidad internacional.

En aquel preciso momento, o sea, en octubre de 1836, hizo su aparición La Leyenda del librero asesino de Barcelona en las páginas de una publicación jurídica que veía la luz en París. Se trataba de un supuesto informe, obtenido desde Barcelona mismo por correspondencia particular, de un emocionante proceso que, según se decía en el mismo, había tenido lugar en nuestra ciudad por aquellas fechas. Y el anónimo autor de la relación, queriendo calificar de algún modo la estupenda historia de la que se fingía cronista fidedigno, le ponía este subtítulo: «Le Bibliomane ou le nouveau Cardillac».

Como ya se adivina, no había un ápice de verdad en todo aquel escrito. Era, de cabo a rabo, una ingeniosa superchería literaria, y para constituirla su inventor había sabido utilizar los siguientes elementos:

Primero: el tema de un cuento de Hoffmann, o sea, la historia de un imaginario primer Cardillac, platero en París en tiempos de Mademoiselle de Scudéry y del rey Luis XIV. El platero del cuento se convertía, por este hecho, en librero, y de París se trasladaba a Barcelona y a la época contemporánea.

Segundo: los hechos políticos a los que nos hemos referido hace un momento y que ponían en danza a monjes violentamente expulsados de sus claustros y cantidad de libros procedentes de las bibliotecas conventuales, saqueadas y dispersadas.

Tercero: la descripción bibliográfica, contenida en un nuevo catálogo de Vicente Salvà publicado en Londres en 1829, de un incunable valenciano rarísimo: los *Furs,* impresos el año 1482 por obra de Lambert Palmart; pieza de excepcional interés por todos conceptos y no descrita nunca anteriormente por los bibliógrafos.

La habilidosa combinación de estos tres factores dio por resultado la aparición, en el mundo de la bibliofilia, del famoso Fray Vicente, exmonje

de Poblet establecido como librero bajo las Voltes dels Encants en Barcelona y convertido en asesino por la exaltación funesta de su amor a los libros. Aquel endiablado incunable de los *Furs de València* fue el que finalmente le llevó a incendiar la tienda de un competidor suyo —y casualmente homónimo de usted, querido señor Patxot— y a tener que rendir cuentas de todo a la Justicia, que se vería obligada a llevar al patíbulo, sin remisión, al impenitente criminal. Esta es la historia; famosa «historia», por cierto, cuyo carácter fabuloso o legendario iba a tardar mucho en ser descubierto.

* * *

Si consideramos, por un momento, los antecedentes sumariamente apuntados, no nos será difícil concluir que, si no se hubiese publicado en 1829 aquel segundo catálogo de Salvà anunciando el ejemplar de los *Furs* probablemente no se le habría ocurrido a nadie, en aquellos años, la idea de hacer de un libro el objeto de la loca codicia de un coleccionista de rarezas bibliográficas; y si en 1836 no hubiese habido en Barcelona frailes exclaustrados, difícilmente nuestra ciudad habría sido elegida como escenario de la leyenda, hoy ya famosa, de Fray Vicente; y si Hoffmann no hubiese escrito antes su cuento de *La señorita de Scudéry,* el bibliómano barcelonés tampoco habría podido ofrecérsenos con las características de un «nuevo Cardillac», en comparación con su prototipo, el estrafalario platero parisino para el cual parece que Hoffmann se inspiró en un zapatero remendón veneciano de quien se contaba que, siendo un honorable ciudadano, se había convertido en un ladrón y un asesino en cumplimiento de una promesa. Y se añadía al caso la circunstancia de que, condenado dicho artífice en zapatería a pagar con la vida sus crímenes, solo deploró tener que morir prematuramente dejando incumplido su voto.

Volviendo a nuestro Fray Vicente, parece, pues, evidente que, de faltar cualquiera de aquellos tres factores que juegan en la historia de su emocionante proceso, este nos resultaría inexplicable, y quedaría como falta de justificación racional y humana la invención misma de la Leyenda considerada como hecho literario y como creación novelística. Porque ya se sabe que, ni en los dominios de la imaginación pura, no hay nunca nada que no sea hijo de algo real.

Ahora bien: en todo esto necesitamos encontrar un hombre, sin el cual tampoco se explicaría aquel hecho. Porque, como usted sabe, respetable amigo, por muy anónima que sea la producción legendaria de un pueblo, no se puede creer en la invención o acomodación de los hechos como fruto de un trabajo colectivo, sino que hay que considerar en este el resultado de una suma de aportaciones individuales. Y aquí, el factor humano, que inicialmente ligó en la Leyenda de Fray Vicente sus elementos constitutivos hasta obtener de ellos el resultado que todos sabemos, tiene que ser, casi por necesidad, aquel viejo amigo nuestro Charles Nodier, que vino a visitarnos en 1827 y que, por este hecho, pudo llevarse, en sus ojos de poeta y de romántico, la visión escenográfica del cuadro que las circunstancias habían de inspirarle nueve años después y que, bajo las apariencias de una cosa verdadera, salió inesperadamente a la luz en la *Gazette des Tribunaux* aquel memorable 23 de octubre de 1836. Y ya tenemos, a partir de aquel momento, la Leyenda en marcha, una leyenda que no se detuvo en su camino, llevada por la fuerza de cien circunstancias favorables que concurrirán en el proceso de su extraordinaria difusión.

* * *

Ocho días después de haber aparecido en la *Gazette* aquel primer texto, lo reproducía, en París mismo, un periódico destinado al gran público. Acto seguido, Gustave Flaubert, que todavía era un muchacho, hizo con él una novelita; ejercicio de estudiante de retórica que conservó inédita mientras vivió. La narración, al cabo de siete años, fue reproducida por una revista erudita de Alemania y, veintisiete años más tarde, fue recogida por Jules Janin en una obra suya de donde la sacaron sucesivamente el madrileño Castro y Serrano, Andrew Lang de Londres y los redactores de *La Grande Encyclopédie* de París. Prosper Blanchemin la extractó de la *Gazette* a su manera, y muchos otros se apoderaron de ella igualmente, hasta el punto de que, después de 1900, son casi incontables las publicaciones de La Leyenda del librero asesino, en forma extensa unas veces y reducida otras a mera noticia o referencia; sin que nadie, hasta los últimos tiempos, pareciera dudar de su fundamento histórico. La publicación, en 1910, de la novelita de

Flaubert, contribuyó a incrementar aún más la difusión del tema, que, especialmente entre los bibliófilos, ha llegado a constituir un verdadero tópico de la locura de los libros y como una especie de memento anticipado de las consecuencias de un afecto desordenado a dichos textos. Y ha faltado poco para que algún adepto de la escuela de Lombroso haya emprendido el estudio del caso de Fray Vicente de acuerdo con los procedimientos más acreditados de la psiquiatría y la criminología.

***

Estas son, excelente amigo, las cuestiones que en el presente libro he querido ofrecer a la curiosidad de propios y extraños una vez que, con entretenida aplicación de investigador, he podido darlas por suficientemente dilucidadas.

No quiero creer, sin embargo, que todo lo que hoy doy por cierto merezca la aprobación igualmente favorable de todos los que me lean. Porque, si bien puedo entender la certeza histórica en todo lo que son hechos probados y documentados, no me está permitido esperar lo mismo de aquella parte que solo es hipotética. Así, si bien creo que no habrá gran cosa que objetar al proceso, ya bien aclarado, de la aparición, evolución y difusión de nuestra LEYENDA, pienso, en cambio, que mi teoría noderiana de su invención tendrá que ser discutida y controvertida, por mucho que en mi fuero interno haya podido tomar estado de convicción.

Y si, en definitiva, acabara por demostrarse que la verdad de este hecho no fue la que yo me he llegado a imaginar, no creería haber empleado tan mal mi tiempo por dejar establecido para siempre el carácter legendario de la historia de Fray Vicente y los hitos principales del camino que ha recorrido en un siglo. Y, tal vez, caro amigo y señor mío, alguna enseñanza útil se deduzca de ella para ser incorporada al copioso trabajo de restauración del Legendario Catalán por usted en buena ocasión iniciado, y cuya total terminación deseo que la vida le permita ver y también disfrutar durante mucho tiempo su merecida gloria.

De usted siempre afectísimo servidor y amigo.

Bibliomanía

GUSTAVE FLAUBERT (1821-1880)

La publicación por parte de Charles Nodier de esa «leyenda del librero asesino de Barcelona» haciéndola pasar, medio en serio medio en broma, por un informe verdadero, disparó la curiosidad y la imaginación de muchos letraheridos y, a lo largo de los siguientes años, aparecerían diversas versiones del asunto.

Uno de los que reaccionó antes al hechizo de esa historia fue un adolescente de quinto de bachillerato llamado Gustave Flaubert, con el virus de la literatura metido en la sangre. A los 14 años, la leyenda de un librero que asesinaba por las sinuosas calles de Barcelona le hizo desear hacer su propia versión y la tituló *Bibliomanía*. Flaubert llegaría a ser un grande entre los grandes de la historia de la literatura, con *Madame Bovary* como cumbre del realismo francés del siglo XIX. Todos aquellos textos de juventud, que apuntaban su talento incipiente, pero todavía inmaduros, los mantuvo a buen recaudo y nunca quiso publicarlos en vida. Fue al paso de muchos años, cuando llevaba ya treinta años muerto, que un editor decidió publicar los escritos de juventud que custodiaba una sobrina.

Puestos a leer alguna de las diversas versiones de esta leyenda del librero asesino a partir de la de Nodier (más extensa), bien está leerla a través de los ojos de un joven Flaubert.

BIBLIOMANÍA

GUSTAVE FLAUBERT

En una calle estrecha y sin sol de Barcelona vivía, hace poco tiempo, uno de esos hombres de frente pálida y ojos apagados y hundidos, uno de esos seres satánicos y extraños como los que Hoffmann desenterraba en sus sueños.

Era Giacomo, el librero.

Tenía treinta años y ya pasaba por viejo y gastado; su estatura era alta, pero iba encorvado como un anciano; sus cabellos eran largos, pero blancos; sus manos eran fuertes y nerviosas, pero secas y cubiertas de arrugas; su vestido era miserable y harapiento, tenía un aire torpe y confuso, su fisonomía era pálida, triste, fea e incluso insignificante. Se le veía raras veces por las calles, salvo en los días en que se subastaban libros raros y curiosos. Entonces ya no era el mismo hombre indolente y ridículo, sus ojos se animaban, corría, caminaba, pateaba, apenas podía moderar su alegría, sus inquietudes, sus angustias y sus dolores; regresaba a su casa jadeante, sin aliento, sin respiración, tomaba el libro amado, se lo comía con los ojos y lo miraba y lo amaba como un avaro su tesoro, un padre a su hija, un rey su corona.

Este hombre no había hablado nunca con nadie más que con los libreros de viejo y los chamarileros; era taciturno y soñador, sombrío y triste; no tenía más que una idea, un amor, una pasión: los libros; y este amor, esta pasión, lo quemaban interiormente, le consumían sus días, le devoraban su existencia.

A menudo, por la noche, los vecinos veían, a través de los cristales del librero, una luz que vacilaba, luego avanzaba, se alejaba, subía, después a veces se apagaba; entonces oían llamar a su puerta y era Giacomo que veía a encender su vela, que una ráfaga de viento había apagado.

Estas noches febriles y ardientes las pasaba entre sus libros. Corría por el almacén, recorría las galerías de su biblioteca con éxtasis y embeleso; luego se detenía, con los cabellos en desorden, los ojos fijos y brillantes, sus manos temblaban y tocaban la madera de las estanterías; eran cálidas y húmedas.

Tomaba un libro, pasaba las hojas, palpaba el papel, examinaba los dorados, la cubierta, las letras, la tinta, los pliegos y la disposición de los dibujos por la palabra «finis»; después lo cambiaba de lugar, lo metía en un estante más elevado y permanecía horas enteras mirando su título y su forma.

Después iba hacia sus manuscritos, pues eran sus hijos queridos; tomaba uno, el más viejo, el más gastado, el más sucio, miraba el pergamino con amor y felicidad, olía su polvo santo y venerable, luego las ventanas de su nariz se hinchaban de gozo y de orgullo, y una sonrisa aparecía en sus labios.

¡Oh! Era feliz ese hombre, feliz en medio de toda aquella ciencia cuyo alcance moral y valor literario apenas comprendía; era feliz, sentado entre todos aquellos libros, paseando la mirada sobre las letras doradas, sobre las páginas gastadas, sobre el pergamino deslustrado; amaba la ciencia como un ciego ama la luz.

¡No! No era la ciencia lo que él amaba, era su forma y su expresión: amaba un libro porque era un libro, amaba su olor, su forma, su título. Lo que amaba en un manuscrito era su vieja fecha ilegible, las letras góticas extravagantes y extrañas, los pesados dorados que cargaban sus dibujos; eran sus páginas cubiertas de polvo, polvo cuyo perfume suave y tierno aspiraba con delicia; era esa bonita palabra «finis» rodeada de dos Amores, escrita en una cinta, apoyándose en una fuente, grabada en una tumba o reposando en una cesta entre rosas, manzanas de oro y ramilletes azules.

Esta pasión lo había absorbido por entero, apenas comía, ya no dormía, pero soñaba noches y días enteros en su idea fija: los libros.

Soñaba en todo lo que debía tener de divino, de sublime y de bello una biblioteca regia, soñaba en formar una tan grande como la de un rey. ¡Qué a gusto respiraba, qué orgulloso y poderoso era cuando hundía su vista en las inmensas galerías en las que su ojo se perdía en los libros! ¿Levantaba la cabeza? ¡Libros! ¿La bajaba? ¡Libros! ¡A la derecha, y a la izquierda también!

En Barcelona pasaba por un hombre extraño e infernal, por un sabio o un brujo.

Apenas sabía leer.

Nadie se atrevía a hablarle, tan severa y pálida era su frente; tenía un aire malo y traidor, y sin embargo nunca había tocado a un niño para hacerle daño; es cierto que nunca hizo limosna.

Guardaba todo su dinero, todos sus bienes, todas sus emociones para sus libros; había sido monje, y por ellos había abandonado a Dios; más tarde les sacrificó lo que es más querido por los hombres después de su Dios: el dinero; y después les dio lo que se ama más después del dinero: su alma.

Desde hacía algún tiempo, sobre todo, sus veladas eran más largas; se veía hasta más tarde su lámpara de noche que ardía sobre sus libros. Es que tenía un nuevo tesoro: un manuscrito.

Una mañana entró en su tienda un joven estudiante de Salamanca. Parecía rico, pues dos lacayos guardaban su mula a la puerta de Giacomo; llevaba un bonete de terciopelo y en sus dedos brillaban varios anillos.

Sin embargo, no tenía ese aire de suficiencia y de nulidad habitual en las personas que tienen criados con galones, bellos vestidos y la cabeza vacía; no, este hombre era un sabio, pero un sabio rico, es decir, un hombre que, en París, escribe en una mesa de caoba, tiene libros con cantos dorados, pantuflas bordadas, curiosidades chinas, bata, un reloj de oro, un gato que duerme sobre una alfombra y dos o tres mujeres que le hacen leer sus versos, su prosa y sus cuentos, que le dicen: «Tiene usted talento» y que lo encuentran un fatuo.

Las maneras de este gentilhombre eran corteses; al entrar saludó al librero, hizo una profunda reverencia y le dijo en tono afable:

—¿No tendréis aquí, maestro, algunos manuscritos?

El librero se azoró y respondió balbuceando:

—Pero, señor, ¿quién os lo ha dicho?

—Nadie, pero lo supongo.

Y depositó sobre el escritorio del librero una bolsa llena de oro, que hizo sonar mientas sonreía como todo hombre que toca un dinero del cual es poseedor.

—Señor —prosiguió Giacomo—, es cierto que tengo algunos, pero no los vendo, los guardo.

—¿Y por qué? ¿Qué hacéis con ellos?

—¿Por qué, monseñor? —y se puso rojo de ira— ¿Qué hago con ellos? ¡Oh, no, ignoráis lo que es un manuscrito!

—Perdón, maestro Giacomo, sé de qué hablo, y para daros una prueba de ello os diré que vos tenéis aquí la *Crónica de Turquía.*

—¿Yo? ¡Oh, os han engañado, monseñor!

—No, Giacomo —respondió el gentilhombre—; tranquilizaos, no quiero robárosla, sino comprárosla.

—¡Jamás!

—¡Oh! Me la venderéis —respondió el estudiante—, pues la tenéis aquí, fue vendida en casa de Ricciami el día de su muerte.

—Pues sí, señor, la tengo, es mi tesoro, es mi vida. ¡Oh! No me la arrancaréis. ¡Escuchad! Os confiaré un secreto: Baptisto, ya sabéis, el librero que reside en la plaza Real, mi rival y mi enemigo; pues bien, ¡él no la tiene, y yo sí!

—¿En cuánto la estimáis?

Giacomo reflexionó largo tiempo y respondió con aire orgulloso:

—¡Doscientos doblones, monseñor!

Miró al joven con aire triunfal, como diciéndole: os iréis, es demasiado cara, y sin embargo no la daré por menos.

Se equivocó, pues este, mostrándole la bolsa, dijo:

—Aquí hay trescientos.

Giacomo palideció, estuvo a punto de desmayarse.

—¿Trescientos doblones? —repitió—, pero yo estoy loco, monseñor, no la venderé ni por cuatrocientos.

El estudiante se puso a reír mientras hurgaba en su bolsillo, del que sacó dos bolsas más.

—Y bien, Giacomo, aquí tienes quinientos. ¡Oh, no! ¿No quieres venderla, Giacomo? Pero la tendré, la tendré hoy, al instante, la necesito, aunque tuviera que vender este anillo dado en un beso de amor, aunque tuviera que vender mi espada adornada de diamantes, mis mansiones y palacios, aunque tuviera que vender mi alma; necesito este libro, sí, lo necesito a todo trance, a cualquier precio; dentro de ocho días sostengo una tesis en Salamanca, necesito este libro para ser doctor, necesito ser doctor para ser arzobispo, necesito la púrpura sobre mis hombros para tener la tiara en la frente.

Giacomo se acercó a él y le miró con admiración y respeto, como al único hombre que había comprendido.

—Escucha, Giacomo —interrumpió el gentilhombre—, voy a decirte un secreto que hará tu fortuna y tu felicidad: aquí hay un hombre, este hombre vive en la barrera de los Árabes, tiene un libro, es el *Misterio de San Miguel.*

—¿El *Misterio de San Miguel*? —dijo Giacomo lanzando un grito de alegría—, ¡oh! gracias, me habéis salvado la vida.

—¡Rápido! Dame la *Crónica de Turquía.*

Giacomo corrió hacia un estante; allí se detuvo de golpe, se esforzó en palidecer y dijo con aire sorprendido:

—Pero, monseñor, no la tengo.

—¡Oh! Giacomo, tus artimañas son muy torpes y tus miradas desmienten a tus palabras.

—¡Oh! Monseñor, os juro que lo la tengo.

—Eres un viejo loco, Giacomo: toma, aquí tienes seiscientos doblones.

Giacomo tomó el manuscrito y se lo dio al joven:

—Cuidad de él —dijo, mientras este se alejaba riendo y decía a sus lacayos al montar en la mula:

—Ya sabéis que vuestro amo es un loco, pero acaba de engañar a un imbécil. ¡El idiota de monje huraño —repitió riendo—, cree que voy a ser papa!

Y el pobre Giacomo se quedó triste y desesperado, apoyando su frente ardiente en los cristales de su tienda, llorando de rabia y mirando con pena y dolor su manuscrito, objeto de sus cuidados y sus afectos, que llevaban los groseros lacayos del gentilhombre.

—¡Oh! ¡Maldito seas, hombre del infierno! Maldito seas, maldito cien veces, tú que me has robado todo lo que amaba en la tierra. ¡Oh! ¡No podré vivir ahora! Sé que me ha engañado, el infame, me ha engañado. Si fuera así, ¡oh! ¡me vengaría! Vayamos corriendo a la barrera de los Árabes. ¿Y si ese hombre fuera a pedirme una suma que no tengo? ¿Qué hacer entonces? ¡Oh! ¡Es para morirse!

Agarró el dinero que el estudiante había dejado en su escritorio y salió corriendo.

Mientras iba por las calles, no veía nada de lo que le rodeaba, todo pasaba ante él como una fantasmagoría cuyo enigma no comprendía, no oía ni los pasos de los transeúntes ni el ruido de las ruedas en el pavimento; no pensaba, no soñaba, no veía más que una cosa: los libros. Pensaba en el *Misterio de San Miguel,* se lo creaba, en su imaginación, ancho y delgado, con un pergamino adornado con letras de oro, trataba de adivinar el número de páginas que debía de contener; su corazón latía con violencia como el de un hombre que espera su condena de muerte.

Finalmente llegó.

¡El estudiante no le había engañado!

Sobre una vieja alfombra de Persia llena de agujeros estaban esparcidos por el suelo una decena de libros. Giacomo, sin hablar al hombre que dormía al lado, tendido como sus libros y roncando al sol, cayó de rodillas, se puso a recorrer con ojo inquieto y preocupado el lomo de los libros, después se levantó, pálido y abatido, y despertó a gritos al librero de viejo y le preguntó:

—Eh, amigo, ¿no tendréis el *Misterio de San Miguel*?

—¿Qué? —dijo el comerciante abriendo los ojos—. ¿No queréis hablar de un libro que tengo? ¡Mirad!

—¡Imbécil! —dijo Giacomo golpeando con el pie—. ¿No tienes otros aparte de estos?

—Sí, tened, aquí están.

Y le enseñó un pequeño paquete de folletos atados con un cordel. Giacomo lo rompió y leyó los títulos en un segundo.

—¡Demonios! —dijo—. No es esto. ¿No lo habrás vendido, por casualidad? ¡Oh! Si lo posees, dámelo, dámelo; cien doblones, doscientos, todo lo que quieras.

El librero le miró asombrado:

—¡Oh! ¿Quizá queréis decir un librito que di ayer, por ocho maravedíes, al cura de la catedral de Oviedo?

—¿Te acuerdas del título del libro?

—No.

—¿No era *Misterio de San Miguel*?

—Sí, eso es.

Giacomo se apartó unos pasos de allí y cayó sobre el polvo como un hombre fatigado de una aparición que le obsesiona.

Cuando volvió en sí, ya anochecía y el sol que enrojecía en el horizonte estaba en su ocaso. Se levantó y volvió a su casa, enfermo y desesperado.

Ocho días después, Giacomo no había olvidado su triste decepción, y su herida todavía estaba viva y sangrante; no había dormido desde hacía tres noches, pues aquel día había de venderse el primer libro que se imprimió en España, ejemplar único en todo el reino. Hacía mucho tiempo que tenía ganas de poseerlo; por eso se alegró el día en que le anunciaron que el propietario había muerto.

Pero una inquietud se apoderó de su alma: Baptisto podría comprarlo, Baptisto que, desde hacía algún tiempo, le quitaba, no los clientes, eso poco le importaba, sino todo cuanto aparecía de raro y de viejo, Baptisto, cuya fama odiaba con odio de artista. Este hombre le resultaba gravoso; era siempre él quien le quitaba los manuscritos; en las ventas públicas, pujaba y obtenía. ¡Oh! ¡Cuántas veces el pobre monje, en sus sueños de ambición y de orgullo, cuántas veces vio acercársele la larga mano de Baptisto, que pasaba a través de la multitud como en los días de venta, para quitarle un tesoro con el que había soñado durante tanto tiempo, que había codiciado con tanto amor y egoísmo! ¡Cuántas veces también estuvo tentado de acabar con un crimen lo que ni el dinero ni la paciencia habían podido hacer! Pero reprimía esta idea en su corazón, trataba de aturdirse con el odio que sentía hacia ese hombre y se dormía sobre sus libros.

Desde la mañana estuvo delante de la casa en la que iba a tener lugar la venta; estuvo allí antes que el comisario, antes que el público y antes que el sol.

En cuanto las puertas se abrieron, se precipitó a las escaleras, subió a la sala y pidió el libro. Se lo enseñaron; esto ya era un placer.

¡Oh! Nunca había visto ninguno tan bello y que le gustara más. Era una biblia latina, con comentarios griegos; la miró y la admiró más que a todos los demás, la apretaba entre sus dedos riendo amargamente, como un hombre que se muere de hambre y ve oro.

Nunca, tampoco, había deseado tanto.

¡Oh! ¡Cómo habría querido entonces, incluso al precio de todo cuanto tenía, de sus libros, de sus manuscritos, de sus seiscientos doblones, al precio de su sangre, oh, cómo habría querido poseer este libro! Venderlo todo, todo por tener este libro; no tenerlo más que a él, pero tenerlo para sí; poder mostrarlo a toda España, con una risa de insulto y de piedad por el rey, por los príncipes, por los sabios, por Baptisto, y decir: ¡Para mí, para mí este libro!, y tenerlo entre sus dos manos toda la vida, palparlo como lo toca, sentirlo como lo siente, y poseerlo como lo mira.

Por fin llega la hora. Baptisto estaba en medio, el rostro sereno, el aire tranquilo y apacible. Se llegó al libro. Giacomo ofreció primero veinte doblones. Baptisto no dijo nada y no miró la biblia. El monje ya avanzaba la mano para tomar ese libro, que le había costado tan pocas penas y angustias, cuando Baptisto dijo «cuarenta». Giacomo vio con horror a su antagonista, que se inflamaba a medida que el precio subía.

—Cincuenta —gritó con todas sus fuerzas.

—Sesenta —respondió Baptisto.

—Cien.

—Cuatrocientos.

—Quinientos —añadió el monje con pesar.

Y mientras él pataleaba de impaciencia y de cólera, Baptisto aparentaba una calma irónica y malvada. La voz aguda y rota del ujier ya había repetido tres veces «quinientos»; ya Giacomo volvía a sentirse próximo a la felicidad; pero un soplo surgido de los labios de un hombre hizo que esta se desvaneciera, pues el librero de la plaza Real, afanándose entre la multitud, se puso a decir «seiscientos». La voz del ujier repitió «seiscientos» cuatro veces y ninguna otra voz le respondió; solo se veía, en un extremo de la mesa, a un hombre de frente pálida, con las manos temblorosas, un hombre que reía amargamente con esa risa de los condenados de Dante; bajaba la cabeza, la mano en el pecho, y cuando la retiró estaba caliente y mojada, pues tenía carne y sangre en la punta de las uñas.

Pasaron el libro de mano en mano para hacerlo llegar a Baptisto; el libro pasó por delante de Giacomo, que sintió su olor y lo vio correr un instante delante de sus ojos y luego detenerse ante un hombre que lo tomó y lo abrió riendo. Entonces el monje bajó la cabeza para ocultar su rostro, pues estaba llorando.

Al volver a su casa por las calles, su paso era lento y penoso, tenía la cara extraña y estúpida, el porte grotesco y ridículo, y el aire de un hombre ebrio, pues iba tambaleándose; tenía los ojos medio cerrados, los párpados rojos y ardientes; el sudor corría por su frente y balbuceaba entre dientes, como un hombre que ha bebido demasiado y que se ha excedido en el banquete de la fiesta.

Su pensamiento ya no le pertenecía, vagaba como su cuerpo, sin objetivo ni intención; era vacilante, irresoluto, pesado y extraño; le pesaba la cabeza como si fuera de plomo, la frente le ardía como una hoguera.

Sí, estaba ebrio de todo lo que había experimentado, estaba fatigado de sus días, estaba harto de la existencia.

Aquel día —era domingo— el pueblo se paseaba por las calles charlando y cantando. El pobre monje escuchó sus conversaciones y sus cantos; recogió por el camino algunos fragmentos de frases, algunas palabras, algunos gritos, pero le parecía que era siempre el mismo sonido, la misma voz, era una algarabía vaga, confusa, una música extraña y ruidosa que zumbaba en su cerebro y le agobiaba.

—Por cierto —decía un hombre a su vecino—, ¿has oído hablar de la historia de ese pobre cura de Oviedo que encontraron estrangulado en su cama?

Aquí había un grupo de mujeres que tomaban el fresco del atardecer bajo sus puertas; esto es lo que oyó Giacomo al pasar por delante de ellas:

—Dime, Marta, ¿sabes que en Salamanca había un joven rico, don Bernardo, aquel que, cuando vino aquí hace unos días, iba en una fina mula negra, muy bonita y bien equipada, a la que hacía piafar por las calles? Pues bien, esta mañana, en la iglesia, me han dicho que el pobre joven había muerto.

—¡Muerto! —dijo una muchacha.

—Sí, pequeña —respondió la mujer—, murió aquí, en el Hostal de San Pedro; primero, sintió dolor de cabeza, después tuvo fiebre, y al cabo de cuatro días lo enterraron.

Giacomo todavía oyó otras cosas; todos estos recuerdos le hicieron temblar, y una sonrisa de ferocidad se asomó a sus labios.

El monje volvió a su casa agotado y enfermo; se tendió en el banco de su despacho y se durmió. Tenía el pecho oprimido, un sonido ronco y cavernoso salía de su garganta; se despertó con fiebre; una horrible pesadilla había agotado sus fuerzas.

Era de noche y acababan de dar las once en la iglesia vecina. Giacomo oyó gritos: «¡Fuego! ¡Fuego!». Abrió las ventanas, salió a la calle y vio en efecto unas llamas que se elevaban por encima de los tejados; volvió a entrar en su casa e iba a buscar su lámpara para ir a sus almacenes cuando oyó, delante de sus ventanas, a unos hombres que pasaban corriendo y que decían: «Es en la plaza Real; el incendio es en casa de Baptisto».

El monje se estremeció, una sonora carcajada surgió del fondo de su corazón y se dirigió con la multitud hacia la casa del librero.

La casa ardía, las llamas se elevaban, altas y terribles y, empujadas por los vientos, se lanzaban hacia el bello cielo azul de España, que se cernía sobre una Barcelona agitada y tumultuosa, como un velo sobre lágrimas.

Se veía un hombre medio desnudo que se desesperaba, se arrancaba los cabellos y se revolcaba por el suelo blasfemando contra Dios y lanzado gritos de rabia y desesperación: era Baptisto.

El monje contemplaba su desesperación y sus gritos con calma y felicidad, con la risa feroz del niño que se ríe de las torturas de la mariposa a la que ha arrancado las alas.

En un apartamento elevado, se veían las llamas que quemaban fajos de papeles.

Giacomo tomó una escalera y la apoyó contra la muralla ennegrecida y vacilante. La escalera temblaba bajo sus pasos, Giacomo subió corriendo y llegó a aquella ventana. ¡Maldición! No eran más que algunos viejos libros de librería, sin valor ni mérito. ¿Qué hacer? Había entrado, había que avanzar en medio de aquella atmósfera inflamada o volver a bajar por la escalera cuya madera comenzaba a calentarse. ¡No! Avanzó.

Atravesó varias salas, el suelo temblaba bajo sus pasos, las puertas caían cuando se acercaba, las vigas colgaban sobre su cabeza, corría en medio del incendio, jadeante y furioso.

¡Necesitaba aquel libro! ¡Necesitaba aquel libro o la muerte!

No sabía hacia dónde dirigir sus pasos, pero corría.

Finalmente llegó ante un tabique que estaba intacto, lo rompió de un puntapié y vio un apartamento oscuro y estrecho. Buscó a tientas, notó algunos libros bajo sus dedos, tocó uno, lo tomó y lo sacó fuera de aquella sala. ¡Era él! ¡él! ¡el *Misterio de San Miguel*! Volvió sobre sus pasos, como un hombre enloquecido y en delirio, saltó por encima de los agujeros, voló entre las llamas, pero no encontró la escalera que había apoyado contra el muro; llegó a una ventana y descendió al exterior, agarrándose con las manos y las rodillas a las sinuosidades, su ropa empezaba a arder y, cuando llegó a la calle, se revolcó en el arroyo para apagar las llamas que le quemaban.

Pasaron unos cuantos meses, y no se oyó hablar más del librero Giacomo más que como de uno de esos hombres singulares y extraños, de los que la multitud se ríe en las calles porque no comprende sus pasiones y sus manías.

España estaba ocupada en intereses más graves y más serios. Un genio malo parecía pesar sobre ella; todos los días, nuevos asesinatos y nuevos crímenes, y todo eso parecía venir de una mano invisible y oculta; era un puñal suspendido sobre cada techo y sobre cada familia; personas que desaparecían de golpe sin que hubiera ningún rastro de la sangre que su herida había vertido; un hombre partía de viaje y no regresaba. No se sabía a quién atribuir esa horrible plaga, pues hay que atribuir la desventura a alguien extranjero, pero la ventura, a uno mismo.

En efecto, hay días tan nefastos en la vida, épocas tan funestas para los hombres, que, no sabiendo a quien colmar de maldiciones, se grita hacia el cielo; es en esas épocas desgraciadas para los hombres cuando se cree en la fatalidad.

Es cierto que una policía pronta y diligente había intentado descubrir al autor de todas estas fechorías; el espía asalariado se había introducido en todas las casas, había escuchado todas las conversaciones, oído todos los gritos y vistas todas las miradas, pero no había descubierto nada.

El procurador había abierto todas las cartas, había roto todos los sellos y había registrado todos los rincones, pero no había encontrado nada.

Sin embargo, una mañana, Barcelona se quitó su ropa de luto para ir a amontonarse en las salas de la justicia, donde iban a condenar a muerte al que se suponía autor de todos aquellos horribles asesinatos. El pueblo ocultaba sus lágrimas bajo una risa convulsiva, pues cuando se sufre y se llora es un consuelo bien egoísta, ciertamente, ver otros sufrimientos y otras lágrimas.

El pobre Giacomo, tan tranquilo y apacible, estaba acusado de haber incendiado la casa de Baptisto y de haber robado su biblia; y todavía había contra él mil otras acusaciones.

Allí estaba, pues, sentado en los bancos de los asesinos y los bandidos, él, el honrado bibliófilo; el pobre Giacomo, que no pensaba más que en sus libros, estaba pues comprometido con los misterios del asesinato y el cadalso.

La sala rebosaba de público. Finalmente el procurador se levantó y leyó su informe; era largo y prolijo; apenas se podía distinguir en él la acción principal, los paréntesis y las reflexiones. El procurador decía que había encontrado en casa de Giacomo la biblia que pertenecía a Baptisto, puesto que esa biblia era la única que había en España; pues bien, era probable que fuera Giacomo quien había prendido fuego a la casa de Baptisto para apoderarse de este libro raro y precioso. Se calló y volvió a sentarse sin aliento.

En cuanto al monje, estaba tranquilo y apacible y no respondió siquiera con una mirada a la multitud que le insultaba.

Su abogado se levantó, habló largo tiempo y bien; finalmente, cuando creyó haber conmovido a su auditorio, levantó su toga y sacó un libro, lo abrió y lo mostró al público. Era otro ejemplar de aquella biblia.

Giacomo lanzó un grito y cayó sobre su banco arrancándose los cabellos. El momento era crítico, se esperaba que el acusado dijera unas palabras, pero ningún sonido salió de su boca; finalmente, volvió a sentarse y miró a sus jueces y a su abogado como un hombre que se despierta.

Le preguntaron si era culpable de haber prendido fuego a la casa de Baptisto.

—No, ¡ay! —respondió él.

—¿No?

—¿Pero no vais a condenarme? ¡Oh! ¡Condenadme, os lo ruego! La vida me es una carga, mi abogado os ha mentido, no le creáis. ¡Oh! Condenadme, yo maté a don Bernardo, yo maté al cura, yo robé el libro, el libro único, pues no hay dos en España. Señores, matadme, soy un miserable.

Su abogado se dirigió hacia él y, mostrándole esa biblia, dijo:

—¡Puedo salvaros, mirad!

Giacomo tomó el libro y lo miró:

—¡Oh! ¡Yo que creía que era el único en España! ¡Oh! ¡Decidme, decidme que me habéis engañado! ¡Ay de vos!

Y cayó desmayado.

Los jueces volvieron y pronunciaron su condena de muerte.

Giacomo la oyó sin estremecerse y parecía incluso más calmado y tranquilo. Le hicieron esperar que, si pedía gracia al papa, quizá la obtendría. No quiso saber nada y pidió tan solo que su biblioteca fuese entregada al hombre que tuviera más libros en España.

Después, cuando el pueblo se hubo retirado, pidió a su abogado que tuviera la bondad de prestarle su libro; este se lo dio.

Giacomo lo tomó amorosamente, vertió unas lágrimas sobre las hojas, lo desgarró con cólera y luego arrojó los trozos a la cara de su defensor diciéndole:

—¡Habéis mentido, señor abogado! ¡Ya os decía yo que era el único en España!

Un exlibris mal colocado

OCTAVE UZANNE (1851-1931)

Uzanne es otro loco de la bibliofilia. De hecho, fue fundador y presidente en Francia de la Société des Bibliophiles Contemporains. Era un gran admirador de Charles Nodier y compartía con él no solo su pasión por hallar libros raros sino también un gran sentido del humor. Hay que decir que a Uzanne no solo le interesaban los libros antiguos, sino que también se involucró con algunos de los mejores impresores de la época en la elaboración de libros modernos de bibliofilia a finales del siglo XIX y principio del XX.

Este relato, ligero y desenfadado, nos muestra que Uzanne no era un erudito a la manera arquetípica, encerrado en un gabinete atestado de legajos. Como periodista, estaba al tanto de la vida social y escribió numerosas crónicas sobre moda femenina, que era un tema que también le apasionaba. De hecho, aquí relata los riesgos de un exceso de encierro bibliotecario y bibliofilia. En este caso no se trata del riesgo de trastorno criminal que señalaban Nodier y Flaubert en el librero asesino de Barcelona, sino un peligro mucho más casero y conyugal.

UN EXLIBRIS MAL COLOCADO (HISTORIA DE AYER)

OCTAVE UZANNE

Oyr ver y callar, rezias cosas son de obrar.

—¡Cómo, amigo mío! —me dijo un día cierto bibliómano de lengua viperina—. ¿Cómo puede ignorar lo que los cofrades del célebre bibliófilo Z. se murmuran muy bajo al oído unos a otros al verlo pasar?

—¿Qué pueden decir, por Dios? El bibliófilo Z. es, según parece, el hombre más perfectamente honrado que existe.

—Cierto, no osaría ni un instante suponer lo contrario.

—¿Qué dicen, pues?

—Se cuenta con malicia que ha puesto su *exlibris* en el libro de otro.

—¡En el libro de otro! La verdad, es la primera vez que oigo este feo comentario.

—La historia es adorable.

—En este caso, se lo ruego, cuéntemela.

—Con mucho gusto. No obstante, debo avisarle de que forma parte de la *Crónica escandalosa.*

—No importa, seré discreto.

—¿Me da su palabra?

—Con toda lealtad.

—Lo que le comunico es un documento de alta curiosidad. Empiezo, pues:

Ya conoce usted, ¿verdad?, al buen hombre en cuestión. Alto, seco, nervioso, de rostro lampiño y demacrado, pelo rubio castaño como el tafilete Lavallière, y ojos pequeños y vivos que lanzan, desde detrás de sus gafas, la mirada de una pupila de ese verde particular de las botellas de agua mineral; sin duda lo ha visto pasar muchas veces por los *quais,* cerca del instituto, embutido en una larga levita negra, con sus polainas bien calzadas, la cabeza cubierta con un sombrero de copa plegable mate de anchas alas; casi siempre agobiado por el peso de una prodigiosa cantidad de folletos que le hacen ir con los brazos combados espantosamente. El bibliófilo Z. es uno de nuestros helenistas más sabios, muy apreciado por todos los que se nutren del siglo de Pericles. Es un espartano literario, un fanático de los libros que antes se dejaría matar que faltar una sola vez a la gira bibliopolesca que emprende cotidianamente. Como hombre sensato que es, ha hecho acampar sus *desiderata* en el terreno ático, nada puede distraerle de este fin; su sueño más vivo sería recoger los restos de la famosa *Biblioteca de Coislin,* en una palabra, daría la *Biblia de Maguncia* de 1462 por un *Sófocles de edición Aldina, Venecia,* de 1502, o el EURÍPIDES.

—La descripción es muy exacta, pero no veo...

—¡No sea impaciente! Escúcheme al menos.

El bibliófilo Z. pasa todo su tiempo o bien a la búsqueda de sus *mirlos blancos,* o bien en la *Nationale,* o bien en las academias eruditas, o bien en la cena de los *Heleno-bibliognostes,* de los que es presidente. Se levanta muy de mañana, come a base de Teócrito, al que adora, y después, gran discípulo de la Escuela de Salerno y de Louis Cornaro, cena sobriamente y por la noche, a las nueve, se tapa la frente, suspira y se duerme.

—Todo esto no me dice...

—Por favor, un minuto. Ya llegamos al asunto.

Hace tres años, cansado de traducir y comentar a Aristéneto, Epicuro y Ateneo en el egoísmo del celibato, nuestro erudito pensó seriamente en el matrimonio y se decidió a tomar mujer. Sus extensas relaciones, sus éxitos de erudito y la integridad de un nombre antiguo en la judicatura le hicieron encontrar una delgada y exquisita joven, una adorable parisina, fina, alegre y graciosa hasta la punta de los talones, que consintió en trocar su frescor por un pergamino, en entregar su juventud a aquella larga raíz griega: la señorita *** se convirtió, en resumen, en la rosa de aquella zarza.

En los primeros tiempos de este himeneo, Z. se mostró para con su mujer lleno de mil deferencias, de pequeñas atenciones, de efusión, diría casi de amor si no temiera profanar esta palabra; se hubiera dicho que experimentaba en cierto modo el influjo de una palingenesia interior. Se mostró sucesivamente ligero, galante, mundano, casi anacreóntico; se le vio recorrer Italia con su muy gentil compañera, y luego, de regreso en París, frecuentar las fiestas nocturnas, la Comédie, la Opéra —¿qué le diría? Z. no fue realmente demasiado griego en este encantador juego del matrimonio—; sin olvidar a Minerva, suavemente, inquietó a Venus; Mentor cedió algunas veces su lugar a Telémaco, pero ¡ay!, al cabo de unos meses Telémaco desapareció, los músculos de nuestro bibliófilo, habituados a la calma salernitana, se fueron debilitando poco a poco; volvió a ser Mentor para siempre. El alfa, la omega y la iota suscrita helenizaron de nuevo su cerebro. La señora Z. se quedó viuda. En vida de su marido, el estudio enterró a su esposo.

La pobre mujercita al principio se sintió desconsolada, como puede usted suponer. Abandonada a sí misma durante una parte del día, viendo a la hora de cenar a su marido, sumergido en algún viejo volumen, dirigirle apenas unas palabras, aislada en su habitación noches enteras, la vida pronto adquirió a sus ojos un tinte gris y horriblemente monótono. Necesitaba salir a toda costa de aquel medio momificado. Lo hizo, se lanzó a las fiestas mundanas y fue considerada por todos la más feliz y la más elegante de nuestras parisinas. Tuvo una corte de jóvenes brillantes, correctos y fatuos que mariposeaban alrededor de su luminosa belleza, pero en este torbellino artificial, entre las risas y las galanterías insulsas, la señora Z. sintió más que nunca el vacío de su existencia; la soledad había hecho más vasta su necesidad de amar, las distracciones exteriores no pudieron calmar las vagas palpitaciones de su corazón, y un buen día, finalmente, su virtud tuvo que capitular ante los ataques apasionados de un bello Antínoo de cuello poderoso. —Necesitaría todo un capítulo a la manera cincelada de un Dumas hijo, un Flaubert o un Zola para describirle las fases sublimes de este amor adulterino rodeado de la indiferencia o, mejor dicho, la ceguera homérica de nuestro helenista; pero no debo olvidar que le cuento una historieta y no escribo una novela; llegaré pues enseguida al punto patético—. La señora Z. se dio cuenta, ¡ay!, en su propia carne, de que el bello Antínoo, diferente en esto de su marido, sabía reproducir otras cosas además de textos antiguos; sintió lo que las *précieuses,* tan ingeniosas en sus metáforas, denominaban «El contratiempo del amor permitido».

Cuando este incidente o accidente se manifestó, sucedía que el bibliófilo Z. —¡el monstruo!— no había leído desde hacía más de un año, en compañía de su mujer, los famosos preceptos del casuista Sánchez: *De Matrimonio.* Ya ve usted que la situación se presentaba sombría y crítica. Z. podía rebelarse y traducir negativamente el *Quem nuptiae demonstrant.* Ahora bien, he aquí lo que pasó:

Una noche, después de una deliciosa cena a solas con su esposa, en la que la trufa negra había evaporado su aroma exquisito, el bilbiófilo Z., que se había retirado a su gabinete de trabajo con el fin de distraerse con la lectura de los *Philosophumena* de Orígenes, fue convocado de repente a la habitación de su mujer.

Profundamente entristecido por tener que abandonar a Orígenes por su esposa, acudió de bastante mala gana a esa invitación y fue recibido en aquel mismo dormitorio cuyo umbral el ingrato no había cruzado desde hacía tanto tiempo.

La señora Z. le esperaba, sentada en una silla baja junto al hogar, con los ojos brillantes y ardiendo con un fuego extraño, los pómulos rosados, más encantadora que nunca —largos suspiros tiernos y ahogados levantaban las curvas de su pecho, cuya resplandeciente belleza se veía bajo el escote de una deliciosa túnica de cachemira blanca adornada con punto de Inglaterra con un dibujo de conchas. Sus pequeñas chinelas de satén con broches de color malva cuchicheaban impacientemente sobre el tejido sedoso de un cojín y un ojo indiscreto habría descubierto los finos tobillos de una pierna maravillosa, aprisionada en el lila pálido de una media bordada en la punta—. Las cortinas de la habitación estaban corridas —quizá también

los cerrojos estaban echados—. En el aire había como un perfume embriagador de discreción y de libertinaje, y unos amorcillos, con el colorido de Boucher, débilmente iluminados, se hacían bromas y parecían brotar de los dinteles en una conturbación de picardía y curiosidad voluptuosa.

El bibliófilo Z. no vio nada de todo esto; proyectando hacia delante el rudo ángulo de sus piernas y sin quitarse siquiera un birrete de terciopelo negro enriquecido con grecas, se arrellanó metódicamente en una butaca al lado de su mujer, que le proporcionó hábilmente un pretexto plausible para el paso insólito que acababa de dar respecto a él.

La linda criatura estuvo encantadora con su coquetería refinada, su ingenio mordaz, su locuacidad delicada; dio libre curso a toda la picardía de sus felices tiempos pasados, se mostró niña, traviesa incluso, encontrando tesoros de sensiblería en la evocación de una luna de miel demasiado pronto metamorfoseada en horrible luna roja. Precisaba sus recuerdos con pudores de jovencita, riéndose de repente y luego bajando lentamente sus largas pestañas como para cubrir su rubor naciente. —Se había acercado—. Los suaves pliegues de su vestido, que dibujaban unos contornos que habría envidiado Clodion, rozaban el severo pantalón negro del sabio; de rodillas sobre el cojín, en una pose lánguida y felina, mostrando los hoyuelos deleitables de sus hermosos brazos desnudos, acariciaba y besaba las manos rígidas y frías, de uñas secas y cuadradas, de su esposo. Sus labios rojos y húmedos se crispaban en espera de los besos, el amor, en fin, parecía desbordarse con pasión de la vitalidad de sus sentidos.

San Antonio no lo habría resistido; el bibliófilo Z. resistió —rígido como un palimpsesto, ni uno de sus músculos se movió—. Pensaba en Luciano, en Eubulo, en Xenarco, en Aristófanes. Releía en su memoria las astucias femeninas de la Antigüedad y su ojo verde se había detenido fríamente sobre el exceso de cierta curva de la que estaba seguro de ser y de haber sido la asíntota.

Finalmente se levantó, con la calma majestuosa de un presidente que levanta una sesión y, despidiéndose de la mujer, tan brutalmente galante como si se hubiera tratado de una factura que pagar, dijo:

—Duerma en paz, señora, duerma en paz... *Lo reconoceré.*

◆ ◆ ◆

—He aquí por qué —me dijo mi bibliómano al terminar su relato— los cofrades del célebre bibliófilo Z. se cuentan muy bajo, muy bajo al verlo pasar, que ha colocado su *exlibris* en el libro de otro.

Entre nosotros: ¿no hizo algo mejor que quejarse?

La biblioteca universal

KURD LASSWITZ (1848-1910)

Lasswitz era doctor en Física y Matemáticas, y ejerció la docencia en Gotha durante décadas. De ahí que sus novelas y relatos de ciencia ficción tengan una precisión científica que el género no había alcanzado hasta entonces. Por ejemplo, en su novela *Sobre dos planetas,* relata el encuentro de los humanos con la civilización marciana, que describe como más avanzada que la nuestra, y se adelanta medio siglo a las *Crónicas marcianas* de Ray Bradbury. También se adelantó 40 años a Borges. El autor porteño reconocía que su célebre relato *La biblioteca de Babel,* que merecería también estar en esta antología, se inspiró en *La biblioteca universal* de Lasswitz, publicado en 1901.

Al leerlo, uno ve las conexiones de Lasswitz con autores posteriores y, aunque no tenía su mano literaria, sí merece un lugar en la historia del libro por lo que tuvo de conector entre la literatura y la ciencia, que durante todo el siglo XIX habían estado inexplicablemente peleadas. Puede incluso que los científicos hayan sido más generosos con él que los críticos literarios: hay un asteroide y un cráter de Marte bautizados con su nombre.

LA BIBLIOTECA UNIVERSAL

Kurd Lasswitz

—Ven y siéntate, Max —dijo el profesor Wallhausen—, en todos estos papeles no hay nada que pueda interesar a tu revista. ¿Qué quieres tomar, vino o cerveza?

Max Burkel se acercó a la mesa y arqueó las cejas con aire circunspecto. Luego se instaló cómodamente en una butaca y dijo:

—La verdad es que ya no bebo. Pero estando de viaje es otra cosa —y veo que tenéis una deliciosa Kulmbacher—. Ah, muchas gracias, querida señorita— ¡no demasiado!—. A vuestra salud, querido hermano, querida amiga. ¡A su salud, señorita Briggen! Qué contento estoy de volver a pasar un rato contigo. Pero no te librarás fácilmente, tienes que escribirme algo.

—Así, de entrada, no se me ocurre qué podría ser. De todos modos, se escriben tantas cosas espantosamente inútiles o, peor aún, se imprimen...

—No es necesario recordarle todo esto a un redactor atormentado como yo. La cuestión está en saber dónde empieza lo superfluo. A este respecto, el público y los autores tienen opiniones muy divergentes. En cuanto a nosotros, siempre somos los culpables de lo que la crítica juzga superfluo. ¡Ah, qué felicidad —se frotó alegremente las manos— tener ahora un sustituto que sude y se fatigue en mi lugar durante tres semanas!

—Lo que me sorprende —empezó a decir la señora de la casa— es que todavía encontréis temas nuevos para publicar en la revista. Yo creía que ya se habían experimentado más o menos todas las combinaciones posibles de los caracteres de imprenta.

—Así es, exactamente, señora. Al menos, esto es lo que se podría pensar, pero el espíritu humano es inagotable...

—¡Cuando se trata de repetir siempre lo mismo, quiere decir!

—¡Sí! —rio Burkel—, pero también para las novedades.

—Y sin embargo —observó el profesor— estamos en condiciones de representar con caracteres de imprenta todo lo que se pueda legar a la humanidad en cuanto a acontecimientos históricos, conocimientos científicos, creación poética y enseñanza filosófica. Al menos, en la medida en que todo esto puede ser expresado por el lenguaje. Pues nuestros libros transmiten efectivamente el saber de la humanidad y conservan el tesoro acumulado del trabajo del pensamiento. Pero el número de combinaciones posibles con unos caracteres dados es limitado. Así pues, toda la literatura posible debe necesariamente poder estar contenida en un número de volúmenes finito.

—Vaya, amigo mío, de nuevo razonas más como matemático que como filósofo. ¿Cómo podría ser finito lo inagotable?

—Si me lo permites, voy a calcular el número de volúmenes que debería contener la biblioteca universal.

—Tío, ¿harás un discurso muy erudito? —preguntó Suzanne Briggen.

—Querida Suzie, ¡nada es nunca demasiado erudito para una señorita que sale del pensionado!

—Gracias, tío, solo lo preguntaba para saber si debo reanudar mi labor, porque ya sabes que así reflexiono mejor.

—Ah, pillina, querías saber si me disponía a soltar un largo discurso, ¿verdad? No es esa mi intención, pero ¿podrías darme el bloc que está allí, y también el lápiz?

—¡Tráiganos también la tabla de logaritmos! —exclamó Burkel.

—¡Oh, Dios mío! —protestó la señora Wallhausen.

—No, no, no hace falta —exclamó el profesor—. Y no vale la pena presumir de tu labor, Suzie.

—Aquí tienes un trabajo mucho más agradable —dijo la señora tendiéndole una copa llena de manzanas y nueces.

—Gracias —respondió Suzanne tomando el cascanueces—. Ya me encargo de las nueces más duras.

—Ahora, por fin nuestro amigo podrá hablar —empezó el profesor—. Pregunto: si nos contentáramos con lo mínimo y renunciáramos a toda utilización puramente estética de ciertos tipos de letra, y si, además, considerásemos un lector que no eligiera la comodidad de la lectura sino que simplemente se interesara por el sentido...

—Semejante lector no existe.

—Bueno, supongámoslo. ¿Cuántos caracteres de imprenta se necesitarían para publicar el conjunto de las bellas letras y de la literatura popular?

—Mmm —dijo Burkel—, si nos limitamos a las minúsculas y las mayúsculas del alfabeto latino, a los signos de puntuación habituales, a las cifras, sin olvidar los espaciamientos...

Suzanne levantó los ojos de sus nueces con aire interrogante.

—Se trata del carácter de espaciamiento que el cajista utiliza para separar las palabras y llenar los espacios que han quedado vacíos. No habría muchos, pues. Pero no olvidemos los libros científicos. ¡Pensemos en la cantidad de símbolos que utilizáis los matemáticos!

—En este caso podríamos utilizar los exponentes y los índices, esas pequeñas cifras colocadas encima o debajo de las letras del alfabeto, como por ejemplo a 0, a 1, a 2, etc. Por lo tanto, necesitamos un segundo y un tercer juego de caracteres de 0 a 9. Por medio de ellos podríamos incluso representar cualquier sonoridad extranjera una vez que nos hubiéramos puesto de acuerdo en el modo de hacerlo.

—Estoy dispuesto a admitir que tu lector ideal lo aceptara. En este caso, calculo que no necesitaríamos más de un centenar de caracteres de imprenta distintos para poder expresar por escrito todo lo que se puede pensar.

—Muy bien. ¿Y qué grosor tendría cada volumen?

—Creo que se puede ser muy exhaustivo sobre cualquier tema si se llena un volumen de quinientas páginas. Debemos imaginar una página de cuarenta líneas con cincuenta caracteres cada una (incluyendo evidentemente los espacios, la puntuación, etc.) y obtenemos, pues, 40 x 50 x 500 caracteres para un volumen de este tipo, lo que nos da..., bueno, puedes calcularlo tú mismo.

—Un millón —dijo el profesor—. Por lo tanto, si repetimos nuestros 100 caracteres a discreción y los reunimos en un orden cualquiera tan a menudo como sea necesario para llenar un volumen de un millón de caracteres, obtendremos un escrito cualquiera. Y, si consideramos todas las combinaciones posibles realizables de esta manera mediante un procedimiento puramente mecánico, obtenemos exactamente el conjunto de las obras jamás escritas en literatura así como todas las que puedan serlo en el futuro.

Burkel dio una vigorosa palmada a la espalda de su amigo.

—Me suscribo inmediatamente a esta biblioteca universal. Así dispondré de todos los próximos números de mi revista, a punto para la imprenta. Ya no tendré necesidad de preocuparme por los artículos. Es magnífico para un editor: ¡esto significa la exclusión de los autores de la actividad comercial! Y la sustitución del escritor por una máquina combinatoria. ¡Es el triunfo de la técnica!

—¡Cómo! —exclamó la señora—. ¿Todo está en la biblioteca? ¿También está todo Goethe? ¿Y la biblia? ¿Las obras completas de todos los filósofos que han existido?

—Sin olvidar todas las interpretaciones en las que nadie ha pensado todavía. También encontrarás allí todas las obras perdidas de Platón o de Tácito, así como sus traducciones. Pero también el conjunto de nuestras obras futuras, las tuyas y las mías, todos los discursos parlamentarios, tanto los que se han olvidado como los que aún no se han pronunciado, el tratado universal de paz mundial y la historia de las guerras del futuro que resulten de él.

—¡Y también el registro imperial de los horarios de trenes, tío! —exclamó Suzanne—. Es tu libro preferido.

—Ciertamente, y sin olvidar el conjunto de tus ensayos en alemán con la señorita Grazelau.

—¡Ah, ojalá hubiese tenido este libro en el pensionado! Pero imagino que se trata siempre de un solo volumen completo...

—Permítame, señorita Briggen —intervino Burkel—, no olvide los espacios. El menor verso poético puede disponer de un volumen para él solo y entonces el resto está vacío. Y también podemos meter las obras más largas, ya que si no tienen suficiente espacio en un solo volumen, simplemente buscaremos la continuación en otro.

—Pero ¿cómo aclararse? —preguntó la señora Wallhausen.

—Aquí está precisamente el problema —empezó a decir el profesor, esbozando una sonrisa y arrellanándose en su butaca mientras seguía con la mirada el humo de su cigarro—. Sin duda se podría pensar que las investigaciones serían más fáciles si la biblioteca dispusiera igualmente de su propio catálogo...

—¡Ahí está!

—Sí, pero ¿cómo encontrarlo? Y aunque encontraras un volumen, no habrías avanzado mucho, porque no solo contendría los títulos y las signaturas exactas, sino también referencias falsas.

—¡Diablos! ¡Es cierto!

—Mmm... Es un problema. Tomemos, por ejemplo, el primer volumen que nos venga a mano de nuestra biblioteca. La primera página está en blanco, la segunda también y así sucesivamente hasta completar las quinientas páginas. Se trata del volumen en el que el carácter del espaciamiento se repite un millón de veces.

—Al menos no dirá tonterías —intervino la señora de la casa.

—¡Es un consuelo! Tomemos ahora el segundo volumen, vacío también, completamente vacío, salvo en la última página, que tiene, abajo de todo, en la millonésima posición, una tímida «a». En el tercer volumen sucede lo mismo, con la diferencia de que la «a» ha avanzado un espacio, mientras que la última posición está vacía de nuevo. Y la «a» se desplaza así un espacio hacia delante en un millón de volúmenes, hasta que alcanza alegremente la primera posición en el primer volumen del segundo millón. No se encontrará nada más en ese interesante volumen. Y lo mismo ocurre con los cien primeros millones de nuestros volúmenes, hasta que nuestros cien caracteres de imprenta hayan efectuado todos su camino solitario de atrás hacia delante. Lo mismo se reproduce después con «aa» o con cualquier binomio de caracteres en todas las posiciones posibles. Uno de estos volúmenes solo contiene puntos, otro solo contiene signos de interrogación.

—Pero, sin duda —dijo Burkel—, pronto se localizarían estos volúmenes y se eliminarían...

—Mmm, sí, pero lo peor ocurre cuando se descubre un volumen aparentemente sensato. Por ejemplo, deseas verificar algo en *Fausto* y das con el volumen que empieza correctamente. Y al cabo de algunas páginas, lees de pronto: «Abracadabra, ya no hay nada», o bien, simplemente: «aaaaa»... O también puede que lo que empiece sea una tabla de logaritmos, pero nadie sabe si es exacta. Pues en nuestra biblioteca no solo está todo lo que es verdadero, sino también todo lo que es falso. Y no hay que dejarse engañar por los títulos. Un volumen puede muy bien empezar con «Historia de la guerra de los Treinta Años» y continuar diciendo: «Cuando el príncipe Blücher se casó con la reina de Dahomey en las Termópilas...»

—¡Tío, esto es algo que me interesa! —exclamó Suzanne alegremente—. Yo misma podría escribir estos volúmenes porque tengo mucho talento para mezclarlo todo. Y allí encontraría sin duda el inicio de *Ifigenia* que yo antaño declamaba:

> En vuestra sombra, ramas agitadas,
> obedeciendo a la necesidad más que a mi inclinación,
> quiero sentarme en este banco de piedra.

Si encontrara esto impreso en alguna parte, quedaría disculpada. Y seguro que también encontraría la larga carta que le escribí y que desapareció en el momento mismo en que quería enviarla. Mika había puesto sus manuales escolares justo encima. ¡Ay de mí! —se interrumpió, incómoda, poniendo en orden sus mechones rebeldes—. La señorita Grazelau me pidió expresamente que pusiera atención para no perderme en charlas inútiles.

—Pero aquí estás autorizada a hacerlo —la consoló su tío—, porque en nuestra biblioteca no solo están todas tus cartas, sino también todos los discursos que has hecho y todos los que harás.

—Ah, bueno, pero entonces es mejor no imprimir esa biblioteca.

—No te preocupes, no solo están firmados con tu nombre, sino también con el de Goethe y con todos los nombres posibles en el mundo entero. Nuestro amigo encontrará allí también artículos firmados por su mano que contienen todas las derivas imaginables de la prensa, de modo que no le bastará toda una vida para expiar su pena. Contiene asimismo un libro suyo en el que detrás de cada una de sus frases está escrito que estas son falsas, y otro volumen en el que, detrás de estas mismas frases, se jura que todas son verdaderas.

—Bueno, con esto basta —exclamó Burkel riendo—. Ya sabía que nos tomarías el pelo. Por lo tanto, no voy a suscribirme a tu biblioteca universal, ya que es imposible discernir lo que tiene sentido y lo que no, y lo verdadero de lo falso. Ahora, si encuentro tantos millones de volúmenes que afirman contener la verdadera historia del imperio alemán en el siglo XX y todos se contradicen completamente, prefiero acudir a las obras de los propios historiadores. Renuncio.

—Es muy astuto por tu parte, porque habrías cargado con un peso muy grande. Respecto a eso, no bromeaba. No he afirmado que en esa biblioteca pudieras encontrar algo útil, he dicho simplemente que se podía calcular con exactitud el número de volúmenes que contendría nuestra biblioteca universal, en la que los peores absurdos posibles se codearían con toda la literatura sensata posible.

—Muy bien, pues calcula el número de volúmenes —dijo la señora Wallhausen—. Porque este bloc no te dejará descansar antes de que lo hagas.

—Es muy sencillo. Puedo hacerlo mentalmente. Pensemos simplemente en la manera de constituir nuestra biblioteca. Ponemos en primer lugar cada uno de nuestros cien caracteres de imprenta. Después asociamos a cada uno de ellos los cien caracteres que sirven para formar cien veces cien grupos de dos caracteres cada uno. Añadiéndoles una tercera vez cada uno de los cien caracteres de imprenta, obtenemos 100 x 100 x 100 grupos de tres signos cada uno, y así sucesivamente. Y como cada volumen contiene un millón de caracteres, tendremos, pues, tantos volúmenes como la cifra que se obtiene si se pone un millón de veces el número 100 como coeficiente. Como 100 es igual a diez veces diez, obtenemos lo mismo que si se escribiera dos millones de veces la cifra 10 como coeficiente. Es, por lo tanto, simplemente un 1 con dos millones de ceros. O sea: diez elevado a dos millones: $10^{2.000.000}$.

El profesor agitó la hoja de papel.

—Sí —exclamó su mujer—, pero te has facilitado la tarea. Escribe la cifra completa.

—Me guardaré mucho de hacerlo. Necesitaría como mínimo dos semanas, día y noche, sin ninguna pausa; si se tuviera que imprimir, el número tendría una longitud de cuatro kilómetros.

—¡Dios mío! —exclamó Suzanne— ¿Y cómo se llama este número?

—No tenemos ningún nombre para este tipo de cosas. Diría incluso que no tenemos ningún medio para representárnoslo concretamente, de tan colosal que es esta cantidad, aunque su expresión sea finita. Las magnitudes fenomenales que se podrían evocar desaparecen ante ese monstruo algebraico.

—¿Y qué daría —preguntó Burkel— si se expresara en trillones?

—Un trillón es un bonito número, mil millones de veces mil millones, un 1 con 18 ceros. Si divides la cantidad de nuestros volúmenes por este número, suprimes simplemente dieciocho ceros de dos millones. Por consiguiente, obtienes un número con 1.999.982 ceros, al que no puedes asociar ninguna representación concreta. Pero espera un momento —el profesor garabateó unas cifras en el papel.

—Lo sabía —dijo su mujer—. Todavía haces cálculos.

—Ya he terminado. ¿Sabes qué significa este número para nuestra biblioteca? Supongamos, por ejemplo, que cada uno de nuestros volúmenes tenga un grosor de dos centímetros y que los hayamos colocado todos en una sola hilera. ¿Cuál sería, según vosotros, la longitud de esta hilera?

Lanzó una mirada circular con aire triunfante, mientras todos permanecían callados.

Luego Suzanne dijo de repente:

—¡Yo lo sé! ¿Puedo decirlo?

—¡Venga, Suzie!

—La longitud en centímetros es el doble del número de volúmenes de la biblioteca.

—¡Bravo, bravo! —exclamaron todos— Es todo cuanto necesitamos.

—Sí —dijo el profesor—, pero examinémoslo más de cerca. Ya sabéis que la luz recorre trescientos mil kilómetros por segundo, o sea unos diez mil millones de kilómetros en un año, lo que equivale a un trillón de centímetros. Así pues, si el bibliotecario recorriera nuestra hilera de volúmenes a la velocidad de la luz, necesitaría dos años largos para cruzar el umbral del primer trillón de volúmenes. Por consiguiente, para recorrer toda la biblioteca, necesitaría dos veces más años que trillones hay en el número de volúmenes de la biblioteca, es decir, como dije antes, un 1 con 1.999.982 ceros. Lo que quería subrayar con esto es que somos tan poco capaces de imaginar el número de años que se necesitaría para recorrer todos los volúmenes de nuestra biblioteca como de aprehender concretamente el número de volúmenes que contiene. Y esto demuestra muy claramente que es inútil esforzarse en representarse este número, aunque sea finito.

El profesor se disponía a dejar sobre la mesa la hoja de papel cuando Burkel le dijo:

—Si estas señoras me permiten, me gustaría hacer una última pregunta... Me da la impresión de que has calculado las dimensiones de una biblioteca que no cabría en el universo entero.

—Vamos a saberlo enseguida —respondió el profesor reanudando sus cálculos. Luego declaró:

—Si encogiéramos toda la biblioteca de modo que en un metro cúbico cupieran mil libros, necesitaríamos, para contenerla completamente, tomar el universo entero hasta las nebulosas visibles más alejadas y multiplicarlo por un número que solo tuviera sesenta ceros menos que el 1 y sus dos millones de ceros, que representa la cantidad de nuestros volúmenes. Seguimos, pues, donde estábamos: es imposible representarse de esta manera ese número gigantesco.

—Ya ves que tenía razón —dijo Burkel— al decir que era inagotable.

—De ninguna manera. Si lo sustraes a sí mismo, obtienes cero. Es finito, y su definición está conceptualmente establecida. Pero hay un punto que

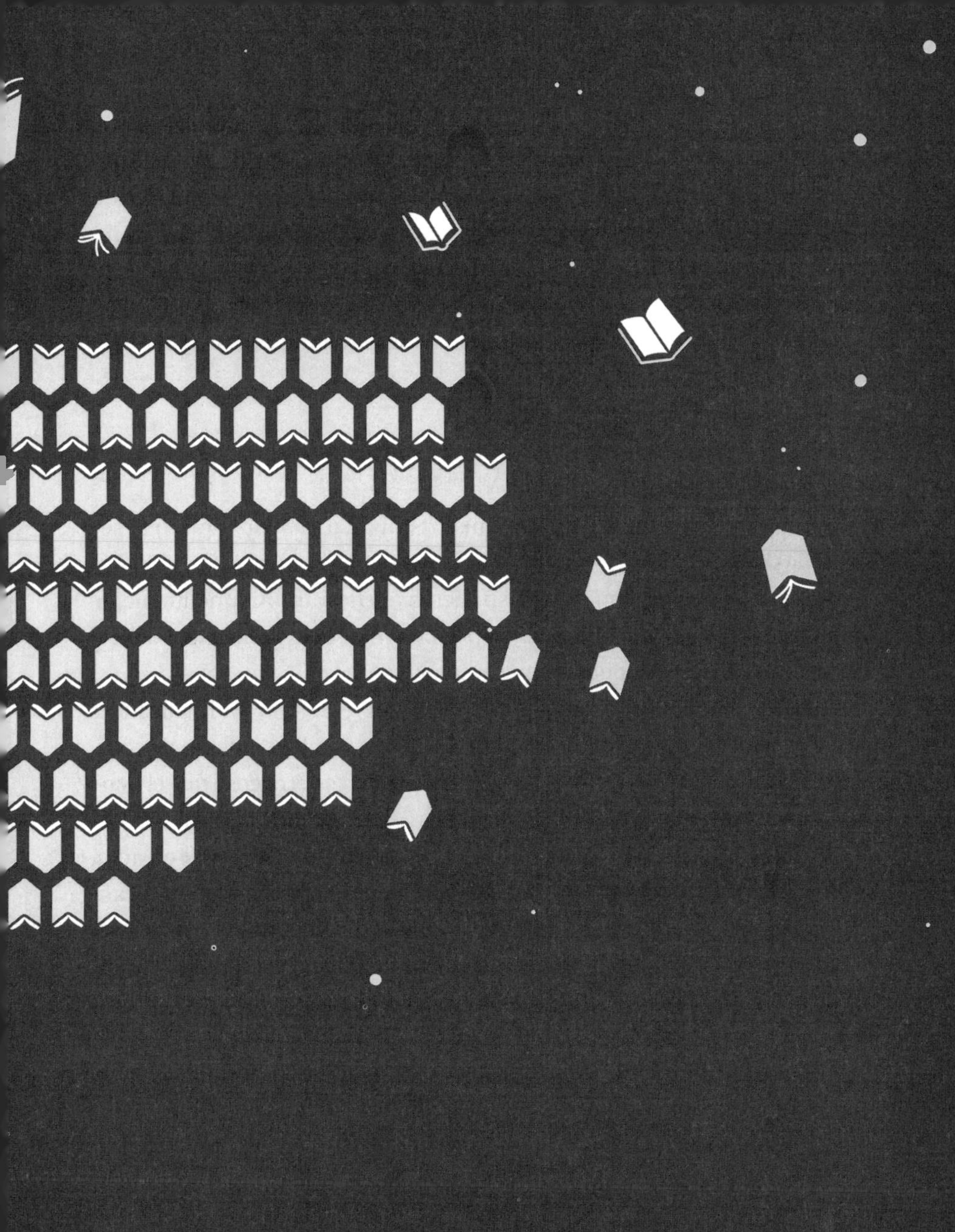

resulta sorprendente. Escribimos con algunas cifras el número de los volúmenes en los que está consignado el contenido aparentemente infinito de toda literatura posible. Pero si ahora tratamos de representarnos concretamente su contenido, de imaginárnoslo con detalle, es decir, de tratar de extraer un volumen de nuestra biblioteca universal, percibimos entonces esta construcción clara de nuestro propio entendimiento como algo infinito e inaprensible.

Burkel asintió con gravedad y dijo:

—Nuestro entendimiento es infinitamente más grande que nuestra aprehensión de las cosas.

—¿Qué significa esta frase por lo menos enigmática? —preguntó la señora de la casa.

—Quiero decir simplemente que podemos pensar infinitamente mejor que aprehender las cosas únicamente por medio de la experiencia. Lo lógico es infinitamente más potente que lo sensible.

—Esto es precisamente lo que nos distingue —señaló Wallhausen—. Las percepciones pasan con el tiempo, la lógica es independiente de toda noción temporal, es universal. Y porque la lógica no es otra cosa que el pensamiento de la humanidad misma, este bien atemporal es nuestra participación en las leyes inmutables de lo divino, en el destino del poder creador infinito. Es ahí donde reside el derecho fundamental de las matemáticas.

—Sin duda —dijo Burkel—, las leyes nos dan fe en la verdad. Pero solo podemos utilizarlas cuando llenamos su forma de contenidos hechos de conocimientos vivos, es decir, cuando hemos encontrado el volumen que necesitamos en la biblioteca.

Wallhausen asintió, y su mujer recitó en voz baja:

Pues con los dioses
no debe medirse
ningún hombre.
Y si se eleva
y con la cabeza toca
las estrellas,
en ninguna parte se adhieren

sus suelas inseguras.
Entonces se convierte en juguete
de las nubes y los vientos.

—El gran maestro tenía razón —dijo el profesor—. Pero sin la ley lógica no tendríamos ningún medio seguro de elevarnos hasta las estrellas y más allá de ellas. Solo que no debemos abandonar la tierra firme de la experiencia. No es en la biblioteca universal donde hay que buscar este volumen; debemos fabricarlo nosotros mismos, mediante un trabajo serio, obstinado y sincero.

—¡El azar juega, la razón crea! —exclamó Burkel—. Y por eso mañana mismo pondrás negro sobre blanco el resultado de tu juego de hoy, y así tendré mi artículo.

—Puedo darte este gusto —rio Wallhausen—. Pero te lo digo claramente, tus lectores pensarán que ha salido directamente de uno de esos volúmenes superfluos. ¿Qué pasa, Suzie?

—Me gustaría utilizar mi razón para crear algo —dijo ella gravemente—, voy a llenar unas formas con materia.

Y llenó de nuevo los vasos.

Historia del Necronomicón / El descendiente

H. P. LOVECRAFT (1890-1937)

A Lovecraft se le ama o se le detesta. Borges, aunque al paso de los años fue atemperando su opinión, lo despreciaba convencido de que era una mala copia de Poe. Sin embargo, su legión de seguidores es numerosa y, sobre todo, apasionada. Sus mitos de Cthulhu poblados de seres subterráneos, tentaculares y de un poder asombroso resuenan cien años después con la fuerza primigenia intacta. Lovecraft era un lector voraz y le encantaban los juegos de palabras.

Publicamos, como si fuera la entrada perdida de uno de esos ejemplares raros de la *Enciclopedia británica* que manejaba el propio Borges, el texto que el propio Lovecraft escribió sobre ese libro maldito, cuyo título resulta incluso peligroso nombrar: el *Necronomicón.*

El relato *El descendiente* (escrito en 1925) es un texto inconcluso que se publicó después de su muerte en una revista de escasa circulación, titulada *Leaves,* en 1938. En vida, Lovecraft no tuvo el reconocimiento posterior y, de hecho, falleció muy joven en medio de serias dificultades económicas. De ahí que sus escritos no fueran reunidos de manera más sistemática hasta tiempo después. De hecho, el título *The Descendant* se lo puso el propio editor del fanzine, R. H. Barlow. Pero precisamente ese final abierto de obra inconclusa lo convierte en una de sus piezas más enigmáticas y nos acerca de manera precisa al ominoso poder del libro maldito.

HISTORIA DEL NECRONOMICÓN

H. P. LOVECRAFT

Título original: *Al Azif; Azif* es el término usado en árabe para designar el sonido que hacen los insectos de noche, y que supuestamente era el aullido de los demonios.

Compuesto por Abdul Alhazred, un poeta loco de Sanaá, Yemen. Se dice que vivió durante el período del Califato Omeya, alrededor del año 700 d. C. Visitó las ruinas de Babilonia y descubrió los secretos subterráneos de Memphis. Pasó diez años de soledad en el gran desierto del sur de Arabia, el *Roba el Khaliyeh* o «espacio vacío» según los árabes antiguos y *Dahna* o «desierto escarlata» según los modernos. Se considera que dicho desierto está habitado por malvados espíritus protectores y monstruos mortales. Aquellos que dicen haberlo atravesado cuentan de él numerosas maravillas extrañas e increíbles. En sus últimos años de vida, Alhazred vivió en Damasco, donde escribió el *Necronomicón* o *Al Azif.* De su muerte o desaparición, ocurrida en el 738 d. C. se cuentan muchas historias tan terribles como contradictorias. Ebn Khallikan, biógrafo del siglo XII, afirma que un monstruo invisible atrapó a Alhazred a plena luz del día y que el poeta resultó devorado de forma horrible ante un gran número de testigos paralizados por el terror. Se cuentan muchas historias sobre su locura. Alhazred decía haber contemplado la fabulosa Irem, o Ciudad de los Pilares; y afirmaba haber encontrado bajo las ruinas de cierta ciudad anónima del desierto los impactantes anales y secretos pertenecientes a una raza mucho más antigua que la humana. Observaba las leyes del Islam con cierta indiferencia, pues en realidad adoraba a entidades desconocidas que él denominaba Yog-Sothoth y Cthulhu.

En 950 d. C., el *Azif,* que había empezado a circular de forma considerable aunque subrepticia entre los filósofos de la época, fue traducido al griego en secreto por Theodorus Philetas de Constantinopla, quien lo rebautizó como *Necronomicón.* Durante un siglo, el libro inspiró ciertos experimentos terribles, tras lo cual fue requisado y quemado por el patriarca Miguel I Cerulario de Constantinopla. A partir de este momento, solo se lo oye mencionar de forma furtiva. Sin embargo, en la Edad Media (1228) Olaus Wormius realiza una traducción al latín. Se hacen dos impresiones del texto en latín, una en el siglo XV en caracteres góticos (evidentemente en Alemania) y otra en el siglo XVII (probablemente en España). Ambas ediciones carecen de marcas distintivas, y solo se las puede ubicar en el espacio y en el tiempo gracias a pruebas tipográficas internas. En 1232, poco después de su traducción al latín, la obra llamó la atención del papa Gregorio IX, quien acabó por prohibirla tanto en su versión latina como en griego. El original en árabe se dio por perdido ya en tiempos de Wormius, tal y como indicaba su nota introductoria. Desde el incendio que arrasó la biblioteca personal de un cierto ciudadano de Salem en 1692, no se ha vuelto a tener noticia de la copia en griego, impresa en Italia entre 1500 y 1550. La traducción al inglés del Dr. Dee nunca llegó a imprimirse, apenas quedan fragmentos recuperados del manuscrito original. De los textos en latín que perviven hoy en día, se sabe que uno del siglo XV está guardado bajo llave en el Museo Británico, mientras que otro, del siglo XVII, reside en la Biblioteca Nacional de París. Hay una edición del siglo XVII en la Biblioteca Widener de Harvard, así como en la biblioteca de la Universidad Miskatonic, en Arkham, y en la biblioteca de la Universidad de Buenos Aires. Es probable que existan muchas otras copias secretas, y de hecho existe el persistente rumor de que hay una copia del siglo XV que forma parte de la colección de un famoso millonario americano. Otro rumor mucho más vago menciona que la familia Pickman, de Salem, conserva una copia en griego del siglo XVI. En cualquier caso, si el rumor es cierto, dicha copia se desvaneció junto al artista R. U. Pickman, desaparecido a principios de 1926. Las autoridades de la mayoría de los países han prohibido rigurosamente el libro, así como todas organizaciones eclesiásticas conocidas. Leer el *Necronomicón* podría acarrear las más terribles consecuencias. Se comenta que este libro, cuya existencia poca gente de a pie conoce, fue la inspiración para la temprana novela *El rey de amarillo* de Robert W. Chambers.

CRONOLOGÍA

730 d. C.: Abdul Alhazred escribe el *Al Azif* en Damasco.
950 d. C.: Theodorus Philetas lo traduce al griego bajo el nombre de *Necronomicón.*
1050 d. C.: El patriarca Miguel I Cerulario de Constantinopla incinera el texto (esto es, la copia en griego). Se pierde el rastro del texto en árabe.
1228 d. C.: Olaus traduce el libro del griego al latín.
1232 d. C.: El papa Gregorio IX prohíbe las ediciones latina y griega.
14?? d. C.: Impresa copia en letra gótica (Alemania).
15?? d. C.: Impresa copia en griego (Italia).
16?? d. C.: Reimpresión del texto en latín (España).

EL DESCENDIENTE

H. P. LOVECRAFT

Mientras escribo en lo que, según el médico, será mi lecho de muerte, el mayor de mis espantosos temores es que el hombre esté equivocado. Es de esperar que me entierren la semana que viene, pero...

En Londres hay un hombre que grita cuando tañen las campanas de la iglesia. Vive en Gray's Inn, sin más compañía que la de su gato atigrado, y la gente lo califica de loco inofensivo. Su habitación está repleta de libros, a cada cual más pueril y aburrido, entre cuyas páginas pasa las horas tratando de perderse. No pensar: eso es lo único que le pide a la vida. Por algún motivo, pensar le parece espantoso, y huye como de la peste de todo lo que estimule la imaginación. Cuentan que no tiene la edad que aparenta, a pesar de su constitución enjuta, arrugada y canosa. Lo atenazan las sarmentosas garras del miedo, se sobresalta con el menor sonido y entonces se le quedan la mirada desorbitada y la frente perlada de sudor. Evita las amistades para no tener que responder ninguna pregunta. Quienes lo conocieron en su momento, cuando era un esteta y erudito, se compadecen al verlo así ahora. Los abandonó hace años, aunque nadie sabría decir si salió del país o si se limitó a refugiarse en algún bulevar escondido. Se instaló en Gray's Inn

hace ya una década. No había hablado de su prolongada ausencia hasta que el joven Williams compró el *Necronomicón.*

Williams era un soñador de apenas veintitrés años. Al entrar en la antigua casa presintió algo extraño, un hálito de viento cósmico que rodeaba al avellanado y ceniciento ocupante del cuarto contiguo. Impuso una amistad que los antiguos camaradas no se atrevían a materializar y se quedó maravillado por el terror que paralizaba a aquel demacrado oyente y observador, pues no le cabía duda de que el hombre lo veía y oía todo. Prestaba atención con la mente más que con los sentidos, y en todo momento se esforzaba por ahogar sus percepciones sumergiéndose en un sinfín de novelas banales e insulsas. Pero cuando sonaban las campanas de la iglesia se tapaba los oídos y profería un alarido, y el gato gris que vivía con él aullaba al unísono hasta que las reverberaciones del último tañido se perdían a lo lejos.

Pero, por mucho que lo intentara, Williams no conseguía que su vecino hablara de asuntos profundos u ocultos. La conversación del anciano no estaba a la altura ni de su apariencia ni de su conducta. Por el contrario, solía fingir una sonrisa y, en tono distendido, lanzaba divagaciones febriles y entusiastas sobre naderías hasta que su voz, cada vez más aguda, derivaba en estridentes e incoherentes falsetes. Hasta la más trivial de sus observaciones permitía descubrir el alcance y la minuciosidad de sus conocimientos. Por eso a Williams no le sorprendió descubrir que había asistido a Harrow y a Oxford. Con el paso del tiempo se supo que se trataba ni más ni menos que de lord Northam, sobre cuyo castillo de Yorkshire, que había heredado, circulaban los más extraños rumores. Pero cuando Williams sacaba a colación aquel castillo, parece ser que de origen romano, el anciano se negaba a admitir que hubiese nada de extraño en él. Incluso se le escapaba una risita chillona cuando salía el tema de sus supuestas criptas subterráneas, excavadas en el recio y huraño peñasco cuya cara da al mar del Norte.

En todo caso, los acontecimientos se precipitaron cuando Williams llevó a casa el tristemente célebre *Necronomicón,* obra del árabe loco Abdul Alhazred. Conocía la existencia del temible volumen desde que, a los dieciséis años, su incipiente querencia por lo extraño lo había llevado a hacerle insólitas preguntas a un encorvado y anciano librero de Chandos Street.

Siempre le había fascinado la constatación de que todo el mundo palidecía al hablar del libro. El viejo librero le había contado que solo se sabía de la existencia de cinco copias conservadas pese a las persecuciones dictadas por consternados sacerdotes y legisladores. Todas ellas estaban guardadas bajo llave, consignadas al entero cuidado de aquellos custodios que habían osado comenzar la lectura de sus odiosas páginas negras. Mas ahora, por fin, no solo había encontrado una copia accesible, sino que además la había adquirido por una cifra insignificante. La transacción había tenido lugar en el local de un judío, en los sórdidos alrededores de Clare Market, donde no era la primera vez que compraba objetos extraños, y casi le había parecido ver que el viejo levita sonreía entre las enmarañadas guedejas de su barba al producirse tan magno descubrimiento. La formidable cubierta de cuero, con su broche de bronce, estaba tan a la vista... Además, su precio resultaba ridículamente bajo.

Un mero vistazo al título bastó para sumirlo en un estado de fascinación, en tanto algunos de los diagramas que acompañaban a los crípticos textos en latín avivaban los más intensos y perturbadores recuerdos de su cerebro. Se le antojó imprescindible llevarse a casa aquel formidable artefacto y descifrarlo. Lo sacó de la librería con tanta premura que al viejo judío se le escapó una inquietante risita a su espalda. Una vez a salvo en su estancia, descubrió que la combinación de lengua oscura y locuciones impías suponía un reto insuperable para sus dotes lingüísticas. Así pues, visitó a regañadientes a su peculiar y aterrorizado amigo para que le ayudara con el retorcido latín medieval. Lord Northam, que le murmuraba banalidades a su gato rayado, experimentó un violento sobresalto al ver irrumpir al muchacho. Reparó en el libro, cayó presa de temores incontrolables y, por último, se desmayó cuando Williams pronunció su título. Una vez recobrada la conciencia, desveló al fin su historia; desgranó sus increíbles fabulaciones en quedos susurros, so pena de que su amigo no se decidiese a quemar aquel libro maldito y esparcir sus cenizas al viento.

Según relató lord Northam con un hilo de voz, algo iba mal desde el principio, aunque no habría dado lugar a una situación irreparable si él no se hubiera extralimitado en sus indagaciones. Era el decimonoveno heredero de una estirpe cuyos orígenes se remontaban a tiempos casi increíbles, si había que creer en algunas tradiciones familiares que hablaban de una ascendencia anterior incluso de la llegada de los sajones, cuando a un tal Cneo Gabinio Capito, tribuno de la Tercera Legión Augusta destinado por aquel entonces en Lindum, en la Britania romana, lo destituyeron de su cargo de manera fulminante, acusado de haber participado en unos ritos que no guardaban relación con ninguna religión conocida. Se rumoreaba que Gabinio había descubierto, en la cara de un acantilado, una cueva en la que se congregaban gentes extrañas que dibujaban la Antigua Señal en la oscuridad, gentes extrañas de las que los bretones solo sabían que infundían temor y que eran los últimos supervivientes de un extenso territorio que las aguas se habían tragado al oeste, dejando tan solo islotes jalonados de promontorios, círculos rocosos y santuarios, el más importante de los cuales era Stonehenge. Con arreglo a la leyenda, Gabinio había construido una fortaleza inexpugnable sobre aquella cueva prohibida, y acto seguido había fundado un linaje que pictos y sajones, daneses y normandos fueron incapaces de erradicar. Daba a entender de forma implícita que de dicho linaje había surgido el intrépido compañero y teniente del Príncipe Negro a quien Eduardo III nombrase barón de Northam. Aunque esta información no estaba contrastada, se repetía a menudo, y lo cierto era que la mampostería del castillo de Northam guardaba un parecido alarmante con las piedras del Muro de Adriano. En su niñez, lord Northam, que tenía sueños singulares cuando dormía en las zonas más antiguas del castillo, había consolidado la costumbre de peinar sus recuerdos en busca de escenas incompletas, pautas e impresiones que no se correspondían con las experiencias de su vigilia. Se convirtió en un soñador a quien la vida le parecía anodina e insatisfactoria, un buscador de reinos extraños y antiguos vínculos familiares inencontrable en las regiones visibles de la Tierra.

Embargado por la sensación de que nuestro mundo tangible no es más que un átomo en un tapiz tan inmenso como ominoso, y que unas ignotas herencias impregnan y presionan contra la esfera de lo conocido en todo momento, Northam dedicó toda la juventud y los primeros compases de la edad adulta a exprimir los misterios tanto del ocultismo como de las religiones

convencionales. Pero nada le proporcionaba consuelo ni tranquilidad, y con el paso de los años el estancamiento y las limitaciones de la vida se le hicieron enloquecedoras. Durante los años noventa coqueteó con el satanismo mientras devoraba ávidamente, como siempre había hecho, todas aquellas doctrinas y teorías que prometían romper las cadenas de la ciencia y las leyes de la Naturaleza, tan invariables como insustanciales. Devoraba con afán libros como la quimérica historia de la Atlántida firmada por Ignatius Donnelly, y una docena de enigmáticos precursores de Charles Fort lo embelesaban con sus crípticas disquisiciones. Recorría leguas tras la pista de furtivos rumores de aldea sobre prodigios paranormales, y en cierta ocasión había visitado incluso el desierto de Arabia en busca de una misteriosa Ciudad Sin Nombre que nadie ha contemplado jamás. Allí germinó en su interior la seductora creencia de que en algún lugar existía una puerta que franqueaba a quienes daban con ella el acceso a esas profundidades insondables cuyos ecos resonaban de manera tan tenue en los recovecos de su memoria. Acaso estuviera en el mundo visible, acaso tan solo en su mente y su alma. Acaso su cerebro, a medias explorado, contuviera el inefable eslabón perdido que habría de despertarlo a otras vidas, tanto antiguas como futuras, en dimensiones olvidadas; que habría de ligarlo a las estrellas y a los infinitos y eternidades que se extendían tras ellas.

El rey burgués

RUBÉN DARÍO (1867-1916)

Este es un relato que se publicó en el periódico *La Época* de Santiago de Chile en 1887 y, al año siguiente, se incorporó al conjunto de textos de *Azul...* Rubén Darío arranca diciéndonos que escribe un cuento alegre desde el día opaco, gris y triste. Su propia vida estuvo llena de nubes y claros, de luces y oscuridad, tocada por las musas y por hectolitros de alcohol. Aunque su poesía tenía esa belleza esteticista del Modernismo, él odiaba concebir el arte como mera decoración. La belleza no es para Rubén Darío decorativa sino sanadora en un mundo lleno de aristas.

No hay que dejarse engañar por la brevedad de este relato. Muestra a la perfección, en pocas líneas cargadas de un ácido de realidad, la vida del poeta que para sobrevivir ha de estar siempre con la rodilla en tierra frente a los caprichos de mecenas y poderosos que se creen sensibles por echar de comer a los artistas, poco más o menos como echan de comer a sus podencos. Hoy día se ha mejorado algo, no mucho.

EL REY BURGUÉS

CUENTO ALEGRE

RUBÉN DARÍO

¡Amigo! El cielo está opaco, el aire frío, el día triste. Un cuento alegre..., así como para distraer las hermosas y grises melancolías, helo aquí:

* * *

Había en una ciudad inmensa y brillante un rey muy poderoso, que tenía trajes caprichosos y ricos, esclavas desnudas, blancas y negras, caballos de largas crines, armas flamantísimas, galgos rápidos y monteros con cuernos de bronce, que llenaban el viento con sus fanfarrias. ¿Era un rey poeta? No, amigo mío: era el Rey Burgués.

* * *

Era muy aficionado a las artes el soberano, y favorecía con gran largueza a sus músicos, a sus hacedores de ditirambos, pintores, escultores, boticarios, barberos y maestros de esgrima.

Cuando iba a la floresta, junto al corzo o jabalí herido y sangriento, hacía improvisar a sus profesores de retórica canciones alusivas; los criados llenaban las copas de vino de oro que hierve, y las mujeres batían palmas con

movimientos rítmicos y gallardos. Era un rey sol, en su Babilonia llena de músicas, de carcajadas y de ruido de festín. Cuando se hastiaba de la ciudad bullente, iba de caza atronando el bosque con sus tropeles; y hacía salir de sus nidos a las aves asustadas, y el vocerío repercutía en lo más escondido de las cavernas. Los perros de patas elásticas iban rompiendo la maleza en la carrera, y los cazadores, inclinados sobre el pescuezo de los caballos, hacían ondear los mantos purpúreos y llevaban las caras encendidas y las cabelleras al viento.

* * *

El rey tenía un palacio soberbio donde había acumulado riquezas y objetos de arte maravillosos. Llegaba a él por entre grupos de lilas y extensos estanques, siendo saludado por los cisnes de cuellos blancos, antes que por los lacayos estirados. Buen gusto. Subía por una escalera llena de columnas de alabastro y de esmaragdina, que tenía a los lados leones de mármol, como los de los troncos salomónicos. Refinamiento. A más de los cisnes, tenía una vasta pajarera, como amante de la armonía, del arrullo, del trino; y cerca de ella iba a ensanchar su espíritu, leyendo novelas de M. Ohnet, o bellos libros sobre cuestiones gramaticales, o críticas hermosillescas. Eso sí: defensor acérrimo de la corrección académica en letras, y del modo lamido en artes; alma sublime amante de la lija y de la ortografía.

* * *

¡Japonerías! ¡Chinerías! por lujo y nada más. Bien podía darse el placer de un salón digno del gusto de un Goncourt y de los millones de un Creso: quimeras de bronce con las fauces abiertas y las colas enroscadas, en grupos fantásticos y maravillosos; lacas de Kioto con incrustaciones de hojas y ramas de una flora monstruosa, y animales de una fauna desconocida; mariposas de raros abanicos junto a las paredes, peces y gallos de colores; máscaras de gestos infernales y con ojos como si fuesen vivos; partesanas de hojas antiquísimas y empuñaduras con dragones devorando flores de loto; y en conchas de huevo, túnicas de seda amarilla, como tejidas con hilos de araña, sembrada de garzas rojas y de verdes matas de arroz; y tibores, porcelanas de muchos siglos, de aquellas en que hay guerreros tártaros con una piel que les cubre hasta los riñones, y que llevan arcos estirados y manojos de flechas.

Por lo demás, había el salón griego, lleno de mármoles: diosas, musas, ninfas y sátiros; el salón de los tiempos galantes, con cuadros del gran Watteau y de Chardin; dos, tres, cuatro, ¡cuántos salones!

Y Mecenas se paseaba por todos, con la cara inundada de cierta majestad, el vientre feliz y la corona en la cabeza, como un rey de naipe.

* * *

Un día le llevaron una rara especie de hombre ante su trono, donde se hallaba rodeado de cortesanos, de retóricos y de maestros de equitación y de baile.

—¿Qué es eso? —preguntó.

—Señor, es un poeta.

El rey tenía cisnes en el estanque, canarios, gorriones, senzontes en la pajarera: un poeta era algo nuevo y extraño.

—Dejadle aquí.

Y el poeta:

—Señor, no he comido.

Y el rey:

—Habla y comerás.

Comenzó:

* * *

—Señor, ha tiempo que yo canto el verbo del porvenir. He tendido mis alas al huracán, he nacido en el tiempo de la aurora: busco la raza escogida que debe esperar, con el himno en la boca y la lira en la mano, la salida del gran sol. He abandonado la inspiración de la ciudad malsana, la alcoba llena de perfumes, la musa de carne que llena el alma de pequeñez y el rostro de polvos de arroz. He roto el arpa adulona de las cuerdas débiles, contra las copas de Bohemia y las jarras donde espumea el vino que embriaga sin dar fortaleza; he arrojado el manto que me hacía parecer histrión, o mujer, y he vestido de modo salvaje y espléndido: mi harapo es de púrpura. He ido a

la selva donde he quedado vigoroso y ahíto de leche fecunda y licor de nueva vida; y en la ribera del mar áspero, sacudiendo la cabeza bajo la fuerte y negra tempestad, como un ángel soberbio, o como un semidiós olímpico, he ensayado el yambo dando al olvido el madrigal.

He acariciado a la gran naturaleza, y he buscado el calor del ideal, el verso que está en el astro en el fondo del cielo, y el que está en la perla en lo profundo del océano. ¡He querido ser pujante! Porque viene el tiempo de las grandes revoluciones, con un Mesías todo luz, todo agitación y potencia, y es preciso recibir su espíritu con el poema que sea arco triunfal, de estrofas de acero, de estrofas de oro, de estrofas de amor.

¡Señor, el arte no está en los fríos envoltorios de mármol, ni en los cuadros lamidos, ni en el excelente señor Ohnet! ¡Señor!, el arte no viste pantalones, ni habla en burgués, ni pone los puntos en todas las íes. Él es augusto, tiene mantos de oro, o de llamas, o anda desnudo, y amasa la greda con fiebre, y pinta con luz, y es opulento, y da golpes de ala como las águilas o zarpazos como los leones. Señor, entre un Apolo y un ganso, preferid el Apolo, aunque el uno sea de tierra cocida y el otro de marfil.

¡Oh, la poesía!

¡Y bien! Los ritmos se prostituyen, se cantan los lunares de las mujeres y se fabrican jarabes poéticos. Además, señor, el zapatero critica mis endecasílabos, y el señor profesor de farmacia pone puntos y comas a mi inspiración. Señor, ¡y vos lo autorizáis todo esto...! El ideal, el ideal...

El rey interrumpió:

—Ya habéis oído. ¿Qué hacer?

Y un filósofo al uso:

—Si lo permitís, señor, puede ganarse la comida con una caja de música; podemos colocarle en el jardín, cerca de los cisnes, para cuando os paseéis.

—Sí —dijo el rey; y dirigiéndose al poeta—: Daréis vueltas a un manubrio: cerraréis la boca. Haréis sonar una caja de música que toca valses, cuadrillas y galopas, como no prefiráis moriros de hambre. Pieza de música por pedazo de pan. Nada de jerigonzas, ni de ideales. Id.

Y desde aquel día pudo verse a la orilla del estanque de los cisnes al poeta hambriento que daba vueltas al manubrio: tiririrín, tiririrín... ¡avergonzado a las miradas del gran sol! ¿Pasaba el rey por las cercanías? ¡Tiririrín, tiririrín...! ¿Había que llenar el estómago? ¡Tiririrín! Todo entre las burlas de los pájaros libres que llegaban a beber rocío en las lilas floridas; entre el zumbido de las abejas que le picaban el rostro y le llenaban los ojos de lágrimas... ¡lágrimas amargas que rodaban por sus mejillas y que caían a la tierra negra!

Y llegó el invierno, y el pobre sintió frío en el cuerpo y en el alma. Y su cerebro estaba como petrificado, y los grandes himnos estaban en el olvido, y el poeta de la montaña coronada de águilas no era sino un pobre diablo que daba vueltas al manubrio: tiririrín.

Y cuando cayó la nieve se olvidaron de él el rey y sus vasallos; a los pájaros se les abrigó, y a él se le dejó el aire glacial que le mordía las carnes y le azotaba el rostro.

Y una noche en que caía de lo alto la lluvia blanca de plumillas cristalizadas, en el palacio había festín, y la luz de las arañas reía alegre sobre los mármoles, sobre el oro y sobre las túnicas de los mandarines de las viejas porcelanas. Y se aplaudían hasta la locura los brindis del señor profesor de retórica, cuajados de dáctilos, de anapestos y de pirriquios, mientras en las copas cristalinas hervía el champaña con su burbujeo luminoso y fugaz.

¡Noche de invierno, noche de fiesta! Y el infeliz, cubierto de nieve, cerca del estanque, daba vueltas al manubrio para calentarse, tembloroso y aterido, insultado por el cierzo, bajo la blancura implacable y helada, en la noche sombría, haciendo resonar entre los árboles sin hojas la música loca de las galopas y cuadrillas; y se quedó muerto, pensando en que nacería el sol del día venidero, y con él el ideal... y en que el arte no vestiría pantalones sino manto de llamas o de oro... Hasta que al día siguiente lo hallaron el rey y sus cortesanos, al pobre diablo de poeta, como gorrión que mata el hielo, con una sonrisa amarga en los labios, y todavía con la mano en el manubrio.

* * *

¡Oh, mi amigo!, el cielo está opaco, el aire frío, el día triste. Flotan brumosas y grises melancolías...

Pero ¡cuánto calienta el alma una frase, un apretón de manos a tiempo! ¡Hasta la vista!